브라운 신부의 실제 모델은 그의 친
알려져 있는데, 브라운 신부의 역설
1922년 로마 가톨릭으로 개종한 작
종종 겹치기도 한다.
늘 우산을 들고 다니는 브라운 신부의 이미지가 워낙 유명해져서,
우산을 탐정의 상징으로 사용하던 기존의 출판사들이
모두 이를 바꾸어야 했을 정도로 그 당시 영국 추리소설계에
체스터튼과 브라운 신부가 미친 영향은 컸다.
체스터튼은 그 밖에도 저널리스트로서 4천 편이 넘는 신문 칼럼을
기고하는 한편 『G. K.'s Weekly』라는 주간지를 직접 편집 발행하기도
했다.
특히 그는 그 당시의 지성인들인 조지 버나드 쇼, H. G. 웰스,
버트란드 러셀 등과 논쟁을 벌인 것으로 유명하다.
당시의 기록에 따르면, 체스터튼이야말로 그 모든 논쟁들의
승자였음에도 불구하고 세상은 그를 잊고 패자들만을
칭송하고 있는 것이다. 조지 버나드 쇼는 '세상이 체스터튼에 대한
감사의 말에 인색하다'는 말로 체스터튼의 업적을 인정했다.
T. S. 엘리엇은 체스터튼을 일컬어 '영원토록 후대의 존경을
받아야 마땅한 사람'이라고 말했다.
더불어 후대의 대표적인 문인들, 가령 어니스트 헤밍웨이,
그레이엄 그린, 호르헤 루이스 보르헤스, 가브리엘 가르시아 마르케스,
마셜 맥루한, 애거서 크리스티 등은 체스터튼의 작품에 큰 영향을
받았음을 고백하고 있다.

표지 디자인 이승욱

스캔들

브라운 신부 전집 5  스캔들

G.K. 체스터튼 지음 | 이수현 옮김

북하우스

| 차례 |

폭발하는 책

After Reading a Book of Modern Verse

이 책을 들여다보는 자들

The poet, exquisite ...

날개 달린 공포가 그들을 낚아채리니

Weighed the seven heavens in a scale
The streaming seraphs knottes and dried
And pinned their plumage side by side
Knocked down like toys the Eternal towers
And plucked the stars like pretty flowers
And cried before the fearful Face
" I fear you not, ~~~~ my ~~~~~~ ~~~~ race
Before you, and a man like me
You dreamed a dream in Galilee
You that were God that are you now?"
The Insulted reared in thunderous storms
And said at last " Thou sayest True
" I was a man ... But ... ..."

　　오펜쇼 교수는 누가 자신을 보고 심령술사라거나 강신술 신
봉자라고 할 때마다 버럭 화를 내곤 했다. 하지만 심령술을 믿
지 않는 사람이라고 해도 마찬가지로 소리를 질렀을 것이다.
걸핏하면 화를 내는 그의 성격은 좀처럼 수그러들 줄 몰랐다.
그는 한평생 심령현상을 연구해왔다는 사실에 대해 대단한 자
부심을 갖고 있었다. 특히, 어떤 상황이 심령현상인지 아니면
단순한 자연현상인지를 구별해내는 자신만의 비법을 남들에
게 단 한 번도 들키지 않고 혼자만 간직해올 수 있었다는 것을
무척 자랑스러워했다. 심령술을 열렬히 믿는 사람들 사이에 끼
어 앉아, 자신이 어떻게 그들의 진위를 구별해내고 사기꾼들의
정체를 폭로했는지 시시콜콜 묘사를 늘어놓는 것만큼 그에게

재미있는 일도 없었다. 그는 일단 목표 대상을 정하고 주의를 기울이기 시작하면, 대단한 추적 능력과 통찰력을 발휘했다. 집중 공격 대상은 늘 애매한 아마추어 영매들이었고, 언젠가는 세 가지 다른 모습으로 변장한 가짜 심령술사를 적발해낸 적도 있었다. 처음에는 여자였다가 그 다음에는 흰 수염을 기른 노인이었고, 마지막으로는 짙은 갈색 피부의 인도 성자로 나타났었다. 이런 그의 얘기들에 심령술 신봉자들은 약간 거북해하면서도, 익히 사기꾼 영매들의 존재를 알고 있는 터라 크게 불평하지는 않았다. 다만 유창한 화술로 읊어대는 교수의 말들은, 마치 모든 영매들을 야바위꾼이라고 싸잡아 말하는 것처럼 들릴 수도 있었다.

그러나 동시에, 유령이란 자연현상에 위배되는 존재라든가, 그런 것들은 그저 낡은 미신에 지나지 않는 헛소리라고 성급히 결론을 내리는 순진한 유물론자들도 화를 면치는 못했다. 유물론자들이란 순진한 데가 있기 마련이지만 말이다. 어쨌거나 이런 사람들도 교수의 공격 대상이 되기는 마찬가지였다. 어떤 운 없는 합리주의자는 그날, 평생 들어보지도 못한 사건들과 아직 설명이 되지 않는 현상들에 대해 일어난 날짜와 기타 세부사항, 가능한 설명과 폐기된 설명들까지 죄다 덧붙여 연속 폭격을 당하게 되는 것이다. 존 올리버 오펜쇼가 심령현상을 믿느냐 믿지 않느냐만 빼고는 모든 것을 말해댈 것이다. 그래서 심령을 믿는 사람이든 믿지 않는 사람이든, 그 앞에서 자신이 뭔가를 알아냈다는 허풍은 떨 수가 없었다.

엷은 색의 사자갈기 같은 머리에 사람을 홀리는 푸른 눈을 가진 마른 몸의 오펜쇼 교수는 호텔 밖 계단에 선 채로 친구인 브라운 신부와 몇 마디 나누고 있었다. 두 사람 다 전날 밤 그 호텔에 묵었고 지금은 막 아침식사를 하고 나온 참이었다. 교수는 항상 과장해서 말하는 것처럼 근사한 실험을 마치고 다소 늦게 돌아왔던 차라, 늘 그렇듯 혼자서 양쪽 편에 대항하여 싸운 투쟁의 여파가 남아 있는 상태였다.

그는 웃으면서 말했다.

"아, 난 자네에 대해선 신경쓰지 않아. 자넨 설령 그게 사실이라 해도 믿지 않을 사람인걸. 하지만 이 작자들은 한결같이 나에게, 내가 뭘 증명하려고 하는지 물어댄단 말이야. 내가 과학자라는 걸 이해하지 못하는 것 같아. 과학자는 아무것도 증명하려 하지 않아. 무엇이 스스로를 증명하는지 알아내려 할 뿐이지."

"하지만 아직까지는 알아내지 못했지."

교수는 잠시 얼굴을 찌푸린 채 침묵하다가 대답했다.

"뭐, 나에게도 몇 가지 사소한 생각은 있다네. 대부분 사람들이 생각하는 것만큼 그렇게 부정적인 생각들은 아니야. 어쨌든 난 무엇인가 발견할 것이 있다고 쳐도, 사람들이 그걸 잘못된 길에서 찾고 있는 게 아닌가 하는 생각이 들기 시작했다네. 다들 너무나 연극적이야. 심령체라고 해놓은 그 번쩍거리는 것들하며 중얼중얼거리는 소리며, 다 보여주기용에 지나지 않아. 하나같이 낡은 멜로드라마와 가문의 유령에 대한 케케묵은 역사소설을 모델로 한 것들이지. 역사소설 대신 진짜 역사로 가면 뭔가 찾아낼 거라는 생각이 드네. 하지만 그 뭔가가 유령은 아니야."

"결국 유령이라는 것은 그저 출현하는 것에 지나지 않지. 자네라면 가문의 유령은 그저 출현하는 것일 뿐이라고 말할 성싶은데."

평소에는 약간 멍한 편인 교수의 눈이 돌연 수상한 영매를 볼 때처럼 또렷해졌다. 눈 안에 강력한 확대경이라도 박아 넣은 사람 같았다. 신부를 수상한 영매처럼 여긴 것은 아니었고, 친구의 생각이 자기 생각과 너무나 비슷하다는 사실에 깜짝 놀란 것이다.

"출현일 뿐이라!"

교수는 중얼거렸다.

"이것 참, 자네가 딱 지금 그런 말을 하다니 묘한 일이군. 나

도 배우면 배울수록, 사람들이 진짜를 놓치고 있다는 생각이
더 강해진단 말이야. 사람들이 조금만 더 사라지는 쪽에 관심
을 둔다면…….”

“그렇지. 결국, 진짜 요정 전설 중에 유명한 요정이 나타나는
경우는 별로 없어. 달빛에 불려나온 티타니아나 오베론* 정도
일까. 반면에 요정에게 납치되어 사라진 사람들에 대한 전설은
끊이지가 않지. 자네는 〈킬메니〉**나 엉터리 시인 토마스***를
쫓고 있는 건가?”

“난 자네가 신문에서 읽었을 평범한 사람들을 쫓고 있네. 그
렇게 쳐다보는 것도 당연하지. 하지만 그게 지금 내 사냥감이
야. 오랫동안 그걸 추적해왔지. 솔직히 말해서 난 심령 출현은
상당 부분 설명할 수 있다고 생각하네. 내가 설명할 수 없는 문
제는 사라지는 거야. 신문에 실리는 이들, 사라져서 다시는 발
견되지 않은 이들 말일세. 자네가 나만큼 자세한 이야기를 안
다면…… 겨우 오늘 아침에서야 뒷받침할 만한 증거를 얻었어.
나이 지긋한 선교사, 그러니까 존경할 만한 노인에게서 온 특

---

* 셰익스피어의 희곡 『한여름밤의 꿈』에 등장하는 요정의 여왕과 왕.
** Kilmeny. 스코틀랜드의 시인 제임스 호그의 작품.
*** Thomas the Rhymer. 13세기, 알렉산더 3세 치하의 스코틀랜드인으로
월터 스콧 경은 그를 ‘스코틀랜드의 멀린’이라 일컬었다. 마법사이자
예언자이며 시인이었다.

이한 편지라네. 오늘 아침 내 사무실로 찾아온다고 했어. 우리 점심이나 같이 하면 어떻겠나. 그러면 내 자네한테만 몰래 그 결과를 말해줌세."

"고맙네. 그러도록 하지. 그 전에 요정들에게 납치되지만 않는다면."

브라운 신부는 겸손하게 말했다.

그 말과 함께 그들은 헤어졌고 오펜쇼는 모퉁이를 돌아 근처에 빌린 작은 사무실로 걸어갔다. 이 사무실은 가장 적나라하고 가장 불가지론적인 심령현상들을 기록해 모은 소책자를 정기적으로 출간하는 곳이었다. 서기는 한 사람뿐이었고, 그는 바깥 사무실 책상에 앉아서 출간할 보고서에 기록할 숫자와 사실들을 계산하고 있었다. 오펜쇼는 그 앞에 잠깐 멈춰 서서 프링글에게서 전화가 왔었는지 물었다. 사무원은 기계적으로 '아뇨'라고 한 다음 기계적으로 숫자를 더하는 작업을 계속했다. 오펜쇼는 안쪽에 있는 서재로 향하다가, 뒤도 돌아보지 않고 덧붙였다.

"아, 그런데 베리지 군, 프링글 씨가 오거든 바로 들여보내게. 일을 중단할 필요는 없어. 가능하다면 오늘 밤까지 그 기록들을 끝내줬으면 싶으니까. 혹 내가 늦거든 내일 내 책상 위에 놓아주게나."

그는 여전히 프링글이라는 사람이 제기한, 아니 그보다는 그의 마음속으로는 이미 확신한 문제를 골똘히 생각하며 개인 사무실로 들어갔다. 가장 완벽하게 안정된 불가지론자라도 부분적으로는 인간인 법. 그 선교사의 편지가 그의 개인적인, 그리고 아직은 불확실한 가설을 뒷받침할 만큼 비중 있는 것으로 보일 만도 했다. 그는 몽테뉴의 모습을 본떠 만든 조각상 맞은편에 놓인 크고 편안한 의자에 앉아, 그날 아침 약속을 잡은 루크 프링글의 짧은 편지를 다시 한번 읽었다. 오펜쇼 교수만큼 장난 편지를 쉽게 알아차리는 사람은 없었다. 충실한 세부묘사, 가늘고 긴 필체, 불필요하게 길거나 반복하는 것 등. 이 경우에는 이 중 어느 것도 보이지 않았다. 타자로 친 짧은 편지였다. 자신이 흥미로운 실종사건에 맞닥뜨렸는데 그것이 심령 문제의 연구자로 알려진 교수님의 분야에 속할 것 같다는 내용이었다. 교수는 문득 고개를 들었다가 프링글이 이미 방 안에 들어와 있는 것을 보고 조금 놀랐다. 하지만 곧 호의적인 인상을 받았다. 아니 그보다는 나쁜 인상은 받지 않았다는 편이 옳겠다.

"서기가 바로 들어가라고 해서 말입니다."

프링글은 사과하듯, 하지만 사람 좋은 얼굴로 환히 웃으면서 말했다. 그 싱글거리는 표정은 약간 회색 빛이 도는 붉은 수염과 구레나룻에 살짝 가려졌다. 정글에 사는 백인에게 종종 자라는 것 같은 무성한 턱수염이었다. 그러나 들창코 위에 보이는 눈에는 거칠거나 이국적인 면이라곤 전혀 없었다. 오펜쇼는 협잡꾼이나 미치광이일 성싶은 사람들을 볼 때면 늘 그랬듯 눈에 불을 켜고 집중해서 회의적으로 그 눈을 관찰했다. 이번에 그는 평소와 달리 안심했다. 무성한 턱수염은 괴짜들이나 기를 법한 것이지만, 그 눈은 수염과 정반대였다. 그 눈에는 심각한 사기꾼이나 중증 미치광이의 얼굴에서는 결코 찾을 수 없는 솔직함과 우호적인 웃음기가 가득했다. 그런 눈을 가진 사람이라면 실리주의자요, 유쾌한 회의론자, 유령이나 영혼에 대해서 얄팍하지만 마음에서 우러난 경멸의 소리를 지를 만한 사람이리라 기대할 수 있었다. 어쨌든 전문 사기꾼이라면 저처럼 경솔한 외모를 보일 수가 없다. 그 남자는 후드가 달린 허름한 망토를 두르고 있었고, 성직자다운 면이라고는 축 처진 커다란 검은 모자뿐이었다. 하지만 거친 땅에서 온 선교사들은 성직자처럼 성가시게 차려입지 않을 때가 많았다.

"이 일을 또 다른 짓궂은 장난쯤으로 생각하시겠지요, 교수님."

프링글은 알 수 없는 명랑한 태도로 말했다.

"선생이 너무도 자연스럽게 못 믿겠다는 눈치를 보이셔서 그만 웃고 만 것을 용서하시기 바랍니다. 그래도 역시 저는 누군가 이런 일을 아는 사람에게 제 이야기를 해야 했습니다. 그게 사실이니까요. 농담은 그만두고, 이건 진실일 뿐 아니라 비극이기도 합니다. 짧게 이야기하지요. 전 서아프리카 니야 니야에 있는 선교사입니다. 울창한 밀림 속이라, 저말고 다른 백인은 관할지역 사령부 장교인 웨일스 대위뿐이었지요. 그와 나는 점차 친해졌습니다. 그가 선교를 좋아했던 것은 아닙니다. 이렇게 말해도 좋을지 모르지만 그는 많은 면에서 우둔한 사람이었지요. 덩치만 크고 믿음은커녕 생각이라는 것 자체를 거의 하지 않는, 전형적인 얼간이였으니까요. 그래서 모든 게 더 이상하게 여겨집니다. 하루는 그 친구가 잠깐 나갔다가 밀림 속 텐트로 돌아오더니, 아주 기묘한 경험을 했는데 어찌해야 좋을지 모르겠다고 말했습니다. 가죽으로 장정한 낡아빠진 책을 들고 있다가 그걸 탁자 위에 내려놓더군요. 권총과, 호기심 때문에 갖고 있는 낡은 아랍칼 옆에요. 그는 이 책이 조금 전에 마주친, 보트에 타고 있던 남자 것이었다고 말했습니다. 그 남자는 어느 누구도 그 책을 열거나, 안을 들여다보아서는 안 된다고 엄명했다는 겁니다. 그랬다가는 악마에게 끌려가거나 사라지거나 뭐 그런 류의 일이 닥친다는 거예요. 웨일스는 물론 말도 안 된다고 했지요. 결국 그들은 말다툼을 했고, 그를 겁쟁

16

이, 미신이나 믿는 놈 따위로 웃음거리를 만들었던 모양입니다. 그래서 그 남자는 책을 정말로 들여다보았는데, 바로 떨어뜨리고는, 곧장 보트 옆으로 걸어가서…….”

“아, 잠깐만. 이 사내가 웨일스에게 어디에서 그 책을 얻었는지, 아니면 원래 누구 책이었는지 말했습니까?”

교수는 부지런히 받아적으며 물었다.

“예.”

이제는 완전히 엄숙해진 프링글이 대답했다.

“그걸 행키 박사에게 돌려줄 거라고 말했다는 것 같습니다. 원래 그 책의 주인인 행키 박사는 동양의 여행가인데 지금은 영국에 있습니다. 행키는 그에게 그 책의 이상한 속성에 대해 경고했다더군요. 행키는 능력 있는 사람이지만 약간 까다롭고 냉소적인 사람입니다. 그러니 더 이상하지요. 하지만 웨일스의 이야기의 요점은 훨씬 간단합니다. 책 안을 들여다본 사람이 곧장 배 옆으로 걸어가더니, 잠시 후 다시는 보이지 않았다는 거예요.”

오펜쇼는 잠시 동안 아무 말 하지 않다가 물었다.

“본인도 그걸 믿으십니까?”

“예. 그렇습니다.”

프링글이 대답했다.

"두 가지 이유 때문에 믿어요. 첫째는, 웨일스가 상상력이라 고는 눈을 씻고 봐도 없는 사람이라는 겁니다. 그런데 그 친구 가 상상력 풍부한 사람만이 할 수 있을 만한 말을 덧붙였어요. 그 남자는 조용하고 잠잠한 날에 배 옆으로 똑바로 걸어갔다 고 하더군요. 그런데 물은 전혀 튀지 않았다고요."

오펜쇼는 몇 초간 침묵 속에서 자신의 노트를 바라보다가 말했다.

"또 한 가지 이유는요?"

"또 한 가지 이유는, 제가 직접 봤다는 겁니다."

다시 침묵이 흐르다가, 그는 똑같이 사무적인 어조로 말을 이었다. 그에게는 사기꾼이나 신자가 상대방을 전도하려 할 때 보이는 열정 같은 것이 전혀 없었다.

"웨일스가 책을 탁자 위에, 칼 옆에 놓았다고 말씀드렸죠. 그 텐트에 입구는 하나뿐이었습니다. 그리고 우연히도 전 친 구에게 등을 돌리고, 밀림을 내다보면서 바로 그 입구에 서 있었구요. 그는 탁자 옆에 서서 계속 투덜거리고 불평을 해 댔습니다. 이십 세기에 책 한 권 펼치는 일을 두려워한다는 것이 멍청한 짓이라고 말하기도 하고, 도대체 왜 자기가 그 책을 펼치지 말아야 하는지 묻기도 했지요. 전 어떤 본능적 인 느낌으로, 그에게 펼치지 말라고, 행키 박사에게 돌려주는 게 낫겠다고 말했습니다.

'그런다고 뭐 해 될 게 있겠어요?'

그는 조급하게 말했지요. 전 완강하게 대꾸했습니다.

'그게 무슨 해를 끼쳤냐고? 보트에 있던 그 남자한테는 무슨 일이 일어났지?'

그는 대답하지 않았어요. 전 그가 대답할 수 있을 거라고 생각하지 않았으면서도 약간 자만해서 논리적으로 더 밀고 나갔습니다.

'그 일에 대해 뭐라고 설명하겠나?'

여전히 그는 대답하지 않았습니다. 제가 돌아섰을 때, 그 친구는 이미 사라지고 없었습니다.

텐트 안은 비어 있었습니다. 그 책은 탁자 위에 놓여 있었는데, 그 친구가 돌려놓은 듯 뒤집혀 있더군요. 그런데 옆에 있던 칼은 텐트 반대편 땅 위에 떨어져 있었고, 텐트 천은 누군가가 칼을 들고 난도질하며 지나간 듯 큼지막하게 찢어져 있었습니다. 그 밖으로는 어두운 바깥 밀림만 약간 보일 뿐이었지요. 그쪽으로 가서 틈 사이로 내다보니, 이리저리 엉킨 키 큰 나무들과 덤불이 뒤틀려 있는 건지 부러진 건지 그렇게 되어 있더군요. 기껏해야 몇 미터 정도긴 했지만요. 그날 이후로 다시는 웨일스 대위를 보지도 못했고 소식을 듣지도 못했습니다.

난 그 책을 조심스럽게 다루어, 갈색 종이에 싸들고는 영국으로 돌아왔습니다. 처음에는 행키 박사에게 돌려줄 참이었죠. 그런데 선생의 논문에 그런 일에 대한 가설이 언급된 부분을 보고서, 도중에 들러서 선생에게 이 문제를 가져오기로 결정한 겁니다. 편견 없이 열린 마음의 소유자라고 익히 들었습니다."

오펜쇼는 펜을 내려놓고 탁자 맞은편에 앉은 남자를 찬찬히 바라보았다. 그 한순간의 시선에는 수많은 유형의 협잡꾼과 때로는 정직하기는 하지만 별나고 괴상한 사람들까지 만나본 오랜 경험이 어려 있었다. 보통 때 같으면 벌써 그 이야기가 다 거짓말이라고 하는 건전한 가설을 내놓기 시작했으리라. 사실 그는 그 이야기가 다 거짓말이라고 거의 확신하고 있었다. 다만 그 남자와 그가 말하는 이야기가 아귀가 맞지 않아서, 좀더 살펴보고 있었던 것이다. 그런 류의 이야기를 늘어놓는 거짓말쟁이가 이런 유형인 경우는 본 적이 없었다. 그 사내는 대개의 돌팔이나 사기꾼이 하는 것처럼 겉으로 정직해 보이려 애쓰지 않았다. 오히려 정반대로 보였다. 겉으로는 엉터리 같은 소리인 듯싶은데 진실을 얘기하는 진짜 정직한 사람으로 말이다. 그는 순진한 망상에 빠진 좋은 사람은 아닐까 생각해보았지만, 이 역시 증상이 달랐다. 그에게는 남성적인 무관심 같은 것이 있었다. 그게 망상이라면, 자신의 망상에 별 신경을 쓰지 않는 사람인 셈이었다.

"프링글 씨."

그는 법정 변호사가 증인을 움찔하게 할 때처럼 날카롭게 말했다.

"말씀하신 그 책은 지금 어디에 있습니까?"

설명하면서 점차 음울하게 변해갔던 수염투성이 얼굴이 다시 히죽 웃음을 띠었다.

"바깥에 놔두고 들어왔습니다. 바깥 사무실 말입니다. 좀 위험한 일일 수도 있겠지만, 위험도를 반쯤 줄일 수 있을 것 같아서요."

"무슨 말씀이신지…… 왜 바로 이리 가지고 들어오지 않았죠?"

"왜냐하면 선생이 그 책을 보자마자 펼쳐볼 줄 알았으니까요. 이야기를 듣기 전에 말입니다. 이야기를 들은 뒤라면 그래도 펼쳐보기 전에 두 번 정도는 생각을 하겠거니 싶었죠."

프링글은 잠시 입을 다물었다가 덧붙였다.

"밖에는 댁의 서기밖에 없었습니다. 계산에 열중해 있는 모습을 보니 둔감하고 흐트러짐 없는 사람 같더군요."

오펜쇼는 진심으로 웃음을 터뜨렸다.

"아, 배비지* 말이군요. 그에게는 당신의 마법책도 안전할 거라 보증하지요. 그 친구 이름은 베리지인데 난 종종 배비지라고 부르죠. 계산기처럼 정확하거든요. 그 사람이라면, 다른 사람의 갈색 종이 꾸러미를 열어보거나 할 리가 없습니다. 자, 지금 가서 그 책을 한번 봅시다. 어떻게 다룰지는 진지하게 생각해보겠습니다만, 솔직히 말해서……."

그는 다시 그 사내를 응시했다.

"지금 여기에서 펼쳐보아야 할지, 행키 박사라는 사람에게 보내야 할지 아직 확신이 서질 않는군요."

두 사람은 함께 안쪽 방을 나서서 바깥 사무실로 나왔다. 그런데 갑자기 프링글이 비명을 지르더니 서기의 책상을 향해 달려들었다. 서기의 책상은 거기 있었지만, 서기가 없는 것이었다. 서기의 책상 위에는 갈색 포장이 찢겨나간 낡고 바랜 가죽 책이 놓여 있었다. 닫힌 채로 놓여 있기는 했지만, 막 펼쳐졌던 듯했다. 서기의 책상은 거리가 내다보이는 커다란 창문을 마주보고 있었는데, 그 창문 유리가 깨어져 커다란 구멍이 뚫려 있었다. 마치 사람 몸이 그리로 통과해서 바깥 세계에 던져진 것

---

* Babbage, Charles(1792~1871). 영국의 수학자이자 발명가. 개인 재산까지 털어넣으며, 지금의 전자 계산기의 전신이라 할 수 있는 계산기를 완성하는 데 매진하였다.

처럼 말이다. 그 외에는 어디에도 베리지의 흔적은 없었다.

사무실에 남은 두 사람은 석상처럼 얼어붙었다. 서서히 정신을 차린 것은 교수였다. 천천히 몸을 돌려 선교사에게 손을 내미는 그의 모습은 생애 어느 때보다도 공정해 보였다.

"프링글 씨, 죄송합니다. 제가 했던 생각에 대해 용서를 비는 겁니다. 반신반의했거든요. 이같은 사건을 눈앞에 두고서도 보려 하지 않는다면 과학자라고 할 수 없을 겁니다."

프링글은 의심스럽게 말했다.

"질문을 좀 해봐야 할 것 같은데요. 그 사람 집에 전화를 걸어서 혹시 집에 간 것은 아닌지 알아보실 수 있겠습니까?"

"그 친구에게 전화가 있는지 모르겠소이다. 햄스테드 가 어디쯤에 사는 것 같습니다만…… 친구나 가족 중 누군가가 그쪽에서 여기로 찾아오겠죠."

오펜쇼는 조금 멍해져서 대답했다.

"경찰에 신고를 해야 할 텐데 어떻게 생긴 사람이라고 해야죠?"

"경찰!"

오펜쇼는 흠칫 놀라 자기 생각에서 빠져나오면서 외쳤다.

"외모라……글쎄올시다. 그 커다란 안경만 빼면 여느 사람과 너무 비슷한데요. 말끔하게 면도한 평범한 친구지요. 하지만 경찰이라……봅시다. 이 괴상한 사건을 어떻게 처리해야 할까요?"

"어떻게 해야 할지 알 것 같습니다. 이 책을 하나뿐인 진짜 행키 박사에게 가져다 주고, 이게 다 무슨 악마의 짓거리인지 물어보지요. 여기에서 멀지 않은 곳에 사니까요. 바로 돌아와서 그의 말을 전해드리겠습니다."

프링글은 단호하게 말했다.

"아, 좋습니다."

오펜쇼는 지친 듯, 어쩌면 책임에서 벗어날 수 있게 되어 안도한 듯 주저앉았다. 그러나 자그마한 선교사의 기운 찬 발소리가 거리를 따라 멀어져간 후로도 한참 동안 똑같은 자세로 앉아서, 무아지경에 빠진 사람처럼 멍하니 허공만 쳐다보고 있었다.

바깥 자갈길에 똑같이 기운 찬 발소리가 들리더니 프링글이, 이번에는 빈 손으로 들어왔다. 그때까지도 오펜쇼는 여전히 같은 자리에 같은 모습으로 앉아 있었다. 프링글은 음울하게 말했다.

"행키 박사는 한 시간 동안 그 책을 가지고서 중요한 문제를 생각하고 싶답니다. 그런 다음에 우리 두 사람이 가면 결론을 말해주겠다는군요. 두번째 방문에는 특히 교수님께서 함께 와주시기를 바라던데요."

오펜쇼는 말없이 계속 허공만 쳐다보다가 갑자기 말했다.

"대체 행키 박사라는 사람은 누구요?"

"그가 무슨 악마라도 되는 것처럼 말씀하시네요."

프링글은 미소지으며 말했다.

"어떤 사람들은 정말 그렇게 생각할지도 모르겠군요. 교수님과 같은 분야에서 명성을 지닌 분인데, 대부분 인도에서 지역마술 등을 연구하면서 얻은 명성이라 이곳에서는 잘 알려져 있지 않은 듯싶습니다. 한 쪽다리를 절고, 의심이 많은 성질에 노란 피부를 지닌 몸집 작은 정력가입니다. 하지만 이 분야에서는 존경을 받을 만한 수련을 쌓은 듯하고, 그다지 잘못된 면이 있는 것 같지도 않습니다. 이 미친 짓거리에 대해 뭔가 알 만한유일한 사람이라는 점 자체가 잘못된 게 아니라면 말이지요."

오펜쇼는 무겁게 몸을 일으켜 전화기를 들더니 브라운 신부에게 전화를 걸어, 점심 약속을 저녁으로 바꾸었다. 반은 영국인이고 반은 인도인인 박사의 집에 원정갈 시간을 내기 위해서였다. 그리고 나서 그는 다시 주저앉아, 담배에 불을 붙이고다시 한번 헤아릴 길 없는 생각에 빠져들었다.

저녁식사 약속에 맞추어 레스토랑에 간 브라운 신부는 야자

나무 화분과 거울로 가득 찬 대기실에서 한동안 시간을 때워야 했다. 오펜쇼의 오후 약속에 대해 알고 있던 그는 거울과 녹색 식물들 주위로 험악하고 어두운 저녁이 다가들자, 뭔가 예기치 않은 일이 있어 많이 늦는가 보다 생각했다. 잠깐이지만 그가 오기나 하는 건가 생각하기도 했다. 그러나 마침내 오펜쇼가 모습을 드러내자, 일반적인 추측이 옳았다는 것이 확실해졌다. 프링글과 함께 런던 북부로 갔다가 막 돌아온 그는 몹시 흥분한 눈에다 머리카락까지 흐트러져 있었다. 런던 북부의 교외지역은 아직까지도 히스가 무성한 불모지와 공터에 둘러싸여 있어, 뇌우가 몰아치는 해 질 녘에는 한층 음산해 보였다. 그래도 그들은 옆집에서 부르면 들릴 만한 거리에 약간 떨어져 있는 그 집을 쉽게 찾아냈다. '왕립외과의학회원 의사, J.I. 행키'라고 새겨진 구리판도 확인했다. 다만 J.I. 행키 본인만은 찾지 못했다. 이미 악몽의 속삭임을 들은 듯 무의식적으로 각오하고 있던 사태에 직면했을 뿐이었다. 응접실 탁자에 그 저주받은 책이, 막 읽은 것처럼 놓여 있었다. 그 너머로는 열린 뒷문으로 거칠게 뛰어나간 발자국의 흔적이 희미하게 남아 있었다. 이어지는 정원길은 경사가 심해서, 발을 저는 사람이 뛰어오르기는 쉽지 않아 보였다. 그러나 그 몇 개의 발자국이 양쪽 균형이 맞지 않는 다리를 교정하는 부츠 자국이었으니, 뛰어간 사람이

절름발이였음은 분명했다. 이어지던 발자국은 마치 그 사람이 훌쩍 건너뛴 것처럼 두 개의 부츠 자국만 남긴 채, 뚝 끊어졌다. 행키 박사가 이미 결정을 내렸다는 점만 빼면 더이상 알아낼 것이 없었다. 그는 신탁을 읽고 파멸을 받아들인 것이다.

두 사람이 야자나무 아래 입구로 들어섰을 때, 프링글은 그 책을 작은 탁자 위에 내려놓았다. 그게 손가락을 태우기라도 하는 것처럼. 브라운 신부는 흥미로운 눈으로 그 책을 흘긋 보았다. 책 앞면에는 대구를 이루는 두 줄의 글이 조잡하게 써 있었다.

이 책을 들여다보는 자들
날개 달린 공포가 그들을 낚아채리니

그 밑에는 그리스어, 라틴어, 프랑스어로 비슷한 경고가 씌어 있었다.

두 사람은 당황하고 기진맥진한 터라 음료수를 한번에 다 비웠다. 오펜쇼는 쟁반에 칵테일을 받쳐든 종업원을 불렀다.

"함께 저녁식사를 했으면 좋겠군요."

오펜쇼의 제안에 프링글은 애교 있게 머리를 흔들었다.

"양해해주신다면, 어딘가에 가서 혼자 이 책과 이 일을 가지고 씨름을 해봐야겠습니다. 한 시간 정도 선생 사무실을 쓸 수 있을까요?"

오펜쇼는 조금 놀라서 말했다.

"그야…… 그런데 문이 잠겨 있지 않나 모르겠군요."

"창문에 구멍이 나 있다는 걸 잊으셨군요."

프링글은 환한 웃음 중에서도 최고로 활짝 웃어 보이며 바깥 어둠 속으로 사라졌다.

"거, 좀 이상한 친구로군."

오펜쇼는 얼굴을 찌푸리며 말했다.

그는 브라운 신부가 칵테일을 가져온 종업원과 대화를 나누는 것을 보고 더 놀랐다. 그것도 이제 아기가 위험에서 벗어났다느니 하는 등 종업원과 아주 사적인 얘기를 나누고 있었다. 어떻게 해서 신부가 그 종업원을 알게 되었는지 이상하게 생각하며 묻자 신부가 대답했다.

"아, 두세 달마다 한 번씩 여기에서 저녁식사를 하거든. 가끔 저 친구와 이야기를 나누었다네."

교수는 자신이 일주일에 다섯 번씩 그 식당에서 저녁을 먹으면서 한 번도 그 종업원에게 말을 걸 생각을 못 해봤다는 사실을 깨달았다. 그러나 이런 그의 생각은 날카로운 전화벨 소리와 뒤이은 호출에 잠시 멈췄다. 전화기 속의 목소리는 자신이 프링글이라고 말했다. 약간 억눌린 목소리였는데, 그 무성한 턱수염과 구레나룻을 생각하면 소리가 어눌한 것도 당연했다. 말하는 내용으로 봐서 본인인 것이 확실했다.

"교수님, 전 더이상 참을 수가 없습니다. 직접 알아봐야겠어요. 전 지금 교수님 사무실에 있고 제 앞에 그 책이 있습니다. 제게 무슨 일이 일어난다면, 이게 작별인사가 되겠군요. 아니, 절 막으려 해봐야 소용없습니다. 지금 오셔도 늦을 테니까요. 저는 책을 펼치고 있습니다."

오펜쇼는 뭔가가 부딪히는 소리를 들은 것 같았다. 희미하지만 소름이 오싹 끼치는 소리였다. 그는 거듭해서 프링글의 이름을 외쳐 불렀다. 그러나 더이상 아무 소리도 들리지 않았다. 수화기를 내려놓은 오펜쇼는, 뛰어난 학문적 평정심을, 아니 오히려 자포자기한 듯한 차분한 태도를 회복하여 조용히 자기 자리에 돌아가서 앉았다. 그리고는 마치 강신술 장면 중에 있었던 별것 아닌 트릭이 들통난 얘기를 할 때처럼 침착한 태도로 신부에게 이 끔찍스러운 수수께끼에 대해 낱낱이 털어놓았다.

"이제 이 불가능한 방식으로 다섯 사람이나 사라졌네. 하나같이 독특하지만, 특히나 내 서기 베리지 군에 대해서는 도저히 이해가 가질 않아. 제일 조용한 사람이니만큼 그의 일이 제일 이상하단 말이야."

"그렇군. 베리지가 그런 행동을 하다니 이상하구만. 더없이 성실한 사람인데 말이야. 늘 자기 즐거움과 사무실 일을 구분할 만큼 분별 있는 사람이었는데. 하긴, 그 사람이 집에서는 더없이 유머스러운 사람이라는 걸 아는 사람이 별로 없겠지만……."

브라운 신부가 말했다.

"베리지! 대체 무슨 소릴 하고 있는 건가? 베리지 군을 아나?"

오펜쇼가 소리를 질렀다.

신부는 무심하게 대꾸했다.

"아닐세. 자네 말마따나 내가 저 종업원을 아는 정도지. 종종 자네가 나타날 때까지 자네 사무실에서 기다려야 했을 때, 가엾은 베리지와 시간을 보내곤 했지. 꽤 재미있는 친구라네. 수집가들이 자기들만 가치 있다고 생각하는 바보스러운 것들을 수집하듯, 자기도 쓸모없는 물건들을 수집하길 좋아한다고 말하던 게 기억나는군. 자네도 쓸모없는 물건들을 수집하던 여자에 대한 옛날 이야기는 알 테지."

"무슨 말을 하고 있는지 모르겠는걸. 내 서기가 별난 친구라 치더라도, 그리고 내가 그 사람을 잘 몰랐다고 해도 그게 그에게 일어난 일을 설명해주지는 않아. 다른 사람들 일도 마찬가지고 말일세."

"다른 사람 누구?"

신부가 물었다.

오펜쇼는 그를 빤히 바라보다가 어린아이에게처럼 또박또박 말했다.

"친애하는 브라운 신부, 다섯 사람이 사라졌다네."

"친애하는 오펜쇼 교수, 아무도 사라지지 않았네."

신부는 똑같이 확고한 시선으로 친구의 시선을 맞받으며 똑같이 또박또박 말했다. 그럼에도 오펜쇼는 그 말을 재차 물었고, 브라운 신부는 또박또박 그 말을 되풀이했다.

"사라진 사람은 없다고 말했네."

잠시 침묵이 흐른 뒤, 그는 덧붙여 말했다.

"명백한 사실일수록 사람들에게 납득시키기가 더 어려운 법이지. 사람들은 정말 이상한 일이라 해도 반복해서 일어나면 믿어버리거든. 맥베스도 그래서 세 마녀가 한 말을 믿어버린 게지. 첫번째는 이미 그 자신도 아는 것이었고, 마지막 것은 스스로만이 초래할 수 있는 일이었는데도 말이야.* 하지만 자네

---

* 맥베스는 당시 글람스의 영주였는데, 세 마녀가 '글람스의 영주이며 코더의 영주, 그리고 스코틀랜드의 왕이 되실 분'이라고 예언한 직후에 코더 영주로 임명되자 왕을 죽이기로 결심한다.

의 경우, 가운데 조건이 가장 취약하네."

"무슨 뜻인가?"

"자네가 직접 본 것은 아무것도 없어. 보트에 탄 남자가 사라지는 것을 보지도 못했지. 텐트에서 남자가 사라지는 것도 보지 못했네. 그건 다 프링글 씨의 말뿐이었어. 이 사람에 대한 것은 나중으로 미루겠지만, 어쨌든 자네는 그의 말을 받아들였어. 자네 서기의 실종으로 뒷받침되지만 않았다면 절대 받아들이지 않았겠지. 맥베스 자신이 코더 영주가 되어 확증을 얻지 않았던들 결코 왕이 되리라는 예언도 믿지 않았을 것처럼 말이야."

"그건 사실일지도 몰라."

오펜쇼는 천천히 고개를 끄덕이며 말했다.

"하지만 일단 확증을 얻고 나서 난 그게 사실이라는 것을 알았지. 자넨 내가 직접 본 것은 하나도 없다고 말하네만, 난 보았네. 내 서기가 사라진 것을 보았어. 베리지가 사라졌단 말이야."

"베리지는 사라지지 않았네. 그 반대지."

"그 반대라니, 무슨 귀신 씨나락 까먹는 소린가?"

"그가 결코 사라진 게 아니라는 소리야. 오히려 나타난 거지."

오펜쇼는 친구를 빤히 쳐다보았지만, 그 눈은 이미 새로이 나타난 문제에 집중할 때처럼 변해 있었다. 신부는 말을 이었다.

"그는 붉은 수염을 붙이고 후드가 달린 낡은 망토를 목까지 두르고는 자네 서재에 나타나, 자신이 선교사 루크 프링글이라고 말했네. 자넨 그가 그렇게 조잡한 변장을 했는데도 못 알아볼 정도로 서기에게 무관심했어."

"하지만 분명히……."

오펜쇼가 뭐라고 말하려 했지만, 브라운 신부가 연이어 물었다.

"경찰에 그의 외모를 묘사할 수 있나? 아닐걸. 깔끔하게 면도를 하고 엷은 색안경을 끼고 있다는 정도겠지. 그 안경을 벗는 게 다른 무엇을 입거나 붙이는 것보다 더 나은 변장이었던 거야. 자넨 그의 영혼은 물론이고 그의 눈도 제대로 들여다본 적이 없어. 쾌활한 웃음기가 어린 눈인데 말이야. 그 우스꽝스러운 책이며 다른 것 모두 그가 꾸며낸 거였네. 그 친구가 조용히 창문을 깨뜨리고, 턱수염을 붙이고 망토를 걸치고서 자네 서재로 들어갔던 거야. 자네가 한 번도 자신을 제대로 본 적이 없다는 걸 알고서 말일세."

"하지만 대체 뭣 때문에 그 친구가 이런 미친 속임수를?"

"왜기는, 자네가 생애 한 번도 그 사람을 제대로 보지 않았기 때문이지."

브라운 신부는 말하면서 탁자를 내리칠 듯이 살짝 주먹을 쥐었다.

"자네는 그를 계산기라고 불렀지. 자네가 그 친구를 그런 식으로만 써먹었으니까. 자네 사무실에 들이닥친 낯선 사람 누구라도 오 분만 잡담을 해보면 알 수 있는 것조차 몰랐어. 베리지에게 개성이 있다는 것, 익살이 넘친다는 것, 자네와 자네 이론과 사람들을 '알아보는' 자네 명성에 대해 나름의 견해를 지니고 있다는 것 말일세! 자네가 자네 자신의 서기도 못 알아본다는 사실을 보여주고 싶어 근질거렸다는 거 이해 못 하겠나? 그는 터무니없는 생각을 해내는 사람이야. 쓸모없는 물건을 수집하는 것만 봐도 그렇잖나. 두 가지 가장 쓸모없는 물건을 사던 여자에 대한 얘기 모르나? 노의사의 구리판과 나무의족이었지! 자네의 영리한 서기는 그 이야기를 가지고 행키 박사라는 인물을 창조해낸 거야. 환상 속의 웨일스 대위만큼이나 쉽게. 그것들을 자기 집에다 놓고……."

"우리가 방문한 햄스테드 가의 그 집이 베리지네 집이었다는 건가?"

오펜쇼가 물었다.

"그의 집이나 주소라도 알고 있었나?"

신부가 응수했다.

"보게나, 내가 자네나 자네 일에 대해 깎아내리려 한다고는 생각지 말아주게. 자네는 충실한 진실의 종복이고, 내가 그 점을 낮춰 보지 않는다는 것을 알 걸세. 자네는 많은 거짓말쟁이들을 꿰뚫어보았지. 관심을 두기만 하면. 하지만 거짓말쟁이들만 보지 말게. 가끔이라도 정직한 사람들을 보란 말이야. 종업원 같은 사람 말일세."

오펜쇼는 오랫동안 침묵을 지키다가 물었다.

"그럼, 베리지는 지금 어디 있지?"

"틀림없이 자네 사무실에 돌아가 있겠지. 루크 프링글이 그 끔찍한 책을 읽고 허공 속으로 사라진 바로 그 순간에 자네 사무실에 돌아왔을 거야."

다시 한번 긴 침묵이 흐르고 오펜쇼는 웃음을 터뜨렸다. 풀이 죽어도 멋있어 보일 만큼 위대한 사람의 웃음이었다. 그리고서 그는 불쑥 말했다.

"하긴 그래도 싸지. 제일 가까이 있는 조력자도 못 알아봤으니. 그래도 자네, 반복해서 일어나는 사건이 무시무시하다는 건 받아들여야 해. 저 무서운 책에 대해 한순간이나마 두려움을 느끼지 않았다고는 못 하겠지?"

"아, 그 책 말이지. 거기 놓여 있는 것을 보자마자 펼쳐봤는 걸. 빈 종이뿐이더군. 알다시피, 난 미신을 믿는 사람이 아니라 네."

풀 수 없는 문제

On Reading a Book of Modern Verse

The poet, exquisite ...
Weighed the seven heavens in a scale

"그 살인사건은 해결될 수가 없네."

"왜 해결될 수 없다는 거죠?"

"해결해야 할 살인사건이 없으니까."

The streaming seraphs hooked and ...
And pinned their plumage side by side
Knocked down like toys the eternal towers
And plucked the stars like pretty flowers
And cried before the fearful Face
" I fear you not, ... my ... wrath's race
Before you, and a man like me
You dreamed a dream in Galilee
You that were God that are ... now?"
The Insulted reared in thunders ...
And said at last "Thou sayest true
" I was a man ...

　이 묘한 사건, 어떤 면에서는 브라운 신부에게 일어난 많은 일 중에 가장 묘하다 할 수 있는 이 사건은 그의 프랑스 친구 플랑보가 범죄에서 은퇴하여, 정력적이며 성공적으로 범죄 수사관 일을 하던 때에 일어났다. 플랑보는 도둑 경력과 수사관 경력으로 특히 보석 절도에 밝아서, 보석을 감정하는 일이나 보석 도둑을 알아보는 눈은 그 누구보다 전문가로 인정받고 있었다.

　이 이야기가 시작되는 바로 그날 아침, 그가 전화로 신부를 불러낸 것도 바로 보석에 관한 그의 특별한 지식과 위임받은 특수 임무 때문이었다.

　브라운 신부는 옛 친구의 목소리를 듣고 전화상이었는데도 기뻐했다. 브라운 신부는 평소에 전화를 별로 좋아하지 않았고 그때는 더더욱 그랬다. 그는 사람들의 얼굴을 직접 보면서 분위기를 느끼는 것을 선호했다. 그렇지 않은 경우에는 오해가 생길 수 있다는 것을 잘 알고 있었다. 특히나 만나보지 못한 사람일 경우에는 더욱 그랬다.

그런데 바로 그날 아침은 유독 도무지 알 수 없는 사람들이 떼로 몰려들어 귓가에 붕붕거리며 분명치 않은 소리를 해댔다. 전화기라는 물건은 마치 악마의 작품 같기만 했다. 가장 기가 막힌 전화는 교회에서 살인이나 절도를 사면해주는 데 보통 얼마나 받는지 물어보는 남자의 전화였다. 사면은 돈을 받고 하는 것이 아니라는 말을 듣고서도 그냥 허허 웃으면서 끊는 걸 보니 대답이 별로 석연치 않았던 모양이었다. 그 다음에는 몹시 흥분한 것 같은 여자가 전화로 중언부언하면서, 대성당이 있는 이웃 마을 방향으로 70킬로미터 정도 떨어진 곳에 있는 호텔로 즉시 와주었으면 좋겠다고 요청해왔다. 이 여자는 금세 다시 전화를 걸어 앞서의 요청을 취소했다. 그녀는 한층 더 횡설수설하며 그에게 됐다고, 결국은 필요 없어졌다고 말했다. 또 그 다음에는 웬 신문사가 끼어들어, 여배우들이 남자의 콧수염에 대해 얘기한 내용의 기사에 대해 어떻게 생각하는지를 물어왔다. 그 전화를 끊고 나서 얼마 되지 않아, 흥분한 호텔 여인으로부터 또다시 전화가 왔다. 세번째 전화에서 그녀는 결국 그가 필요하다고 말했다. 신부는, 이 여자가 원래 우유부단해서 이랬다저랬다 하는 것이 아니라 실제로 어떤 공포를 겪고 있는 것 같다는 느낌을 받았다. 어쨌든 플랑보의 전화가, 아침식사도 하지 말고 얼른 나오라고 재촉하는 그런 류의 전화가 아니어서 안심한 것만은 사실이었다.

브라운 신부는 편안하게 앉아서 담배라도 피우며 친구와 대화를 나누고 싶었지만, 곧 이 친구는 힘찬 기세로 특수 임무를 띠고 온 것이며, 그 중요한 원정길에 자신을 데려가려 한다는 것을 알게 되었다. 브라운 신부의 주의를 끌 법한 특별한 상황이라는 것은 사실이었다. 플랑보는 최근 몇 건의 유명한 보석 절도를 성공적으로 막아냈다. 정원을 통과해 도망친 강도의 손에서 덜위치 공작부인의 보석 머리핀을 잡아채기도 했고, 유명한 사파이어 목걸이를 탈취하려던 범죄자에게 교묘한 덫을 놓기도 했다. 문제의 예술가는 자신이 대신 놓아두고 가려 했던 모조품을 진품으로 알고 가져갔다.

그런 이유로 해서 그는 다소 특이한 보물의 운반 경로를 지켜보는 임무를 맡게 되었다. 물질적으로도 충분한 가치가 있었지만 그 이상의 가치를 지닌 보물이었다. 순교자 성(聖) 도로시의 성물이 들어 있는 것으로 여겨지는, 세계적으로 유명한 성물함이 시내에 있는 가톨릭 수도원으로 전달될 예정이었던 것이다. 그리고 국제적인 보석 도둑 중에서 가장 유명한 인물이 그 보물에, 종교적인 의미보다는 금과 루비로 이루어진 세팅에 눈독을 들이고 있는 것으로 알려졌다. 아마도 플랑보는 이런 연상작용을 통해 브라운 신부가 그의 모험에 더할 나위 없이 알맞은 동료라고 생각한 모양이었다. 어찌 되었든 그는 불시에 신부를 방문해서 입에서 불을 뿜어내듯 야심차게 그 도둑을 막을 계획을 줄줄 읊어댔다.

플랑보는 난롯가에 위압적으로 서서, 근사한 콧수염을 휘두르며 옛날 총사대처럼 으스대며 걸어다녔다. 그는 캐스터베리까지는 100킬로미터 정도 되는 거리라고 설명하며 외쳤다.

"설마하니 신부님 코앞에서 그런 불경스러운 도둑질을 하도록 가만히 보고만 있지는 않으시겠죠?"

성물은 밤 늦게나 수도원에 도착할 예정이었다. 그러니 물건을 지킬 사람들도 일찍 도착할 필요가 없었다. 게다가 가는 데만도 만만치 않은 시간이 걸릴 거리였다. 브라운 신부는 문득, 아까 그 다급했던 여자 목소리가 생각났다. 그는 플랑보에게, 가는 길에 호텔이 하나 있는데 누가 가능한 한 그곳으로 빨리 와달라고 전화를 했으니 이왕이면 그곳에서 점심식사를 했으면 좋겠다고 말했다.

나무가 빽빽이 들어서 있고 인적이 드문 풍경을 따라 차를 몰고 가다보니 호텔을 비롯한 건물들은 점점 줄어들었고, 한낮의 열기 속에서도 햇살은 폭풍우를 머금은 듯한 황혼빛으로 퇴색했다. 어두운 회색 숲 위로 짙은 자줏빛 구름이 모여들었다. 타는 듯 붉게 빛나는 햇살의 정적 아래에서는 늘 그렇듯, 그 풍경의 색채는 환한 햇살 아래에서는 볼 수 없는 비밀스러운 광채를 품고 있었다. 텁수룩한 붉은 나뭇잎이며 황금빛 오렌지색 버섯들은 그들 고유의 어두운 불꽃으로 타오르는 듯했다. 그 어슴푸레한 빛 아래에서 그들은 회색 담에 나 있는 거대한 틈처럼 갈라진 나무 사이의 거리로 조금 들어가 '그린 드래곤'이라는 간판을 단 기괴한 호텔 건물을 멀리서 올려다보았다.

오랜 친구 두 사람은 종종 함께 호텔이나 다른 집에 갔었고, 매번 어느 정도 색다른 면을 발견하곤 했다. 하지만 이번처럼 특이한 점을 그렇게 빨리 알아챈 적은 거의 없었다. 그들의 차는 아직 그 높고 좁은 건물의 암록색 셔터에 어울리는 암록색 문에서 몇백 미터나 떨어져 있었는데, 쾅 소리를 내며 문이 열리더니 헝클어진 붉은 머리의 여자가 전속력으로 돌진할 준비가 되어 있었던 것마냥 그들을 맞이하러 뛰어나왔던 것이다. 플랑보가 차를 미처 세우기도 전에 그녀는 비극적인 하얀 얼굴을 창문 안으로 들이밀며 외쳤다.

"브라운 신부님이세요?"

그리고는 숨도 쉬지 않고 잇달아 물었다.

"이분은 누구시죠?"

브라운 신부는 평온하게 말했다.

"이 신사분의 이름은 플랑보요. 뭘 도와드릴까요?"

그녀는 그 상황에서조차도 유별나다고 할 만큼 급하게 말했다.

"안으로 들어오세요. 살인사건이 났어요."

그들은 말없이 차에서 내려, 그녀의 뒤를 좇아서 암록색 문을 지나 암록색 복도로 들어섰다. 그곳에는, 검은색과 붉은색 등 칙칙한 빛깔의 잎을 단 포도넝쿨과 담쟁이덩굴로 감싸진 말뚝과 나무기둥들이 서 있었다. 이 통로는 다시 안쪽 문을 통해 17세기 왕당파 기사의 무기들이 남루한 전리품처럼 쌓여 있는 커다란 응접실 같은 곳으로 이어졌다. 방의 가구는 고색창연했고 잡동사니를 넣어둔 광처럼 엉망진창이었다. 그들은 순간 흠칫 놀랐다. 커다란 잡동사니 한 조각이 뚝 떨어져나와서 그들에게 걸어오는 것처럼 보였던 것이다. 마치 오랫동안 동상처럼 방치되어 있었던 듯 너무 지저분하고 남루한데다 볼품없어 보였다.

묘하게도 일단 움직이는 것을 보니 그 남자에게는 우아한 경쾌함 같은 것이 있었다. 품격 있는 발판 사다리의 나무이음새나 고분고분한 수건걸이 같다고나 할까. 플랑보와 브라운 신부 두 사람 다 그렇게 종잡을 수 없는 남자는 본 적이 없다고 생각했다. 신사라고 부를 만한 사람은 아니었지만 그에게는 먼지투성이 학자의 고상함이 있었다. 그런가 하면 희미하게 하층 계급이나 평판 나쁜 불한당 같은 면도 보였다. 어쨌든 그에게서 풍기는 분위기는 보헤미안이라기보다는 학자풍이었다. 그는 마르고 창백했고, 뾰족한 코에 검정색 턱수염을 기르고 있었다. 이마가 벗겨졌지만, 그 뒤로 자란 머리카락은 가늘고 긴 직모였다. 눈은 푸른색 안경에 완전히 가려져 표정이 드러나지 않았다. 브라운 신부는 어디선가 오래 전에 그런 눈을 본 적이 있는 듯도 했지만, 딱히 뭐라고 하기 힘든 느낌이었다. 그는 잡동사니 한가운데에 있었는데, 그것들은 거의가 문서 뭉치들이었다. 특히 17세기의 논설 같은 것이 한 묶음 있는 것이 눈에 띄었다.

플랑보가 진지하게 물었다.

"제가 숙녀분의 말씀을 제대로 이해했다면, 여기에서 살인사건이 벌어졌단 말이지요?"

여자는 헝클어진 붉은 머리를 재빨리 끄덕였다. 그 타오르는 듯한 헝클어진 머리카락만 빼면 그다지 단정치 못한 모습도 아니었다. 검은 드레스는 정갈하고 위엄이 있었으며, 꽤 아름다웠다. 그리고 그녀에게서는 육체적으로나 정신적으로 여성을 강인하게 만드는 힘 같은 것이 배어나왔다. 특히나 푸른 안경을 쓴 그 남자 같은 부류의 사내들과 아주 대조적인 강인함이었다. 하지만 중간에 끼어들어 익살 섞인 정중한 태도로 명료한 답변을 내놓은 것은 바로 그 남자였다.

"불운한 우리 제수씨는 지금 너무 소름끼치는 충격으로 고통받고 있으니 이 일에서 좀 빼주십시오. 차라리 제가 그 일을 발견해서 끔찍한 소식을 전해야 하는 마음의 짐을 졌더라면 얼마나 좋았을까 하는 생각뿐입니다. 오랫동안 이 호텔에 누워 요양을 해오던 사돈 어른께서 정원에 쓰러져 있는 것을 발견한 것이 다름아닌 제수씨입니다. 그것도 폭행과 공격이 있었음이 너무나 명백해 보이는 상황에서 말이죠. 이상한 상황, 아주 이상한 상황이었습니다."

플랑보는 숙녀분에게 고개를 숙여 깊은 유감을 표명했다. 그런 다음 그는 남자에게 말했다.

"그러니까 선생께선 플러드 부인의 시아주버니 되시는군요."

"네. 오스카 플러드라고 합니다. 의사이지요. 제 동생은 지금 사업차 외국에 가 있어서, 제수씨가 호텔을 운영하고 있지요.

사돈 어른께선 몸이 부분적으로 마비된데다 고령이셔서 침실을 떠난 적이 없으셨지요. 그러니 이 얼마나 고약한 상황인지……."

"경찰은 불렀습니까?"

플랑보가 물었다.

"그럼요. 그 끔찍한 사태를 발견하고 바로 전화를 걸었지요. 하지만 오는 데 몇 시간은 걸릴 겁니다. 이 호텔은 너무 외따로 떨어져 있어요. 캐스터베리 쪽으로 가는 사람들이나 이용할 뿐이죠. 그래서 저희는 신부님의 값진 도움을 요청한 겁니다."

"우리가 조금이라도 도움이 되려면…… 당장 가서 그 현장부터 보는 게 좋겠군요."

브라운 신부는 무례해 보일 정도로 멍한 태도로 그의 말을 끊었다.

신부는 문을 향해 거의 기계적으로 걸음을 옮겼다. 그리고는 급하게 문을 나서다가 앞을 가로막고 있던 남자에게 정통으로 부딪칠 뻔했다. 그자는 빗질하지 않은 검은 머리카락을 늘어뜨린 덩치 크고 육중한 젊은이로, 한쪽 눈이 약간 손상된 것만 빼면 잘생긴 편이었다. 일그러진 한쪽 눈은 불길한 인상을 주었다. 그가 불쑥 말했다.

"대체 무슨 짓들을 하고 있는 거요? 동네방네 어중이떠중이에게 다 말할 작정이구만. 경찰이나 기다릴 일이지."

"경찰 쪽은 내가 책임을 지지."

플랑보는 위엄 있게, 갑자기 모든 것을 총괄하는 듯한 분위기로 말하고 현관 쪽으로 다가갔다. 그의 몸집은 그 덩치 큰 젊은이보다도 훨씬 컸고 콧수염은 스페인 황소의 뿔만큼이나 위협적이었으므로, 덩치 좋은 젊은이도 그 앞에서는 물러났다. 다른 사람들이 무리지어 정원으로 향하며 뽕나무 농원으로 이어지는 포석 깔린 오솔길을 오르는 동안 그는 따돌림당해 뒤에 남은 듯 겉도는 분위기마저 풍겼다. 자그마한 신부와 의사가 나누는 말을 들은 것은 플랑보뿐이었다.

"저 사람은 우리를 싫어하는 것 같군요. 그런데 저 사람은 누구죠?"

오스카 플러드는 어느 정도 삼가는 태도로 말했다.

"이름은 던이라고 합니다. 제수씨가 정원 돌보는 일자리를 주었지요. 전쟁중에 눈을 잃었거든요."

그들이 뽕나무 덤불을 통과해 지나가면서 바라본 정원에는, 땅이 하늘보다 더 밝을 때 나타나는 화려하지만 불길한 분위기가 감돌고 있었다. 폭풍이 들이닥칠 듯 시시각각 시커멓게 어두워져만 가는 하늘 아래, 뒤에서 부서져내리는 햇살을 받아 서 있는 나무들은 마치 자줏빛 어스름을 뚫고 타오르는 희미한 녹색 불꽃 같았다. 잔디밭과 화단에도 그 같은 햇살이 내렸다. 어떤 것이든 그런 햇살을 받으면 한층 더 은밀하고 신비하게 빛나는 듯했다. 화단에는 튤립이 마치 시커먼 핏방울처럼 점점이 돋아나 있었다. 몇몇 송이는 누가 봐도 확연하게 정말로 검은색이었다. 여기에 잘 어울리게도 화단의 끝에는 미루나무 한 그루가 자라고 있었다. 확실치 않은 기억력 때문이기도 했지만, 어쨌든 브라운 신부는 그 미루나무를 보고는 유다가 목을 맸다는 그 유다 나무라고 간주해버렸다. 바싹 야윈 노인의 몸뚱이가 마치 말린 과일처럼 가지 하나에 매달려 있어서 그런 연상이 떠올랐는지도 모르는 일이었다. 바람에 흔들리는 노인의 긴 수염도 기괴하기 짝이 없었다.

햇빛은 어둠에서 느낄 수 있는 공포보다 더 소름끼치는 분위기를 자아냈다. 변덕스럽게 얼굴을 내민 태양 때문에 그 노인과 나무는 마치 연극을 위한 무대장치처럼 선명해 보였다. 나무에는 꽃이 만발했고 시체는 색 바랜 녹색 실내복을 입고 흔들리는 머리에는 진홍색의 실내용 모자를 쓴 채 매달려 있었다. 게다가 붉은색의 침실용 슬리퍼를 신었는데, 한짝이 풀밭 위에 떨어져 꼭 피가 고인 것처럼 보였다.

그러나 플랑보나 브라운 신부나 아직 이런 것들은 보고 있지 않았다. 그들은 죽은 노인의 쪼글쪼글한 몸뚱이 한가운데에 꽂혀 있는 이상한 물건을 응시하고 있었다. 곧 그들은 시체를 뚫고 튀어나온 것이 17세기 칼의 까맣고 조금 녹이 슨 자루 부분이라는 것을 알아챘다. 두 사람은 그 칼자루를 응시하며 미동도 없이 서 있었다. 결국에는 안절부절하던 의사가 그들의 무신경에 질린 듯 신경질적으로 손가락을 꺾으며 말했다.

"제가 보기에 제일 이상한 점은 시체의 상태입니다. 벌써 뭔가를 짐작할 수 있게 해줬죠."

플랑보는 나무 쪽으로 걸음을 옮겨 외알 안경 너머로 칼자루를 뜯어보고 있었다. 그런데 무슨 이유에선가 그 순간 브라운 신부는 팽이처럼 뱅그르르 몸을 돌려 시체를 등지고 비스듬히 반대쪽을 바라보았다. 그 순간 멀리 정원 끝에서 플러드 부인의 붉은 머리가 오토바이를 타고 있는 거무스름한 젊은이에게로 향하는 모습이 보였다. 거리가 멀어서 그 젊은이의 얼굴은 알아볼 수 없었다. 멀어져가는 엔진 소리만 뒤에 남기고 그는 사라졌고, 브라운 신부가 때맞춰 몸을 돌려 칼자루와 매달린 시체를 주의깊게 들여다보기 시작한 순간 플러드 부인도 몸을 돌려 그들 쪽으로 걸어오기 시작했다.

"겨우 삼십 분쯤 전에나 발견한 모양이군요. 그 직전에 누가 있었습니까? 그러니까 이분의 침실이나 그 근처, 혹은 정원 여기쯤이나. 한 시간쯤 전에요."

플랑보가 물었다.

"정말 비극적인 사건입니다. 제수씨는 집 바깥에 있는 식품 저장실에 있었어요. 던 그 사람도 그쪽 채소밭에 있었구요. 전 여러분이 아까 보신 응접실 뒤편에 있는 방에서 책에 얼굴을 파묻고 있었습니다. 하녀가 두 사람 있는데, 한 사람은 우체국에 가 있었고 또 한 사람은 다락방에 있었어요."

의사는 정확하게 대답했다.

"이 사람들 중 누구라도…… 누구라도 말입니다, 가엾은 노신사분과 관계가 안 좋았던 사람은 없었습니까?"

플랑보는 더없이 차분하게 물었다.

"모두에게 사랑받는 분이셨습니다. 오해가 있다 해도 가벼운 거였고, 또 요즘 시대에는 흔히 있을 법한 일이었어요. 낡은 종교관습에 매달려 계셨거든요. 딸이나 사위는 좀더 현대적인 넓은 시각을 갖고 있었죠. 그런 정도로는 이렇게 끔찍하고 터무니없는 살인사건과 상관이 있을 리가 없습니다."

의사는 단호하게 답했다.

"그건 그 현대적인 관점이란 것이 얼마나 넓은지에 달려 있겠지요. 혹은 얼마나 좁은지에……."

브라운 신부가 중얼거렸다.

이때 그들은 플러드 부인이 정원을 가로질러 다가오면서 초조하게 큰 소리로 시아주버니를 부르는 소리를 들었다. 그는 서둘러 그쪽으로 향했고, 곧 말소리가 들리지 않게 되었다. 하지만 그 전에 그는 사과하듯 손을 흔들고 긴 손가락으로 땅을 가리키더니, 장례식에서 연기하는 사람과도 같은 괴이한 분위기로 말했다.

"아주 흥미로운 발자국을 발견하실 겁니다."

두 아마추어 탐정은 서로를 마주보았다.

플랑보가 응수했다.

"흥미로운 거라면야 저도 몇 가지 발견했지요."

"아, 그래."

신부는 약간 멍청한 눈으로 풀밭을 응시하며 말했다.

"저는 왜 그들이 사람을 죽을 때까지 목매달아 놓았다가, 다음에 수고스럽게 칼로 찔러야 했는지 생각하고 있었습니다."

"난 왜 그들이 심장을 찔러 죽인 다음 수고롭게도 목을 매달아 놓아야 했는지 궁금해하고 있었네."

"반대로 생각하고 계시네요. 살아 있는 사람에게 칼을 찌르지 않았다는 건 한눈에 알아볼 수 있어요. 그랬다면 피도 더 흘렀을 것이고 상처도 저렇게 아물지 않았을걸요."

플랑보가 항의하자 브라운 신부는 작달막한 키에 짧은 시야로 어설피 위쪽을 응시하며 말했다.

"산 채로 매달지 않았다는 것도 한눈에 알 수 있네. 올가미의 매듭을 보면, 떨어진 목을 지탱하기에는 밧줄이 너무 엉성해. 그러니 사람을 목졸라 죽일 수 없었다는 것은 자명하지. 그는 밧줄이 목에 걸리기 전에 죽었어. 그리고 칼에 찔리기도 전에 죽었지. 대체 진짜 사인이 뭘까?"

"안으로 들어가서 침실을 살펴보는 게 낫겠네요."

"그러도록 하지. 하지만 먼저 이 발자국부터 살펴보는 게 좋겠어. 반대편 끝…… 그러니까 이 사람 창문에서부터 시작되는군. 흠, 포장도로에는 발자국이 없어. 있을 법도 한데 말이야. 여기가 그의 침실 창문 바로 밑 잔디밭이야. 여기에는 발자국이 선명하구만."

그는 발자국을 보며 불길하게 눈을 깜박이다가, 조심스럽게 그 경로를 더듬어 나무에까지 거슬러올라갔다. 그러면서 이따금씩 품위 없이 몸을 굽혀 바닥에 있는 무엇인가를 들여다보았다. 마침내 그는 플랑보에게 돌아가서 허물없이 말했다.

"저기서 아주 단순하게 알 수 있는 얘기가 뭔지 알겠나? 물론 정확히 말하자면 단순한 얘기는 아니네만."

"추악하다면 모를까, 단순한 건 아닐 거예요."

"뭐, 노인의 슬리퍼 모양 그대로 대지에 또렷이 찍혀 있는 이야기는 이렇네. 노령에다 몸도 마비된 사람이 창문에서 훌쩍 뛰어내려, 목이 졸리고 칼에 찔리고 싶은 열망에 가득 찬 나머지 룰루랄라 즐겁게 오솔길에 나란히 뻗은 화단을 달려내려갔다는 거야. 어찌나 열망이 강했던지 속 편하게도 한쪽 다리로 깽깽이 걸음을 뛰는가 하면 심지어는 가끔 옆으로 재주를 넘기까지……."

"그만 하세요! 왜 그런 끔찍한 말씀을 하시고 그러세요?"

플랑보가 고개를 저으며 외쳤다.

브라운 신부는 눈썹을 살짝 치켜올리더니 조용히 흙 위에 찍힌 그림문자를 가리켰다.

"절반쯤부터는 한쪽 슬리퍼 자국밖에 없어. 그리고 가끔은 손자국만 찍혀 있고."

"발을 절다가 쓰러진 것일 수도 있지 않을까요?"

브라운 신부는 고개를 저었다.

"그랬다면 적어도 일어나면서 손과 발을 다 썼든가, 아니면 무릎과 팔꿈치라도 쓰려고 했겠지. 그런 자국은 없어. 물론 가까이에 포석을 깐 오솔길이 있고 그 위에서라면 자국이 남지 않았겠지. 하지만 틈 사이의 흙에는 남을 수도 있었어. 포장이 고르지 않으니까 말이야."

"이건 정말 정신 나간 도로에, 미쳐버린 정원에, 미치광이 같은 이야기네요!"

플랑보는 그렇게 말하고서 폭풍이 휩쓸고 간 정원을 우울하게 쳐다보았다. 비뚤비뚤 더덕더덕 나 있는 오솔길은 '정신 나간'이라는 형용사에 아주 잘 어울렸다.

"그럼 이제 올라가서 그의 방을 보세나."

브라운 신부가 말했다.

그들은 침실 창문에서 멀지 않은 문으로 들어갔다. 신부는 잠깐 걸음을 멈추고 나뭇잎을 모을 때 쓰는 평범한 정원용 빗자루가 벽에 기대어 있는 것을 바라보았다.

"저거 보이나?"

"빗자루로군요."

플랑보는 여전히 빈정대는 말투였다. 브라운 신부가 말했다.

"터무니없는 실수야. 이 묘한 음모에서 처음 본 어처구니없는 실수로군."

그들은 계단을 올라 노인의 침실로 들어갔다. 한눈에도 그 가족의 기반이나 불화, 양쪽 모두를 알 수 있었다. 브라운 신부는 내내 자신이 가톨릭 집안, 혹은 가톨릭 신자였던 집안에 들어와 있다고 느꼈었다. 하지만 여기에 살고 있는 사람들은 부분적으로나마 타락했거나 별로 독실하지 않은 가톨릭 신자들이었다. 방에 걸린 그림과 성상들은 최소한 그는 신심을 유지하고 있음을 보여주었지만, 그의 친족들은 무슨 이유에선가 무신론자로 변했다. 하지만 그는 이런 설명은 이처럼 더없이 기묘한 사건은 물론이고 평범한 살인사건에도 적당하지 않다는 사실을 알고 있었다. 그는 중얼거렸다.

"젠장, 살인사건이 그나마 제일 평범한 부분이로구만."

그러나 욕설을 내뱉긴 했어도, 그의 얼굴은 서서히 밝아지기 시작했다.

플랑보는 죽은 노인의 침대 곁에 놓인 작은 탁자 옆 의자에 앉아 있었다. 그는 얼굴을 찌푸린 채 물병 옆 작은 쟁반에 놓여 있는 서너 개의 하얀 알약을 들여다보며 말했다.

"남자인지 여자인지는 몰라도 살인자에게는 분명 우리가 죽은 사람이 목졸려 죽었거나 칼에 찔려 죽었다고, 아니면 양쪽 다라고 생각하기를 원할 만한 이유가 있었을 거야. 그는 목매어 죽은 것도 아니고 칼에 찔려 죽은 것도 아니었지. 왜 그렇게 보이고 싶었던 걸까? 가장 논리적인 설명은 그가 어떤 특정한 사람과 연관될 수밖에 없는 특별한 방법으로 죽었다는 것이지. 예컨대 독살을 당했다고 해보세. 그리고 다른 사람보다 더 자연스럽게 독살할 수 있는 누군가가 관련되어 있다고 가정해보자고."

"푸른 안경을 쓴 친구는 의사 선생이지."

브라운 신부는 부드럽게 말했다.

"이 알약을 자세히 좀 조사해봐야겠어요. 하지만 잃어버리고 싶진 않군요. 물에 잘 녹을 것 같아 보이는데요."

"그 약을 가지고 과학적인 조사를 하려면 시간이 걸릴 거야. 그 전에 경찰이 오겠지. 그러니 잃어버리지 말라고 충고해야겠구만. 자네가 경찰을 기다릴 거라면 말이야."

"저는 여기 머물러서 이 문제를 풀어내겠어요."

플랑보가 말하자 브라운 신부는 조용히 창 밖을 내다보며 말했다.

"그럼 자네는 영원히 여기 머물겠군. 어쨌든 난 더이상 이 방에 머물지 않겠네."

"제가 문제를 해결하지 못할 거라는 뜻인가요? 그렇게 생각하시죠?"

"그 알약은 물에 녹지 않으니까. 아니, 피에도 녹지 않을 거야."

신부는 그렇게 대꾸하고 어두운 층계를 내려가 어두워져가는 정원으로 나왔다. 그곳에서 그는 이미 창 밖으로 내다보았던 장면을 다시 보았다.

벼락이라도 떨어질 듯 무겁고 답답한 검은 하늘 때문에 풍경이 더 음침하게 보이는 것 같았다. 구름에 완전히 가린 해는 좁은 틈 사이로 달보다 희미하게 고개를 내밀고 있었다. 공기 중에는 천둥 소리가 울렸으나 이제 더이상 바람은 일지 않았다. 다채로운 색깔의 정원도 한층 두터운 어둠의 그늘로만 보일 뿐이었다. 하지만 한 가지 색채만은 어스름 속에서 여전히 선명하게 빛을 발했다. 머리카락 사이에 손을 찔러넣은 채 경직된 듯 멍하니 선 이 집 여인의 붉은 머리카락이었다. 일식처럼 보이는 그 모습을 보니, 중요한 것인지는 모르겠지만 뭔가 더 깊은 곳에 자리잡고 있던 의혹이 어떤 잊혀지지 않는 신화적 기억과 함께 떠올랐다. 그는 저도 모르게 중얼거리고 있었다.

"비밀스러운 곳, 기울어가는 달 아래 여전히 흐트러진 채 마법에 홀린 곳, 사악한 연인을 위해 눈물 흘리는 여인이 유령처럼 출몰하나니."

그의 중얼거리는 목소리는 한층 더 떨렸다.

"성모 마리아시여, 바라옵건대 우리 죄인들을 용서하소서…… 그거야, 바로 그거야. 사악한 연인을 위해 통곡하는 여인."

그는 머뭇거리다 못해 거의 부들부들 떨면서 그 여자에게 다가갔다. 그러나 목소리는 평소와 다름없이 평온했다. 그는 그녀를 똑바로 바라보면서, 이 비극적 사건이 아무리 추하고 어리석더라도 그 때문에 병이 나서는 안 된다고 진지하게 말했다. 그가 엄숙하게 말했다.

"조부님에게는 그분 방에 있던 성화(聖畵)들이 우리가 본 추악한 광경보다 훨씬 진실했어요. 조부님이 선량한 사람이었다는 것을 알겠더군요. 그리고 살인자들이 그분의 시체에 한 짓은 문제가 되지 않는다는 것도."

"아, 전 그 성화와 성상들에는 신물이 나요!"

그녀는 고개를 돌리며 말했다.

"그것들이 신부님이 말씀하시는 대로의 물건이라면 왜 스스로를 방어하지 않죠? 난봉꾼들이 성처녀의 머리를 깨뜨리더라도 그들은 아무 벌도 받지 않아요. 선이라는 게 대체 뭐죠? 우리가 인간이 신보다 강하다는 사실을 알아낸다 하더라도 신부님은 우리를 비난하실 수 없어요. 비난하실 수 없다구요."

"주께서 우리를 인내하신다 하여 그분께 창을 들이대는 것은 관대하다 할 수 없는 일이지요."

브라운 신부가 아주 온화하게 말했다.

"신은 인내심이 강하고 인간은 그렇지 못한지도 모르죠. 그리고 우리는 그런 성급함을 더 좋아하는 건지도 몰라요. 신부님께선 그걸 신성모독이라 부르시겠지만, 막지는 못하시죠."

"신성모독!"

브라운 신부는 흠칫 놀라며 외쳤다.

신부는 돌연 새로운 결정을 내린 듯 현관 쪽으로 돌아섰다.

동시에 플랑보는 손에 종이다발을 들고 흥분으로 하얗게 질린 얼굴로 현관에 나타났다. 브라운 신부는 이미 말을 하려고 입을 연 참이었지만 성급한 친구쪽이 빨랐다.

플랑보가 외쳤다.

"마침내 단서를 잡았어요! 이 알약들은 똑같아 보이지만 사실은 전혀 다른 것입니다. 제가 그 사실을 알아낸 순간 그 난폭한 애꾸눈 정원사가 방 안으로 하얀 얼굴을 들이밀었다는 것 아닙니까. 그자는 기다란 장총을 들고 있었어요. 내가 그자의 손을 내리치고 층계 아래로 내던져버렸지요. 하지만 이제 모든 게 이해가 되요. 한두 시간만 더 머물러 있으면 마무리지을 수 있겠어요."

"그럼 마무리짓지 못하겠군."

신부는 실로 그답지 않은 어투로 말했다.

"우린 더이상 여기에 머무르지 않을 테니까 말이야. 한 시간은커녕 일 분도 더 있을 수 없네. 지금 즉시 여길 떠나야 해!"

"뭐라고요! 겨우 진실에 다가선 참인데! 저들이 우리를 두려워하는 것으로 보아 진실에 다가서고 있는 게 분명하지 않습니까!"

플랑보가 놀라서 외쳤다.

"우리가 여기에 있는 한 저들은 우리를 두려워하지 않아. 오직 우리가 여기에 있지 않을 때에만 두려워하지."

브라운 신부는 무표정하고 의미를 알 수 없는 얼굴로 그를 쳐다보더니 말했다.

두 사람 다 그 순간 안절부절 못하는 오스카 플러드의 모습이 타는 듯 붉은 안개 속에서 어슬렁거리고 있는 것을 알아차렸다. 그때 그는 허둥지둥대며 그들 쪽으로 돌진해왔다.

"멈춰요! 들어보십쇼! 진실을 알아냈습니다!"

"진실은 당신네 경찰에게나 설명하시오. 곧 올테니까요. 우린 가야겠어요."

브라운 신부는 짧게 대꾸했다.

의사는 온갖 감정이 북받쳐 어쩔 줄 몰라하더니 결국에는 자포자기한 듯 고함을 지르며 다시 자기를 추스렸다. 그는 십자가처럼 팔을 쫙 벌리고 그들 앞을 가로막으며 외쳤다.

"그래요! 더이상 진실을 알아냈다는 말로 여러분을 속이지 않겠습니다. 전 그저 진실을 고백하려는 겁니다."

"그럼 당신네 신부에게 고백해요."

브라운 신부는 그렇게 말하고 성큼성큼 정문으로 향했다. 그의 친구는 망연히 그 뒤를 따랐다. 그들이 정문에 다다르기 전에 또다른 인물이 바람처럼 달려들었다. 정원사 던이 탐정이란 작자들이 꽁무니를 빼냐는 둥, 이해하기 힘든 조롱을 퍼부어대고 있었다. 신부는 때맞춰 허리를 굽혀 그가 휘두른 장총을 피해냈지만, 던은 헤라클레스의 몽둥이 같은 플랑보의 주먹을 제때 피해내지 못했다. 두 사람은 오솔길에 대자로 뻗은 던을 뒤로 하고 정문을 빠져나와 말없이 차에 올랐다. 플랑보는 짧은 질문만 하나 던졌고 브라운 신부는 '캐스터베리'라고만 대답했다.

긴 침묵이 흐른 뒤에야 신부는 말했다.

"폭풍은 그 정원에만 존재했던 것 같군. 영혼 속에 휘몰아치던 태풍으로부터 빠져나온 폭풍."

"신부님, 저는 신부님을 오래 알아왔고, 신부님께서 어떤 확신을 보여줄 때마다 신부님이 이끄는 대로 따라왔습니다. 하지만 그저 분위기가 마음에 안 든다는 이유만으로 재미있는 일에서 절 끌어냈다고 하진 않으시겠죠?"

플랑보가 말했다.

"글쎄, 확실히 끔찍한 분위기였지. 몹시도 불쾌하고 답답한 분위기였어. 하지만 이 사건에서 제일 끔찍한 부분은, 증오가 전혀 개입되어 있지 않다는 점이라네."

브라운 신부는 침착하게 대꾸했다.

"누군가가 노인을 좀 싫어했던 것 같은데요."

플랑보가 이의를 제기하자 브라운 신부는 신음하며 말했다.

"아무도, 누구도 싫어하지 않았어. 그게 저 어둠 속에 감춰진 끔찍한 부분이라네. 그건 사랑이었어."

"사랑을 표현하는 방법치고는 괴상하네요. 목을 조르고 칼을 꽂아놓다니……."

"사랑이었어. 그리고 그게 저 집을 공포로 채워놓았지."

신부는 되뇌었다.

"설마하니 저 아름다운 여성이 안경 쓴 거미 같은 작자와 사랑에 빠져 있다는 말은 아니겠죠?"

"아니지. 그녀는 남편을 사랑하고 있네. 무시무시한 일이야."

브라운 신부는 다시 신음하며 말했다.

"그런 부부 간의 사랑이야 신부님도 늘 좋게 보시던 것 아니었나요. 불법도 아니고요."

"불법이야 아니지……."

브라운 신부는 플랑보의 말에 대답하고 나서 팔꿈치로 쿡 찌르더니 따뜻하게 이야기했다.

"자네, 내가 남녀의 사랑이 주께서 내리신 첫번째 명령이며 영원토록 영광된 것임을 모른다고 생각하나? 자네도 우리가 사랑과 결혼을 존중하지 않는다고 생각하는 얼간이들 중 한 사람인가? 내가 에덴의 동산과 가나의 포도주에 대해 배워야 할까? 사물에 깃든 힘은 주의 힘이기에, 주의 속박에서 벗어날 때조차 엄청난 힘이 휘몰아치네. 동산은 정글로 돌변하더라도 장엄한 정글이며, 가나의 포도주가 두번째 발효를 겪으면 갈보리*의 식초로 변한다는 것. 내가 이런 것을 다 모르는 줄 아나?"

"그야 분명 잘 아시겠죠. 하지만 역시 살인사건 문제에 대해서는 잘 모르겠는걸요."

"그 살인사건은 해결될 수가 없네."

"왜 해결될 수 없다는 거죠?"

"해결해야 할 살인사건이 없으니까."

플랑보는 놀라서 입을 다물었다. 잔잔한 어조로 말을 이은 것은 신부였다.

"이상한 일을 말해주지. 난 저 여인이 비탄으로 흐트러져 있을 때 대화를 나누었네. 하지만 그녀는 살인사건에 대해서는 한마디도 입 밖에 내지 않았어. 살인이라는 말도 하지 않았고, 심지어 살인을 시사하는 말조차 없었다네. 그녀는 거듭해서 신성모독이란 말만 했지."

그리고 나서 신부는 잠깐 사이를 두고 덧붙였다.

---

* Calvary. 그리스도가 십자가에 못박힌 곳.

"타이거 타이론에 대해 들어봤나?"

플랑보가 목소리를 높였다.

"그럼요! 바로 그자가 성물함을 노리고 있는 것으로 추정되는 놈이고, 제 임무가 그놈을 막는 일인걸요. 이 나라를 방문한 악한 중에서 가장 난폭하고 대범한 놈이죠. 아일랜드인인데도 가톨릭 반대에 미친 놈이고 말이에요.* 어쩌면 반 가톨릭 비밀 결사에서 장난삼아 악마숭배도 해봤을지 모르죠. 어쨌든 그는 실제보다 더 사악해 보이는 난폭한 트릭을 사용하는 취향의 소유자예요. 어떤 면에서는 최악이라고 할 수 없기도 해요. 살인도 거의 저지르지 않고, 잔인한 면도 전혀 없어요. 하지만 그는 사람들을 깜짝 놀래켜주는 일을 몹시도 좋아합니다. 특히나 교회를 턴다거나 해골을 파헤친다거나 하는 일로 자기네 국민을 놀래키는 것은 더욱 좋아하죠."

"그래. 다 들어맞는군. 한참 전에 깨달아야 했어."

"한 시간의 조사로 뭘 알아낼 수 있었겠어요?"

탐정은 방어적으로 말했다.

"조사할 거리가 있기도 전에 깨달았어야 했지. 오늘 아침 자네가 도착하기 전에 알아야 했어."

---

* 아일랜드는 전통적인 가톨릭 국가다.

"대체 무슨 소리죠?"

브라운 신부는 곰곰이 생각하며 말했다.

"전화로는 목소리가 얼마나 잘못 들릴 수 있는지 보여주는 셈이야. 난 오늘 아침 사건의 세 단계를 모두 들었다네. 그리고 그게 별일 아니라고 생각했지. 처음에, 한 여자가 전화를 해서 가능한 한 빨리 호텔로 와달라고 했네. 그게 무슨 의미였겠나? 물론 노령의 조부님이 죽어가고 있었다는 뜻이지. 그런 다음 그녀는 다시 전화를 걸어서 결국 내가 갈 필요가 없게 되었다고 했네. 그게 무슨 뜻이었겠나? 물론 노령의 조부님이 돌아가셨다는 의미였지. 그는 침대에서 평화롭게 죽었어. 아마 노령으로 인한 심장마비였겠지. 그런데 그녀는 세번째로 전화를 해서는 결국은 내가 와줘야겠다고 했다네. 그게 무슨 뜻이었겠나? 그게 한층 흥미로운 부분이야!"

그는 잠깐 멈췄다가 말을 이었다.

"타이거 타이론의 아내는 남편을 숭배하고 있네. 그걸 이용해서 그는 미친 생각을 해냈지. 교묘한 생각이기는 했어. 그자는 자네가 자기를 쫓고 있으며, 자네가 그에 대해서나 그의 수법에 대해 알고 있고 성물함을 보호하러 온다는 소식을 들었지. 어쩌면 내가 때로 조금씩 일을 거든다는 것도 들었을지 모르네. 그 자는 길목에서 우리를 막고 싶었고, 그러기 위한 수단은 살인사건을 연출하는 거였네. 정말 끔찍한 짓이지. 하지만 진짜 살인은 아니었어. 아마 그자는 잔인하게도 그게 상식적이라고 아내를 겁주며, 그런 데 쓴다고 고통받을 리가 없는 시체를 이용해야만 자기가 형사 처벌을 면할 수 있다고 했을 거야. 어쨌든 그의 아내는 그를 위해 무슨 짓이든 했을 거야. 하지만 그녀는 조부님 시체를 조작해서 매달아놓은 데 대해 마음이 편치 않았지. 그래서 신성모독 이야기를 했던 거고. 성물에 대한 신성모독을 생각하고 있었고, 동시에 죽은 할아버지에 대한 모독도 생각하고 있었던 거야. 타이거 타이론의 형제는 어설피 불발탄을 만지작거리는 저 조악한 '과학적' 반역도들 중 한 사람이야. 몽상가란 행동파는 아닌 법이지. 하지만 그는 타이거에게 헌신적이었네. 정원사도 그랬고. 어쩌면 그렇게 많은 사람들이 헌신하는 걸 보니 그가 인간적으로 매력 있는 사람인 것 같기는 하군.

아주 일찌감치부터 사태를 짐작할 수 있었던 사소한 부분이 있었네. 그 의사가 헤쳐놓은 고서들 중에 십칠 세기 논설 같은 것이 있었지. 난 그 중 하나의 제목을 봤네. 〈나의 군주 스태포드의 재판과 처형 포고〉. 스태포드는 '천주교 음모'*사건 와중

---

* 1678년, 영국 국교로 개종한 성직자 오트가 예수회가 찰스 2세를 암살하고 가톨릭교도인 요크 공 제임스를 옹립하려 한다는 거짓 음모설을 꾸며내어

에 처형됐네. 이것은 역사적인 추리물의 발단이 되는 사건이지. 에드먼드 베리 고드프리 경의 죽음 말이야. 고드프리는 도랑에서 시체로 발견되었는데, 수수께끼는 목이 졸린 흔적이 있으면서 동시에 자기 칼에 찔리기도 했다는 점이었네. 난 즉시그 집 사람 누군가가 여기에서 아이디어를 차용했을지도 모른다고 생각했네. 하지만 그걸 살인수법으로 원한 건 아니었지. 오직 수수께끼를 만들어낼 방법으로만 써먹었을 뿐이네. 그런다음 나는 다른 모든 괘씸한 세부적인 것들에 이 사건이 적용되어 있는 것을 알게 된 거야. 무모한 장난이었지. 하지만 단순한 장난은 아니었어. 단편적인 실마리들은 있었지. 수수께끼를가능한 한 모순되고 복잡하게 해야 했으니까 말이야. 우리가오랜 시간 그걸 풀게 하려면…… 그래서 그들은 가엾은 노인을 죽음의 침상에서 끌어내어 시체가 뜀박질을 하게 하고 재주를 넘게 하고 갖가지 불가능한 짓거리를 하게 한 거야. 그들은 우리에게 풀 수 없는 문제를 내줘야 했던 걸세. 그리고서 그자들은 오솔길에 난 자기들의 자취를 쓸어버렸지. 빗자루는 남겨둔 채 말이야. 운 좋게도 우린 시간 안에 전말을 꿰뚫어보았

벌어진 일련의 사건을 가리킨다. 이 모함으로 에드먼드 베리 고드프리 경이의문사하고 무고한 사람 세 명이 처형되었으며, 격분한 반가톨릭파의 손에다수의 가톨릭교도가 죽었다.

네."

"우리가 아니라 신부님이 꿰뚫어본 거죠. 전 그들이 남겨놓은 두번째 실마리…… 그 다양한 알약들을 들여다보며 시간을 더 끌었을 거예요."

"뭐, 어쨌든 우린 빠져나왔어."

브라운 신부가 평온하게 말하자 플랑보가 대꾸했다.

"그러니 제가 이런 속도로 캐스터베리를 향해 차를 몰고 있는 것이겠죠."

그날 밤 캐스터베리의 수도원과 교회에서는 은둔적인 수도 생활을 뒤흔들어버린 사건이 벌어졌다. 금과 루비로 만들어진 눈부신 상자 안에 든 성 도로시의 성물함은 축성식 끝에 있을 특별 의식에 가져가기 위해 임시로 수도원 예배당 가까이에 있는 곁방에 안치되었다. 수도사 한 사람이 방 앞에서 눈을 부릅뜨고 긴장하면서 지켜보고 있었다. 그 수도사나 교인들이나 모두들 타이거 타이론이 드리우고 있는 위협적인 그림자에 대해 알고 있었다. 그렇기 때문에 그 수도사는 낮은 격자무늬창 하나가 열리면서 그 틈으로 검은 것이 뱀처럼 기어들어오자마자 벌떡 일어섰다. 그는 달려들어 그 물체를 움켜쥐었고 그것이 멋있는 커프스와 깔끔한 암회색 장갑을 낀 남자의 팔과 소매임을 알아차렸다. 그는 그 팔을 부여잡고 도와달라고 소리쳤다. 그러는 사이에 수도사 뒤편으로 한 남자가 쏜살같이 방 안으로 달려들어와 탁자 위에 남겨져 있던 상자를 낚아챘다. 거의 같은 순간, 창문에 걸려 있던 팔이 쑥 딸려왔고 수도사는 인형 팔을 움켜쥔 채 멍하니 서 있었다.

타이거 타이론은 예전에도 이런 방법을 쓴 적이 있었지만, 그 수도사에게는 새로운 수법이었다. 다행히도 타이거의 수법에 익숙한 인물이 한 사람 있었다. 그 사람은 타이거가 도망치려는 찰나에 전투적인 콧수염을 휘날리며 위압적으로 현관에 모습을 드러내었다. 플랑보와 타이거 타이론은 침착하게 서로를 마주보며 군대식 경례 비슷한 인사를 교환했다.

그 사이 브라운 신부는 이 흉악한 사건에 관련된 몇 사람을 위해 기도하고자 예배당 안으로 미끄러져 들어가고 있었다. 하지만 그는 미소를 짓고 있었고, 솔직히 말하자면 타이론이나 그의 통탄할 만한 가족에 대해서나 조금도 절망하지 않았다. 오히려 존경할 만한 다른 많은 사람들에게 더 큰 희망을 품었다. 그러자 그 사건과 장소에 대한 그의 시각은 훨씬 넓어졌다. 로코코 양식의 예배당 아래엔 검은색과 녹색의 대리석 조각들이 깔려 있었는데, 순교자를 기리는 축일에 입는 암적색의 제의(祭衣)들이 그 대리석에 대비되어 더욱 불타오르는 듯했다. 그것은 마치 뜨겁게 달궈진 석탄 같았고, 성물함의 루비나 성 도로시의 장미들 같기도 했다. 그리고 그는 다시 그날의 기묘한 사건과, 자신이 거든 신성모독에 떨었던 여인을 생각했다. 그는 생각했다. '결국 성 도로시의 연인도 이교도였지. 하지만 그는 그녀를 지배하지도 않았고 그녀의 믿음을 부수지도 않았어. 그녀는 자유로이, 진리를 위해 죽었고 낙원에서 연인에게 장미를 가져다주었지……'

그는 눈을 들어, 끊임없이 피어오르는 연기와 깜박이는 불빛의 장막 너머로 축성식이 끝나가고 행렬이 대기하고 있는 것을 보았다. 그침 없는 몇 세기를 통해 축적된 풍부한 시간과 전통이, 줄줄이 이어져 들어오는 군중들처럼 그를 내리눌렀다. 그리고 그 모두 너머로 높이, 꺼지지 않는 불꽃의 화관처럼, 유한한 암흑 속의 태양처럼, 위대한 성체 안치기(聖體安置器)가 둥근 천장에 드리운 어둠을 등지고 빛을 발하고 있었다. 마치 우주의 어두운 수수께끼를 등지고 빛나는 것 같았다. 어떤 이들은 이 수수께끼 또한 본래 풀 수 없는 문제라고 한다. 그리고 어떤 이들은 그만큼의 확신을 가지고 오직 한 가지 해답만이 존재한다고 한다.

브라운 신부의 스캔들

After Reading a Book of Modern Verse

The poet, exquisite
Weighed the seven heavens in a scale
The streaming seraphs hooked and ...
And joined their ...
Knocked down like ... together ...
And plucked the stars like pretty flowers
And cried, before the ... face
" I fear you not, ... my ... world's race
Before you, and a man like me
You dreamed a dream in Galilee
You ... wine ... that are ... now?"
The Insulted reared his thunderous blows
And said at last "Thou sayest true
" I was a man ...

기자들이 '그의 미소는 정말 매력적이었다'

혹은 '그의 턱시도가 훌륭했다'라고

보도를 하는 한, 사람들은 청부살인업자조차도

패션리더쯤으로 생각합니다.

그리고 시적인 외모를 지닌 사람을 보면

그 사람이 시인일 거라고 믿어버리지요.

　브라운 신부의 모험을 기록하면서, 그에게도 한때 심각한 스캔들에 휘말린 적이 있었음을 인정하지 않는다면 정당하지 않은 일이 될 것이다. 심지어 마을 사람들 중에서도 그가 자신의 이름에 오점을 남겼다고 말하고 다니는 사람들이 여전히 있다. 곧 얘기하겠지만 그것은 다소 퇴폐적이라고 알려진, 어느 그림같이 아름다운 멕시코 여관에서 일어난 일이었다. 이 일에 대해 사람들은 브라운 신부가 자신의 낭만적 기질을 억누르지 못한 탓이라고도 하고, 인간의 연약함을 동정한 나머지 무절제하고 비상식적인 행동까지 하게 된 것이라고도 했다. 사건 자체는 단순했다. 어쩌면 단순해서 그렇게 놀라웠는지도 모르겠다.

트로이 전쟁도 아름다운 여인 헬레네*로부터 시작되었다. 이 영예롭지 못한 사건도 히파티아 포터의 아름다움으로 시작된다. 유럽에서는 그다지 쳐주는 것 같지 않지만, 미국인들에게는 강력한 힘이 한 가지 있는데, 바로 아래에서부터 제도를 만들어가는 것이다. 다시 말해 대중이 주도하여 제도를 만든다는 것이다. 다른 모든 선한 것들과 마찬가지로 여기에도 밝은 측면들이 있었다. 소설가 웰스**나 다른 사람들도 언명했다시피, 공식적인 제도를 거치지 않아도 제도권 안에서 유명인이 될 수 있다는 점이 그 중 하나였다. 뛰어난 미모나 재치를 지닌 여자라면 왕관을 쓰지 않아도 일종의 여왕 같은 존재가 될 수 있다. 비록 유명한 영화배우나 깁슨 걸***의 전형이 아니라고 해도 말이다. 이렇게 대중 앞에 아름다움을 뽐내는 행운, 혹은 불운을 지닌 사람들 중에 저 히파티아 하드가 있었다. 그녀는

---

* 그리스 신화에 나오는 인물. 그리스에서 가장 아름다운 여인으로 스파르타의 왕 메넬라오스의 부인이다. 트로이 왕자 파리스가 그 미모에 홀려 유괴한 것이 원인이 되어 트로이 전쟁이 시작되었다.
** Wells, Herbert George(1866~1946). 영국의 소설가이자 언론인. 『타임머신*The Time Machine*』(1895) 『투명인간*The Invisible Man*』(1897) 『우주전쟁*The War of the Worlds*』(1898) 같은 공상과학소설과 대중을 위한 역사서 『세계문화사대계*The Outline of History*』(1920)로 이름을 떨쳤다.
*** 미국의 일러스트레이터 찰스 깁슨이 그려낸 이상적인 여인상을 일컫는다.

이미 지역 신문의 사회단평란에서 현란한 찬사를 받으며 유력지 신문기자에게 취재받을 위치에 이르는 준비 단계를 거쳤다. 그녀는 매력적인 미소를 지으며 전쟁과 평화, 애국심과 금지된 것들에 대해, 그리고 진화론과 성경에 대해 의견을 피력하고는 했다. 그녀의 명성이 실제 어디에서 기인하는 것인지 말하기란 힘든 일이었다. 미모에, 부유한 가정에서 태어난다는 것이 미국에서 드문 일은 아니었다. 그러나 그녀는 여기에다가, 여기저기 먹잇감을 찾아 어슬렁거리는 기자들의 눈을 잡아끌 만한 무엇인가를 더 가지고 있었다. 그녀의 숭배자들은 대부분 그녀를 직접 보지도 못했고 그럴 꿈조차 꾸지 못했으며, 그녀 아버지의 재산에서 어떤 부스러기 이득도 얻어내지 못했다. 그것은 통속적인 로맨스였다. 현대에 와서 신화의 자리를 대체한, 그런 로맨스 말이다. 그리고 그것은 훗날 그녀가 등장하게 될 더 과장되고 격렬한 로맨스담의 첫번째 초석이 되었다. 또한 이 사건에 휘말려 다른 사람들만이 아니라 브라운 신부의 평판도 너덜너덜해졌다고 사람들은 말하곤 했다.

미국의 풍자가들이 '울보 자매들'이라고 부르는 감상적인 여기자들은 그녀가 부유하고 착실한 사업가 포터와 이미 결혼했다는 사실을 때로는 로맨틱하게, 때로는 체념하듯이 받아들였다. 심지어는 잠깐 동안 그녀는 포터 부인으로 불려지기도 했다. 그녀의 남편이 오직 포터 부인의 남편일 뿐이라는 우주적인 이해 하에.

하지만 얼마 되지 않아 누구도 상상하지 못했던 대단한 스캔들이 일어났다. 그녀의 이름이 수상쩍은 수식어와 함께, 멕시코에 사는 문필가와 엮인 것이다. 그는 미국인이기는 했지만 기질은 상당히 스페인적인 남자였다. 불행히도 그의 사악함은 그녀의 미덕과 비슷한 수준이었다. 유명하다고도 할 수 있고 악명 높다고도 할 수 있는 루델 로메인은, 그의 작품이 도서관에서 거부당한다거나 경찰에게 기소당하는 등의 일로 세계적인 이목을 끌었던 시인이다. 어쨌든 그녀의 순수하고도 평온한 별이 이 혜성과 마주친 것이다. 그는 위험하고 뜨겁다는 점에서 혜성에 비유할 만한 부류였다. 우선 생김새부터가 그랬고, 그의 시들도 그랬다. 그는 또 파괴적이기도 했다. 혜성의 꼬리는 이혼의 징조였는데 어떤 이들은 여기서 연인으로서의 성공을 보았고, 어떤 이들은 남편으로서의 예견된 실패를 보았다.

히파티아에게는 가혹한 일이었다. 가게 진열장의 내부 장식처럼 사적인 생활을 대중 앞에 공공연히 보여주는 공인으로서 여러 가지 불리한 점들이 따랐다. 취재진들은 '궁극적 자기 실현에 대한 사랑의 더 큰 법칙'에 대해 의심스러운 발언들을 내놓았다. 무신론자들은 박수를 쳤다. '울보 자매들'은 로맨틱한 애도의 글들을 써댔다. 어떤 이들은 심지어 정말 뻔뻔스럽게도 모든 말과 글의 효과를 위해 모드 뮐러의 시를 인용해, 가장 슬픈 일은 '과거에 이렇게 했더라면'하는 것이라고 말하곤 했다. 그리고 경건하고도 정의감에 가득 찬 아가 록은 이런 감상적인 여기자들을 혐오하면서 자신은 브렛 하트*가 그 시를 이렇게 바꾼 데 동감한다고 말했다.

'더 슬픈 것은, 우리가 매일같이 보는 일들이 사실은 있어서는 안 될 일이라는 것이다.'

록은 단호하고 정확하게, 정말 많은 일들이 일어나지 않았어야 할 일이라고 확신하는 사람이었다. 그는 날카롭고 신랄하게 국가적인 타락을 비판하는 〈미네아폴리스 메테오〉지 평론가이며, 대담하고 정직한 사내였다. 비분강개하는 쪽으로만 지나치게 전문가가 된 것은 아닌가 싶기는 하지만, 그것도 현대 저널리즘과 가십에서 벌어지는, 옳고 그름을 혼란시키려 드는 너절한 시도들에 대항하기 위한 것이었기에 충분히 건전한 동기를 가지고 있었다. 그는 우선 총잡이와 깡패들을 둘러싼 사악한 로맨스의 후광에 대한 항의의 형태로 그것을 표현했다. 어

---

* Harte, Francis Brett(1836~1902). 미국의 소설가. 대표작으로 시로 엮은 이야기 『정직한 사람 제임스 이야기*The Plain Language from Truthful James*』(1870)가 있다.

쩌면 그는 자기 의견을 굽히지 않고 성급하게 모든 깡패는 다고* 놈들이고, 다고 놈들은 다 깡패라고 확신하고 싶었는지도 모르겠다. 하지만 다소 편협할 때조차도, 그의 이런 편견들은 외려 신선하기까지 했다. 기자들이 '그의 미소는 정말 매력적이었다' 혹은 '그의 턱시도가 훌륭했다' 등으로 보도를 하는 한, 청부살인업자조차도 패션리더쯤으로 받아들여지는 감상적이고 이성적이지 못한 우상숭배 분위기가 만연해 있었으니까.

어쨌거나, 이 이야기가 시작될 때 바로 그 다고의 땅에 있었으므로 록의 가슴속에서는 이런 편견들이 펄펄 끓어오를 수밖에 없었다. 그는 무서운 기세로 멕시코식 울타리 너머에 있는 언덕을 성큼성큼 올라 호텔을 향했다. 주위에 관상용 야자수가 늘어서 있는 하얀색 호텔에는 포터 부부가 묵고 있었다. 그 신비로운 히파티아가 머물고 있었다는 말이다. 아가 록은 겉보기에도 전형적인 청교도인이었다. 그것도 다소 온화하고 세련된 20세기식 청교도인이 아니라 17세기 그대로의 강건한 청교도인이라 할 만했다. 그의 고풍스러운 검은 모자와 습관적으로 찌푸린 표정, 완고해 보이는 모습이 야자수와 포도넝쿨로 이루어진 화창한 대지에 어두운 그림자를 드리운다고 말해준다면

---

*Dago. 스페인 사람을 경멸하여 부르는 속어.

그는 오히려 대단히 만족스러워할 듯싶었다. 그는 도처에 존재하는 혐의들에 눈을 번뜩이며 주위를 살폈다. 그러다가 그는, 위쪽 언덕에 아열대 지방의 선명한 저녁 노을을 등지고 서 있는 두 사람의 그림자를 보았다. 그 둘은, 그보다 덜 의심 많은 사람이라도 뭔가 낌새를 챌 만한 어떤 '결정적인' 포즈를 취하고 있었다.

그들 중 한쪽은 본질적으로 눈에 띄는 인물이었다. 조각상 같은 몸가짐은 물론이고 본능적인 공간감까지 지닌 듯, 계곡 위 길이 꺾어지는 바로 그 모퉁이에 자세를 잡고 서 있었다. 커다란 검정 망토를 바이런식으로 휘감았고, 그 위로 솟아오른 가무잡잡한 잘생긴 얼굴 또한 놀라울 정도로 바이런과 닮았다. 이 남자는 바이런과 똑같은 곱슬머리에 비틀린 콧구멍을 지녔으며, 바이런과 똑같이 세상에 대한 경멸과 분개의 콧김을 내뿜는 듯 보였다. 손에는 좀 긴 지팡이를 쥐고 있었는데, 등산용 스틱처럼 스파이크가 박혀 있어 얼핏 보면 창처럼 보였다. 더 괴상했던 것은 그 옆사람이었다. 그는 우산을 들고 있었는데, 그 모습이 코믹한 대조를 이루었다. 단정하게 접힌 새 우산은 브라운 신부의 우산과는 전혀 다른 물건이었다. 그는 가벼운 휴가를 떠나온 사무원처럼 말쑥하게 입고 있었고, 땅딸막하고 살집이 있는데다 턱수염을 기른 사내였다. 그런데 갑자기 사내가 그 우산을 치켜올리더니 심상치 않게 휘둘렀다. 엉겁결에 키 큰 남자는 그를 뒤로 밀쳤다. 순간 그 광경은 완전히 한 편의 코미디 같은 장면을 연출했다. 우산이 저절로 펴져서 우산 주인은 그 아래에 묻히다시피했고, 상대방은 넓고 기괴한 방패를 향해 창을 들고 공격하는 꼴이 된 것이다. 그러나 그자는 지팡이를 밀어넣지도, 싸움을 계속하지도 않았다. 그는 지팡이를 확 잡아당겨 초조하게 돌아서더니 성큼성큼 길을 따라 내려가버렸다. 그 사이 이쪽은 일어서서 조심스럽게 우산을 접고는 반대 방향으로 몸을 돌려 호텔로 향했다.

록은, 이 잠깐 동안의 다소 황당한 몸싸움이 있기 직전에 오갔을 말다툼은 하나도 듣지 못했다. 그러나 턱수염을 기른 작달막한 사내 뒤를 쫓아 길을 올라가는 동안 많은 생각이 맴돌았다. 한 사내의 로맨틱한 망토와 오페라에 어울릴 듯한 준수한 외모, 또 한 사람의 고집스런 자기주장은 한데 맞물려 그가 뒤쫓아온 이야기 전체와 맞아떨어졌다. 그는 저 두 낯선 인물의 이름을 알아맞힐 수 있을 것 같았다. 로메인과 포터라고 말이다.

기둥이 늘어선 현관에 들어설 때쯤 그의 추측은 거의 사실로 굳어지고 있었다. 그리고 언쟁을 하는 것인지 명령을 내리는지 모르지만 언성을 높이고 있는 턱수염 난 사내의 목소리가 들렸다. 호텔 지배인이나 직원을 상대로 이야기하고 있는 게 분명했고, 록은 몇 마디만 듣고도 그가 자기 주변을 배회하는 거칠고 위험한 인물에 대해 경고하고 있음을 알 수 있었다.

작달막한 사내는 뭐라 중얼거리는 상대방의 말에 대답하고 있었다.

"정말 그자가 이미 호텔에 투숙했다면, 그를 들여보내지 않는 게 좋을 거라는 말밖에 못하겠군. 그런 작자는 경찰이 쫓아야 마땅할 텐데 말이지. 어쨌거나 그놈 때문에 숙녀분이 난처해지게 할 순 없네."

록은 음울한 침묵 속에서 확신을 키우며 귀를 기울이다가, 대기실을 가로질러 숙박계가 있는 작은 방으로 들어갔다. 그는 숙박계의 마지막 장을 넘겨보고 '그 작자'가 이미 호텔에 투숙해 있음을 확인했다. 크고 화려한 이국적인 필체로 적힌 '루델 로메인'이라는 이름이 보였다. 그리고 그 밑에는 꽤 미국적인 필체로 히파티아 포터와 엘리스 포터의 이름이, 가까이 붙어서 적혀 있었다.

아가 록은 침울하게 주위를 둘러보았다. 호텔 경관은 물론이고 작은 장식에 이르기까지 정말 그가 싫어하는 것들투성이었다. 동그란 작은 통에 오렌지나무를 키운다는 것에 대해 불평한다는 것은 좀 심한 일인지도 모르겠지만, 관상용 화분들을 다 떨어진 커튼이나 색바랜 벽지로 싸둔 것은 정말 못 봐줄 일이었다. 은색 달과 번갈아 나타나게 장식해놓은 붉은색과 금색의 달이야말로 그 어처구니없는 짓들의 정수였다. 그는 그 안에서 자신의 원칙 하에서 개탄해 마지 않는 모든 감상적인 추악함을 보고서, 편협하게도 이것이 남부의 따스하고 부드러운 기질과 관련이 있을 거라고 모호하게 결론을 내렸다. 기타를 든 양치기가 반쯤 보이는 와토*가 그린 어두운 캔버스나, 돌고래에 올라탄 큐피드라는 흔한 디자인을 넣은 푸른색 타일을 흘끗 보는 것만으로도 기분이 불쾌했다. 상식적으로는 이런 것들이 5번가 가게 진열장 안에 흔히 보이는 것들인 줄 알고 있었지만, 여기에서 그 물건들은 지중해 이교도들의 비아냥대는 사이렌 음성처럼 여겨졌다. 그때 갑자기, 잔잔한 수면에 형체가 번뜩이며 스쳐 지나갈 때 표면이 흔들리는 것처럼 이 모든 광경이 돌변했다. 그는 어떤 매력적인 존재가 주위를 꽉 채운 것을 깨달았다. 그는 일종의 저항심으로 뻣뻣하게 몸을 돌렸다. 그 순간 자신이 그 유명한 히파티아와 마주하고 있음을 알았다. 그렇게 오랫동안 읽고 들어온 그 히파티아였다.

처녀 때 성이 하드였던 히파티아 포터는 '눈부시다'라는 말

---

* Watteau, Jean-Antoine(1684~1721). 프랑스의 화가로 로코코풍의 창시자. 밝고 우아하며 어딘가 관능적인 매력을 풍기는 작품을 전개했다.

이 정말 정확하게, 어쩔 수 없이 적용되는 사람들 중 하나였다. 신문에서 그녀를 묘사할 때 쓰는 말들은 그녀 자신에게서 빛처럼 뿜어져나오는 것이었다. 그녀가 보다 자기를 억제했더라도 그녀는 변함없이 아름다웠을 것이고, 사람에 따라서는 그 편을 더 매력적으로 느꼈을 것이다. 그러나 그녀는 항상 자기 억제가 그저 이기심에 지나지 않는다고 믿도록 가르침 받아왔다. 그녀는 자신이 봉사 정신을 잃어버렸다고 말하곤 했는데, 어쩌면 그녀가 봉사 정신을 옹호했다고 말하는 편이 더 진실일지도 모르겠다. 하지만 그녀는 봉사에 대해 정말 훌륭한 신념을 가지고 있었다. 두드러지게 반짝이는 별 같은 푸른 눈은 외부로 향했고, 오래된 비유에 나오는 큐피드의 화살처럼 멀리에서부터 사람에게 치명타를 입혔다. 그것은 보잘것없는 교태를 넘어서는, 추상적인 정복이었다. 성자의 후광처럼 풍성한 옅은 금발은 전기장을 발하는 것 같았다. 눈앞에 있는 이방인이 〈미네아폴리스 메테오〉의 기자 아가 록인 것을 알아차리자 그녀의 눈은 미국의 수평선을 훑쓰는 긴 서치라이트로 변했다.

그러나 이 점에서 그 숙녀는 때로 그랬듯 실수를 저질렀다. 아가 록은 그 순간 〈미네아폴리스 메테오〉의 아가 록이 아니라, 한 사람의 인간 아가 록일 뿐이었으니 말이다. 그에게 기자다운 용기를 넘어서는, 거대하고 진지한 도덕적 충동이 밀려들었다. 공익을 생각하는 기사도적 감수성과, 도덕적으로 고귀한 행동을 하고자 하는 갈망이 어우러져, 이 사건을 직접 알아보겠다는 용기와 의지를 불러일으켰던 것이다. 그는 그녀와 이름이 같은 고대의 철학자 히파티아*를 떠올렸다. 어린 시절 그는, 젊은 수도사가 매춘과 우상숭배라는 죄목으로 히파티아를 탄핵하는 내용이 나오는 킹즐리**의 소설을 읽으며 오싹해했다. 그는 강철 같은 위엄을 지니고 그녀를 마주보며 말했다.

"괜찮으시다면 부인, 사적으로 이야기를 좀 나눌 수 있을까요?"

그녀는 빛나는 시선으로 주위를 쓸어보며 말했다.

"글쎄요. 이곳을 사적인 공간이라고 생각하시는지는 잘 모르겠군요."

록도 주위를 둘러보았는데 커다란 검은 버섯처럼 보이는 것을 빼고는 오렌지나무들 이상 가는 생명의 징후를 보지 못했

---

* Hypatia. 이집트의 신플라톤주의 철학자. 수학자이며 철학자인 테온의 딸로서 알렉산드리아에서 신플라톤주의 학파의 지도자로 인정받았으며 뛰어난 지적 재능에 달변, 품위, 미모까지 두루 갖추어, 그를 따르는 제자들이 많았다. 412년 키릴이 알렉산드리아의 주교가 된 뒤 그를 추종하던 광신적인 그리스도교도들에게 처참하게 살해되었다.
** Kingsley, Charles(1819~1875). 영국의 소설가이자 목사. 소설 『히파티아』(1853)를 썼다.

다. 뒤늦게 그는 그 버섯 모양의 물체가 신부의 모자라는 것을 알아차렸다. 원주민 신부인가 싶은 그 인물은 멍청히 그 지방 특산의 검은 시가를 피우는 것말고는 여느 식물이나 다름 없이 활기가 없었다. 그는 라틴계, 특히 라틴 아메리카 나라들에서 종종 볼 수 있는 시골뜨기 신부의 그 육중하고 무표정한 얼굴을 바라보다가, 웃으면서 목소리를 약간 낮추었다.

"저 멕시코 신부가 우리 말을 알 것 같지는 않군요. 저 게으른 멍청이들은 자기네 말말고 다른 언어는 배우질 않거든요. 아, 저 사람이 멕시코인인지는 보장할 수 없지요. 잡종 인디언일 수도 있고 흑인인지도 모르겠습니다. 어쨌든 미국인은 아닙니다. 우리 성직자 중에는 저런 저급한 유형의 인물이 나오지 않아요."

그 저급한 유형의 인물이 검은색 시가를 빼물면서 말했다.

"사실 난 영국인이고 내 이름은 브라운입니다. 하지만 사적인 공간이 필요하시다면 나가드리지요."

"영국인이시라면 틀림없이 이 모든 넌센스에 저항하는 정상적인 북방민족의 본능을 가지고 계시겠지요. 이제 이 주변을 배회하는 아주 위험한 친구가 있다는 사실을 증언할 때가 된 것 같군요. 저 옛날 미치광이 시인들의 그림에서처럼 망토를 두른 키 큰 친구죠."

록은 정중하게 말했다.

"글쎄올시다. 그런 것으로 많은 것을 판단할 수는 없지요. 이 부근 사람들은 많이들 그런 망토를 두른답니다. 해가 떨어지면 갑자기 한기가 밀어닥치니까요."

신부가 온화하게 말했다.

록은 버섯처럼 생긴 모자와 어설픈 분위기가 상징하는 모든 것들과 다르게 구는 그에게 의혹에 가득 찬 어두운 시선을 꽂았다. 록은 으르렁거리듯 말했다.

"지금 그 망토만을 가지고 얘기하는 게 아니잖아요. 그 친구의 전체적인 분위기가 뭔가 연기를 하듯 부자연스러운 데가 있더란 말입니다. 재수없게 얼굴도 배우처럼 잘생겼더군요. 부인, 실례를 무릅쓰고 충고 한마디 해도 될까요. 그 사람이 여기에 와서 귀찮게 굴더라도 전혀 신경쓰지 마십시오. 남편께선 이미 호텔 직원들에게 그를 호텔 안에 들어오지 못하게 하라고 얘기해두었습니다."

히파티아는 아주 이상한 자세로 벌떡 일어서더니 머리카락 속으로 손가락을 집어 넣으며 얼굴을 가렸다. 흐느낌으로 잠시 몸을 떠는 듯했으나 이내 미친 듯이 웃음을 터뜨렸다.

"아, 당신들 모두 너무 웃기네요."

그녀는 그렇게 말하고, 기이한 모양으로 머리를 획 숙이더니 문으로 돌진해서 사라져버렸다.

"사람들이 저렇게 웃을 때는 약간 히스테릭한 상태지요."

록은 불편한 심정으로 말하고는 약간 당황해서 자그마한 신부에게 몸을 돌렸다.

"말했듯이, 영국분이라면 어쨌든 이 다고 놈들에 대항하여 제 편에 서셔야 합니다. 아, 난 앵글로색슨 족에 대해 허튼소리나 늘어놓는 사람은 아닙니다만, 역사라는 게 있지 않습니까. 당신네는 늘 미국이 영국에서 문명을 들여왔다고 주장할 수 있지요."

"또한 자존심 상하게도, 늘 영국이 다고 놈들에게서 문명을 받았다는 사실을 인정해야만 하겠지요."

브라운 신부가 말했다.

다시 한번 록은 상대방이 그를 교묘하게 받아넘겼다는, 그것도 비밀스럽고 회피적인 방식으로, 잘못된 방향으로 받아넘겼다는 느낌을 받고 분개했다. 그는 무슨 말인지 이해가 잘 가지 않는다고 퉁명스럽게 말했다.

브라운 신부가 대답했다.

"다고인지 웝*인지는 모르지만 줄리어스 시저**라는 사람이

---

* Wop. 이탈리아 사람을 낮춰 부르는 속어.
** 시저가 두 차례에 걸쳐 브리튼 섬을 공격했던 일을 암시하고 있다.

있었지요. 나중에 칼에 찔려 죽은 친구 말이오. 아시다시피 이 스페인 친구들은 항상 칼을 쓰지요. 또 우리 작은 섬에 기독교를 들여온 아우구스티누스*라는 사람도 있어요. 사실 이 두 사람이 없었다면 우리 문명은 없었을 겁니다."

"어쨌거나 그건 다 고대사지요."

약간 짜증이 난 록이 대꾸했다.

"내 관심은 근대사에 있습니다. 내가 아는 건 이 깡패들이 우리 나라에 이교 사상을 들여왔고, 기독교 신앙을 파괴하고 있다는 겁니다. 상식도 다 깨부수고 말이지요. 고정된 습성, 견고한 사회 질서, 우리 아버지이고 할아버지였던 농부들이 살아가는 방식들은 모두, 달마다 이혼을 해대는 영화배우들의 음란하고 자극적인 얘기들로 변해버렸고, 어리석은 소녀들은 결혼이란 이혼을 하기 위한 과정일 뿐이라고 생각하게 되어버렸습니다."

"정말 맞는 말씀이오. 물론 그런 부분에 대해서는 동의해요. 하지만 몇 가지는 양해해야 합니다. 이 남쪽 친구들이 그런 류의 잘못을 저지르는 경향이 있기는 하지만, 북쪽 사람들은 다

---

* Augustinus. 캔터베리의 초대 대주교. 남부 잉글랜드에 그리스도교 교회를 설립하면서 앵글로색슨 민족을 그리스도교로 개종시킨 최초의 선교자이다.

른 류의 잘못을 한다는 사실을 아셔야지요. 어쩌면 이런 환경이 사람들에게 단순한 로맨스에 지나지 않는 것을 지나치게 중요하게 생각하도록 조장하는지도 모르죠."

로맨스라는 말에 아가 록의 생에서 끊이지 않은 의분이 송두리째 치솟아올랐다.

"로맨스는 질색이에요!"

그는 앞에 있는 작은 탁자를 두드리며 말했다.

"난 내가 일하는 신문사에서 사십 년 동안이나 그 지긋지긋한 쓰레기를 두고 싸웠습니다. 깡패가 술집 여종업원과 도망치면 사랑의 도피니 뭐니 하고 떠들어대지요. 그리고 이제는 품위 있는 가문의 딸인 우리 히파티아 하드가, 타락한 로맨스의 이혼사건에 말려들어가는 것 같습니다. 그걸 또 무슨 왕실 결혼식마냥 행복하게 온 세상에 나팔을 불겠지요. 이 미치광이 시인 로메인은 그녀 주위를 맴돌고 있고, 세상의 주목은 영화에서 세기의 연인이라고 불리는 그런 타락한 다고 새끼처럼 그자 뒤를 쫓아다닐 게 분명합니다. 밖에서 그를 봤어요. 딱 스포트라이트를 받을 만한 얼굴이더군요. 지금 난 품위와 상식을 동정합니다. 피츠버그에서 온 평범하고 정직한 브로커이며, 자신의 가정을 지킬 권리를 갖고 있는 가엾은 포터를 동정합니다. 그는 권리가 있다고 생각만 하는 게 아니라 그걸 위해 싸우고 있어요. 그 사람이 지배인에게 고함을 지르며 그 악한을 쫓아내라고 말하는 것을 들었습니다. 음흉하고 살금거리는 여기 사람들에게, 그 사람은 이미 신의 두려움을 상기시켰겠지요."

"사실 지배인과 이 호텔 직원들에 대한 말은 맞아요. 하지만 그들을 가지고 모든 멕시코인을 싸잡아 판단하지는 마시오. 댁이 말하는 그 신사양반은 고함만 지른 게 아니라 전 직원을 자기 편으로 만들 만한 돈 역시 돌렸으리라 생각되는군요. 직원들이 문을 잠그면서 흥분해서 속삭이는 것을 보았지요. 댁의 그 평범하고 정직한 친구분은 돈이 많은 모양이오."

브라운 신부가 말했다.

"그 사람의 사업은 아주 잘 돌아갈 거라고 믿습니다. 최고로 훌륭한 사업가 유형이니까요. 그런데 그게 무슨 뜻입니까?"

"어쩌면 그게 당신에게 또다른 생각을 던져줄지도 모른다고 생각했지요."

브라운 신부는 엄숙하고도 정중한 태도로 몸을 일으켜 밖으로 나갔다.

록은 그날 저녁식사중에 포터 부부를 아주 주의깊게 지켜보았다. 그리고 몇 가지 새로운 인상을 받았는데, 어떤 것도 포터 가정의 평화를 위협하는 잘못된 것이 있다는 인상을 방해하는 것은 없었다. 포터 자신은 얼마간 강건함의 가치를 증명해 보였다. 처음에 록은 포터가 평범하고 수수하다고 여겼지만 이내, 그에게 비극의 영웅이나 희생양에게서 볼 수 있는 분위기가 감돌고 있음을 발견해내고는 만족해했다. 수심에 차 있고 때로 초조해하기는 했으나, 포터는 정말 사려깊고 기품 있는 얼굴을 하고 있었다. 록은 그에게서 병을 앓았다가 회복되고 있는 듯한 인상을 받았다. 희끗희끗한 머리카락은 가늘었지만 다소 긴 것이 최근에 거의 신경을 쓰지 않고 내버려둔 듯했다. 약간 독특한 턱수염 역시 같은 느낌을 주었다. 그는 한 번인가 두 번, 조금 날카롭고 신랄한 말투로 아내에게 알약과 구체적인 복용방법들에 대한 불평을 늘어놓았지만, 그의 진짜 걱정거리는 외부로부터 닥쳐올 위험이라는 것은 의심할 여지가 없었다. 그의 아내는 훌륭하게도 인내심 많은 그리셀다*의 모습으로, 자신을 낮추어 그의 비위를 맞춰주었다. 하지만 그녀의 눈역시 계속해서 문과 셔터 사이를 배회했다. 누군가의 침입에 대한, 내키지 않는 근심을 보여주기라도 하는 듯했다. 록은 그녀의 기묘한 감정 폭발을 본 뒤라, 그녀의 두려움이 진심에서

---

* Griselda. 중세와 르네상스 시대의 유럽 로맨스에 자주 등장하는 인내와 순종의 주인공. 아내의 헌신을 시험하려고 재판에 회부한 남편 때문에 고통받는 인물로 보카치오의 『데카메론』의 마지막 일화에 등장한다. 영국의 극작가 토머스 데커는 이 인물을 등장시켜 희곡 『인내심 많은 그리셀다*Patient Griselda*』(1603)를 썼다.

우러난 것이 아니라고 해도 무방할 것 같은 느낌을 받았다.

　기괴한 일이 벌어진 것은 그날 한밤중이었다. 자신이 마지막으로 잠자리에 드는 사람일 거라고 생각하던 록은, 브라운 신부가 그때까지 홀에 남아 오렌지나무 아래에 눈에 띄지 않게 틀어박혀서 평온하게 책을 읽고 있는 것을 보고 깜짝 놀랐다. 신부는 별다른 말 없이 잘 자라는 인사에만 응답했다. 그가 계단 맨 아래층에 발을 올려놓았을 때였다. 갑자기 바깥 문의 손잡이가 홱 움직이더니 밖에서 가하는 충격에 문이 덜커덕덜커덕 흔들렸다. 이어, 무언가로 문을 때리면서 들여보내달라는 난폭한 고함 소리가 더 크게 들려왔다. 록은, 그 때리는 소리가 알펜슈토크*처럼 끝이 날카로운 지팡이로 두드리는 소리일 거라고 생각했다. 그는 어둑한 아래층을 돌아보고, 호텔 직원들이 여기저기 미끄러지듯 움직이며 문이 잠긴 것을 확인하는 모습을 보았다. 아무도 그 문을 열지 않았다. 그는 천천히 방으로 올라가, 맹렬한 기세로 기사를 썼다.

　그는 호텔의 포위공격을 묘사했다. 사악한 분위기와 그 장소의 천박한 사치스러움, 신부의 의뭉스러운 회피에 대해 쓰고, 무엇보다도 집 주변을 어슬렁거리며 먹이 찾는 늑대처럼 외쳐

---

* Alpenstock. 끝에 쇠붙이가 붙은 등산용 지팡이.

대는 자의 끔찍한 목소리에 대해서 서술했다. 그는 쓰다가 문득 새로운 소리를 듣고 자세를 고쳐 앉았다. 그것은 길게 되풀이되는 휘파람 소리였는데, 공모자의 신호 같기도 하고 새의 러브콜 같기도 해서 그는 진저리를 쳤다. 잠시 후 정적이 뒤따랐다. 그는 경직되어 앉아 있다가 돌연 일어섰다. 또 다른 소리를 들었던 것이다. 희미한 획 소리, 그리고 연이어서 날카롭게 톡톡 소리가 나는가 싶더니 덜커덕 소리가 났다. 누군가가 뭔가를 창문에 던지고 있는 게 틀림없었다. 그는 경직된 채 계단을 걸어내려가, 컴컴하고 거의 버려진 듯 텅 빈 아래층에 들어섰다. 자그마한 신부는 여전히 오렌지나무 밑에 앉아, 낮은 등불 아래에서 책을 읽고 있었다.

"늦게까지 깨어 계시는 것 같군요."

그가 무뚝뚝하게 말하자, 브라운 신부는 활짝 웃으면서 그를 쳐다보고 말했다.

"정말이지 무절제한 성격이라고나 할까요. 이 소란스러운 밤 내내 〈고리대금 경제학〉이나 읽고 있다니 말이오."

"이곳은 잠겨 있군요."

록이 말하자 신부가 대꾸했다.

"아주 철저히 잠겼지요. 댁의 턱수염 친구는 모든 예방조처를 취해놓은 듯싶소. 그런데, 그 턱수염 친구 약간 시끄럽더군요. 저녁식사 시간에 보니까 좀 화가 난 것 같던데."

"이 야만스러운 장소에서 어떤 야만인이 자기 가정을 망가뜨리려 한다는 것을 안다면 누구라도 그렇게 반응할 겁니다."

록이 으르렁거리듯 말하자 브라운 신부가 말했다.

"한 남자가 바깥으로부터 가정생활을 지키면서 안에서도 근사하게 만들고자 노력한다면 더할 나위 없을 텐데 말이오."

"아, 온통 궤변을 늘어놓으려 드는군요. 그 사람이 아내에게 딱딱거렸을지는 몰라도 정의는 그의 편에 있습니다. 보세요, 댁은 내 눈에 교활한 개로 보입니다. 말하는 것보다 이 일에 대해 많이 알고 있는 게 분명해요. 이 악마적인 장소에서 대체 무슨 짓거리가 벌어지고 있는 겁니까? 왜 밤새도록 그걸 지켜보며 앉아 있는 겁니까?"

"글쎄올시다. 내 침실이 필요할 거라고 생각했거든요."

브라운 신부는 참을성 있게 말했다.

"필요하다니, 누구한테요?"

"실은 포터 부인이 필요로 했지. 해서 그녀에게 내 방을 내주었어요. 내 방은 창문을 열 수 있으니까 말이오. 원한다면 가서 보시구려."

브라운 신부는 투명하고 명쾌하게 설명했다.

"다른 일부터 하고 나서 봅시다."

록은 이를 갈며 말했다.

"당신은 이 스페인 원숭이 소굴 같은 데서 장난을 칠 수 있겠지만, 난 아직 문명과 손이 닿아 있소."

그는 성큼성큼 전화부스로 들어가 신문사에 전화를 걸고, 사악한 시인을 도와준 사악한 신부에 대한 이야기를 쏟아내놓았다. 그런 다음 그는 위층의 신부 방으로 들어갔다. 신부가 짧은 초에 불을 켜자 활짝 열린 창문이 보였다.

그가 창가에 달려들었을 때에는 막 조잡한 밧줄 사다리가 창문 틀에서 떨어져내리고 아래 잔디밭에서 신사가 웃으며 그것을 감고 있는 참이었다. 그 웃고 있는 신사는 훤칠하고 얼굴이 가무잡잡하였으며, 똑같이 웃고 있는 금발 숙녀와 함께 있었다. 이번에는 록도 그녀의 웃음이 히스테리컬하다는 말로 스스로를 위안할 수 없었다. 그 웃음은 끔찍할 정도로 순수했다. 그리고 그 웃음소리는 그녀와 그녀의 음유시인이 어두운 덤불속으로 사라지는 내내 꾸불꾸불한 정원길에 울려 퍼졌다.

록은 심판의 날에 최종 판결이라도 내리는 것처럼 정의감에 가득 차서 무시무시한 얼굴로 그의 동행을 돌아보았다.

"자, 온 미국이 이 일을 알게 될 거요. 당신은 그녀가 곱슬머리 연인과 도망치는 일을 도와줬단 말입니다."

"그래요. 나는 그녀가 곱슬머리 연인과 도망치도록 도와주었소.”

“스스로를 주 예수의 성직자라고 부르면서 범죄를 자랑하는
군요.”

“나는 몇 번인가 범죄에 얽히든 적이 있어요. 행복하게도 이
번은 범죄가 없는 이야기지. 이건 단순한 난롯가의 목가 같은
얘기요. 가정의 온기로 끝을 맺는.”

신부는 부드럽게 말했다.

“더군다나 교수대의 밧줄 대신에 밧줄 사다리로 끝나고 말
이지요. 그녀는 유부녀가 아닙니까?”

“아, 그렇지요.”

브라운 신부가 말했다.

“그러면 그녀는 남편과 함께 해야 하는 게 아닙니까?”

록이 캐물었다.

“그녀는 남편과 같이 있어요.”

록은 분노로 펄쩍 뛰어올랐다.

“거짓말이오. 그 가엾은 작은 사내는 아직도 침대에서 코를
골고 있어요.”

“그 사람의 사적인 일에 대해 많이 아는 것 같군요. 턱수염
난 사내의 생활에 대해서 글을 써도 되겠소. 당신이 그에 대해
모르는 유일한 부분은 그의 이름인 것 같군요.”

브라운 신부가 동정적으로 말했다.

"말도 안 돼요. 그의 이름은 호텔 명부에 적혀 있습니다."

록이 말하자, 신부는 침착하게 고개를 끄덕이며 대답했다.

"알아요. 아주 커다란 글자로, 루델 로메인이라고 적혀 있지. 여기에서 그 사람을 만난 히파티아 포터는 대담하게도, 그와 사랑의 도피를 했다는 뜻에서 자기 이름을 그 밑에 적었소. 그리고 그녀의 남편은 여기까지 그들을 쫓아와서 자기 이름을 그 밑에 적었지. 항의의 표시로 그녀의 이름 밑에 딱 붙여서 말이오. 그 다음, 사람을 경멸하고 싫어하는 유명인이자 많은 돈을 지닌 로메인은 이 호텔의 망나니들을 매수해서 빗장을 지르고 문을 잠그고 합법적인 남편을 내쫓게 한 거요. 그리고 나는, 당신 말대로 그가 들어오도록 도왔고."

그 말을 듣는 사이 모든 것이 거꾸로 뒤집혔다. 꼬리가 개를 흔들고, 물고기가 어부를 잡았다. 지구는 달 주위를 돌았다. 그게 정말이냐고 묻기까지만도 약간 시간이 걸렸다. 그의 의식은 여전히 그 말이 명백한 진실의 정반대 얘기라고 믿고 싶었다. 록은 마침내 입을 열었다.

"저 자그마한 친구가 우리가 기사에서 늘 읽어오던 로맨틱한 루델이고 저 곱슬머리 친구가 피츠버그의 포터 씨라는 말씀은 아니겠지요."

"바로 그거요. 나는 그들 두 사람을 보자마자 그 사실을 알았지. 확인은 나중에야 했지만."

록은 잠시 골똘히 생각하다가 마침내 말했다.

"신부님이 옳은 것 같습니다. 하지만 어떻게 그 얼굴을 보고 그런 생각을 해내셨죠?"

브라운 신부는 약간 겸연쩍은 표정을 지었다. 그는 의자에 파묻혀서 허공을 응시하다가, 둥글고 조금 바보스러운 얼굴에 희미한 미소를 떠올렸다.

"글쎄, 보시다시피 사실 나는 로맨틱한 사람이 아니오."

"신부님이 어떤 분인지 도통 모르겠는데요."

록이 거칠게 말하자 브라운 신부는 다독이듯 말했다.

"지금 로맨틱한 사람은 당신이오. 예컨대 댁은 시적인 외모를 지닌 사람을 보면 그 사람이 시인일 거라고 믿어버리지요. 대부분의 시인들이 어떻게 생겼는지 아시오? 아주 우연하게도 19세기 초에 잘생긴 귀족 시인이 세 사람이나 있었다는 사실이 이런 어처구니없는 편견을 낳았지. 바이런과 괴테와 셸리 말이오! 보통은 전혀 잘생기지 않은 이들이 글을 쓰는 법이지. '아름다움은 내 입술에 포개져 격렬하게 타오르는 그녀의 입술에 있네'라고 하든, 뭐라고 써대든 말이오. 게다가 명성이 세상에 널리 퍼진 작가들이 보통 얼마나 나이가 많은지 아시오?

워츠 던턴*은 스윈번**의 머리카락을 풍성하게 묘사했지만, 사실 스윈번은 미국이나 호주의 마지막 추종자들이 그의 히아신스 같은 머리타래에 대해 듣기 전에 이미 대머리가 되어 있었소. 단눈치오도 그랬지. 사실 가까이에서 보면 알겠지만 로메인은 아직 금발이지만 말이오. 그는 지적인 사람으로 보이고, 불운하게도 다른 많은 지적인 인물이 그렇듯 어리석지. 그 사람은 이기적으로 늘 소화가 안 된다고 불평을 늘어놓아 스스로 문제의 씨를 뿌린 게요. 그래서 시인과 사랑의 도피를 벌이면 뮤즈와 더불어 올림푸스에 날아오를 줄 알았던 야심 많은 미국 숙녀분은 이런 남자와 함께하는 것은 하루 이틀 정도로 족하다는 사실을 깨달은 거지. 그래서 남편이 뒤를 쫓아와서 여길 뒤흔들었을 때 그에게 돌아가는 게 기뻤던 것이고."

"하지만 그녀의 남편은? 아직도 그녀의 남편에 대해서는 영문을 모르겠습니다."

록이 물었다.

"아, 요즘 연애 소설을 너무 많이 읽으셨구먼."

---

* Watts−Dunton, Theodore(1832~1914). 영국의 소설가이자 평론가. 시인 스윈번의 친구이며 보호자임을 자처했다. 단테 가브리엘 로제티와 앨저넌 스윈번 같은 당대의 유명 작가들과 변함없는 우정을 나누었는데, 그가 명성을 얻게 된 진짜 이유는 이 때문이었다.
** Swinburne, Algernon Charles(1837~1909). 영국의 시인이자 평론가.

브라운 신부는 그렇게 말하고 항의하는 시선에 대한 응답으로 눈을 반쯤 감았다.

"야생적이고 아름다운 여인이 주식시장의 나이 많은 호색한과 결혼하는 것으로 시작하는 이야기가 많은 줄은 알아요. 하지만 왜? 그건 정말이지 현대 소설이라는 게 현대에 역행하는 꼴이 아니오. 그런 일이 절대로 일어나지 않는다는 건 아니지만, 요새는 좀처럼 일어나지 않는 일이지. 여자가 실수를 저지르지 않는 한에는 말이오. 요새 여자들은 좋아하는 사람과 결혼해요. 특히나 히파티아처럼 응석받이로 자란 여자는. 그래 누구랑 결혼하느냐? 그처럼 아름답고 부유한 여자라면 추종자가 한 무리는 있는 법인데, 그 중에서 누굴 택하겠소? 그 기회는 백 명 중에 한 사람, 댄스 파티나 테니스 모임에서 만난 아주 젊고 제일 잘생긴 청년에게 있지. 자, 보통 사업가는 때로 미남이기도 해요. 포터라는 이름의 젊은 신이 등장한 이상 그녀는 그가 브로커건 도둑이건 신경쓰지 않았겠지만, 주어진 환경상 당신에게는 그가 브로커라는 편이 더 받아들일 만하겠지요. 또 그 사람이 포터라고 불린다는 것도 말이오. 당신은 너무나 어쩔 수 없이 로맨틱한 사람이라 젊은 신처럼 보이는 남자는 포터라고 불릴 리가 없다는 선입견 위에 모든 것을 쌓아올린 거요. 내 말을 믿어요, 이름이라는 게 늘 그렇게 적절히 떨어지는 건 아니라오."

잠깐 침묵이 흐른 후 록은 말했다.

"그러면, 그후에는 무슨 일이 일어났다고 생각하십니까?"

브라운 신부는 파묻혀 있던 의자에서 불쑥 일어났다. 촛불
빛이 벽과 천장에 그의 그림자를 던져, 방의 균형이 바뀐 듯한
기묘한 인상을 주었다.

그는 중얼거렸다.

"아, 그게 사악한 부분이오. 정말 사악하지. 이 정글에 있는
늙은 인디언 악마보다 훨씬 나쁜 것이오. 당신은 내가 그저 이
라틴 아메리카 사람들의 느슨한 방식에 대해 옹호하고 있다고
만 생각했겠지요. 글쎄, 당신에게 묘한 점은……."

그는 안경 너머로 올빼미처럼 눈을 끔벅이며 말을 이었다.

"제일 묘한 점은 한편으로 당신이 옳다는 거요. 당신은 로맨
스를 하찮게 말하지요. 나는 순수한 로맨스를 위해서라면 싸워
보고 싶다고 말하겠소. 젊은 시절 한때를 벗어나고 나면 정말
로 몹시도 드물게 일어나는 일이니까 말이오. 나는 지적인 우
정을 멀리 하라고 말하겠소. 플라토닉한 결합을 멀리 하라고,
자기 실현과 그 외의 것을 추구하는 더 높은 법칙을 멀리 하라
고. 그리고 그 일에 통상적으로 따르는 위험을 감수할 거요. 자
존심이나 자만심, 대중성과 유명세일 뿐 사랑이 아닌 사랑을

멀리 하시오. 우리는 싸워야 할 때에 사랑으로서의 사랑을 위해 싸울 거요. 그 사랑이 육욕과 호색으로서의 사랑이라고 해도 말이오. 의사들이 젊은이가 홍역에 걸릴 것을 알듯이, 신부들은 젊은이가 열정에 빠져들 것을 알지요. 하지만 히파티아 포터는 며칠이면 마흔이고, 그 작은 시인이 자신을 광고해줄 사람이 아니었다면 그에게 신경도 쓰지 않았을 거요. 그게 요점인 거예요. 그는 그녀의 광고인이었어요. 그녀를 망친 건 당신네 신문들이오. 스포트라이트를 받고 사는 것, 신문 헤드라인에 이름이 실리고 싶은 것, 그게 스캔들일지라도 정신적으로 만족스럽고 우월하기만 하다면 그러고 싶었던 거요. 알프레드 드 뮈세*와 얽힌 불멸의 조르주 상드가 되고 싶었던 게지. 젊은 시절의 진짜 로맨스는 끝났고, 그녀를 끌어당긴 것은 중년의 죄악이었소. 지적인 야심이라는 죄악. 그녀에게 내세울 만한 지성은 없지만, 지성인이 되기 위해 꼭 지적일 필요는 없는 법이니까."

"한 가지 면에서는 정말 머리가 좋았다고 해야겠군요."

---

* Musset, Alfred de(1810~1857). 프랑스의 낭만파 시인이자 극작가. '프랑스의 바이런'이라고 불렸다. 1833년 여류작가 조르주 상드와 사랑하게 되어 함께 이탈리아로 떠났으나, 마침내 파탄을 가져와 다음해에 혼자 귀국하였다. 이 체험을 바탕으로 장편소설 『세기아(世紀兒)의 고백』(1836)과 여러 편의 시들을 발표했다.

록은 생각에 잠겨서 평했다.

"그렇지. 한 가지 면에서는."

브라운 신부가 말했다.

"오직 한 가지 면에서만 말이오. 사업적인 면에서. 이 아래에서 어슬렁거리는 가엾은 다고 놈들과는 아무 상관도 없는 면이오. 당신은 영화 스타들을 저주하고 로맨스는 진저리가 난다고 말하지요. 다섯번째 결혼을 하는 영화 스타가 로맨스 때문에 잘못 이끌릴 거라고 생각하시오? 그런 사람들은 아주 실제적이라오. 당신보다 더 실제적이지. 당신은 단순하고 견고한 사업가를 추종한다고 말하지요. 루델 로메인이 사업가가 아닌 것 같소? 그녀가 그랬던 것만큼이나 그 역시도 유명한 미인과의 마지막 스캔들이 낳는 광고 이익을 계산하고 있다는 걸 모르겠소? 그는 또 자신이 쥐고 있는 것이 아주 불안정하다는 것도 잘 알고 있었지. 그래서 불평을 하고 문을 잠그도록 뇌물을 쥐어준 거요. 하지만 어디까지나 내가 말하고 싶은 것은, 사람들이 죄를 이상화시키고 죄인처럼 꾸미지 않는다면 스캔들이 훨씬 덜 일어나지 않겠느냐는 거요. 이 가엾은 멕시코인들은 때로 짐승처럼 살거나, 인간적인 죄악을 저지르며 사는 것으로 보일지는 몰라도, 이상을 쫓아가지는 않아요. 적어도 그 점은 보증할 수 있을 거요."

그는 일어났을 때만큼이나 돌연히 다시 앉았고, 사과하듯 웃었다.

"자, 록 씨. 내 고백은 그게 전부요. 내가 어떻게 해서 사랑의 도피를 도왔는가 하는 끔찍한 얘기의 전모요. 이제 원하는 대로 하도록 해요."

록은 일어서면서 말했다.

"그렇다면, 방에 가서 기사를 좀 고쳐야겠습니다. 하지만 무엇보다도 우선 신문사에 전화를 걸어서 내가 거짓말만 한 보따리 풀어놓았다고 말해야겠군요."

록이 전화를 걸어 브라운 신부가 그 숙녀가 시인과 달아나도록 도와주었다고 말한 시점에서부터, 다시 전화를 걸어 사실은 신부가 시인이 그런 짓을 하는 것을 막았다고 말하기까지 채 30분도 지나지 않았다. 그런데 그 짧은 시간 동안 브라운 신부의 스캔들이 태어나고 확대되어, 바람에 실려 퍼져나갔다. 진실은 여전히 그 비방 뒤편의 반 시간에 있으며, 아무도 언제 혹은 어디서 그 시간의 차이를 따라잡게 될지 알 수 없었다. 신문기자들의 수다와 적들의 갈망은 첫번째 이야기가 인쇄되어 나오기도 전에 그 이야기를 온 도시에 퍼뜨렸다. 록이 직접, 즉각 두번째 기사를 써서 진짜 이야기가 어떻게 끝났는지를 진술하여 바로잡고 반박을 했지만, 그래도 첫번째 이야기를 죽이지는 못했다. 상당수의 사람들이 신문에서 첫번째 사건만 읽고 두번째는 읽지 않는 듯했다. 검게 탄 재에서 불티가 튀어오르듯, '브라운 신부의 스캔들', 혹은 '신부가 포터 가정을 망치다' 같은 옛 이야기가 세상 구석구석에서 몇 번이고 되풀이해서 나왔다. 신부 모임의 지칠 줄 모르는 호교 교부(護敎敎父)들은 그것을 지켜보고, 끈질기게 그 뒤를 쫓아 반박하고 항의 편지를 보냈다. 그런 편지들은 때로 신문에 실렸고, 때로는 실리지 않았다. 그러나 여전히 얼마나 많은 사람이 반대쪽이 없는 이야기를 들은 것인지 알 수 없었다. 멕시코 스캔들이 화약 음모 사건* 같은 역사적 사건인 줄로 여기는 순진한 사람들만으로 큰 건물 하나를 꽉 채울 수 있을 정도였다. 그후에 누군가는 이 단순한 사람들을 계몽하겠지만, 그래봐야 절대로 속아넘어가지 않을 성싶은 소수의 교육받은 사람들 사이에서도 옛 이야기가 새로이 고개를 내미는 모습만 발견할 뿐이다.

그렇게 해서 두 사람의 브라운 신부는 영원히 서로의 뒤를 쫓으며 세상을 도는 것이다. 첫번째 인물은 정의를 저버린, 부끄러움을 모르는 범죄자요, 두번째 인물은 명예회복의 후

---

* 1605년 11월 5일, 영국 가톨릭교도들이 종교적인 억압에 반발하여 영국 국회를 폭파하려 했던 사건을 말한다.

광을 쓴, 비방과 중상에 상처입은 순교자다. 하지만 그 중 어느 쪽도 진짜 브라운 신부와는 거리가 멀다. 조금도 상처입지 않고, 튼튼한 우산을 들고서 터벅터벅 인생을 걸으며, 그 속에서 마주치는 사람들 대부분을 좋아하는, 세상을 동료로 받아들이지만 결코 재판관으로는 받아들이지는 않는 진짜 브라운 신부 말이다.

퀵 원

불결한 범죄소굴이며 쓰레기 넘치는 슬럼가야말로

범죄가 무더기로 일어나는 곳이라고 다들

말하지만, 사실은 그 반대야. 그런 곳이

소굴이라고 불리는 것은, 범죄가 일어나서가

아니라 범죄의 결과가 발견되기 때문이지. 범죄가

정말 무더기로 일어날 수 있는 곳은…… 깔끔하고

얼룩 하나 없는, 깨끗하고 단정한 장소야.

어울리지 않는 이방인들에 관한 이 기묘한 이야기는 아직까지도 서식스 해안선을 따라 회자되고 있다.

정원 너머 바다가 보이는 '메이폴과 가랜드'라는 크고 조용한 호텔. 그날 화창한 오후, 이상하게 조화를 이룬 두 사람이 그 호텔 안에 들어섰다. 한 사람은 갈색 얼굴과 검은 턱수염을 감싸는 화려한 녹색 터번을 하고 있어 햇빛에 더욱 드러나 보였고 바닷가 구석구석 어디에서도 눈에 띌 만한 모습이었다. 다른 쪽은 더욱 엉뚱하고 기괴해 보였는데, 그도 그럴 것이 노란 콧수염에다 사자갈기처럼 긴 노란 머리를 한 사람이 성직자들이나 쓰는 부드러운 검정색 모자를 쓰고 있었기 때문이었다. 사람들은 그가 모래밭에서 연설을 하거나 작은 나무삽을 들고서 '희망의 연대'* 활동을 지도하는 모습은 종종 보았지만, 호텔 바에 들어서는 모습만큼은 생전 본 적이 없었다. 이 별난 친구들의 도착은 이야기의 클라이맥스이지, 시작이 아니다. 그러니 이 불가사의한 이야기를 가능한 한 명확하게 하려면 시작점에서부터 출발하는 편이 좋겠다.

이 기이한 두 인물이 호텔에 들어서서 모두의 주목을 받기 30분 전, 조금도 눈에 띄지 않는 두 사람이 또한 이곳에 들어섰고, 아무도 이들을 주목하지 않았다. 한 사람은 잘생기고 덩치 큰 남자였는데, 눈에 띄지 않게 아주 좁은 공간만 찾아드는 버릇이 있었다. 그의 신발을 병적으로 의심스럽게 뜯어보지 않는다면, 그가 사복을 입은 경감이라는 사실을 알아차리기는 힘들 것이다. 역시 무난한 옷을 입은 다른 한 사람은 대수롭지 않아 보이는 자그마한 남자였다. 마침 그가 입은 옷도 신부복이었지만, 그가 모래밭에서 설교하는 모습을 본 사람은 아무도 없었다.

저 비극적 오후의 전말을 초래한 한 가지 이유로 인해, 이 여행자들 역시 바가 있는 커다란 흡연실 같은 곳에 들어섰다. 사실 '메이폴과 가랜드'라는 훌륭한 호텔은 개조중이었다. 과거

---

* 종교적인 금주 모임의 이름.

의 모습을 좋아했던 사람들이 보기에는 개조는커녕 호텔을 아예 망가뜨리는 짓이었다. 이는 이 동네의 불평꾼이며 구석에서 체리 브랜디를 마시며 욕을 해대는 괴팍한 노신사 래글리의 의견이었다. 어쨌거나 호텔 내부는 한때 잉글랜드식 인(Inn)이었던 흔적을 죄다 없애고, 구석구석, 방방마다 미국 영화에 나오는 레반트인 고리대금업자의 모조 궁전 비슷하게 닮아가고 있었다. 즉, 호텔은 '단장'중이었는데, 단장이 완료된 유일한 곳이자 손님들이 그나마 편안하게 있을 수 있는 곳이 홀로 통하는 이 커다란 로비였던 것이다. 이 로비는 한때 명예롭게도 바가 딸린 고급 응접실로 알려졌다가 지금은 정체가 모호한 술집 라운지로 알려졌고, 아시아 어느 나라의 알현실처럼 새롭게 꾸며놓은 상태였다. 동양풍의 장식에 새로운 기획이 드러나 보였다. 예전에는 갈고리에 매달린 총과 스포츠 포스터, 유리상자 안에 든 박제 물고기가 있던 자리를 이제는 동양식으로 주름을 넣은 꽃줄과 언월도,* 털와르,** 애터갠*** 같은 기념물이 차지했다. 마치 저 터번을 두른 신사의 방문에 대비라도 한 것처럼 말이다. 어쨌거나 요점은, 호텔의 좀더 정상적이고 세련

---

* 페르시아, 아라비아 기원의 굽은칼.
** 인도 북부에서 사용하는 굽은칼.
*** 이슬람교도의 긴 칼.

된 장소들이 모두 개조가 덜 끝나, 도착한 손님들은 청소와 장식이 끝난 이 라운지에서 대기해야만 했다는 사실이다. 아마 그 얼마 되지 않는 손님들이 다소 홀대를 받은 것도, 지배인을 비롯한 직원들이 제각각 다른 곳에서 해명과 권고에 여념이 없었던 것도, 이런 이유에서였을 것이다. 아무튼 이러저러한 이유로, 호텔에 처음 도착한 두 여행객은 얼마 동안 내버려진 채로 바닥만 걷어차야 했다.

바는 잠시 동안 텅 비어 있었다. 경감은 조급하게 카운터를 두드렸지만 자그마한 성직자는 이미 아무것도 서두를 게 없다는 듯 라운지 의자에 파묻혀 있었다. 그의 친구인 경찰은 머리를 돌려, 작달막한 성직자의 둥근 얼굴이 때때로 그랬던 것처럼 멍해진 모습을 보았다. 둥그런 안경 너머 눈은 새로 단장한 벽을 응시하고 있는 것 같았다.

"하고 계신 생각을 말씀해주신다면 일 페니 드리지요. 뭐 다른 일로 내 돈을 원할 만한 사람도 없는 것 같으니 말입니다. 이 건물에서 사다리와 백도제로 가득 차 있지 않은 방은 여기뿐인 모양인데, 여긴 또 너무 텅 비어서 맥주 한잔 날라다줄 종업원도 없군요."

그린우드 경감은 한숨을 내쉬며 카운터에서 돌아서서 말했다.

"아…… 내 생각에는 일 페니만한 가치가 없네. 맥주 한잔만큼이 안 되는 건 물론이고 말이야. 왜인지는 모르겠는데…… 여기에서 살인을 범하기가 얼마나 쉬운가 생각하고 있었어."

성직자는 안경을 문지르며 대답했다.

"그것 참 좋겠습니다그려, 브라운 신부님."

경감은 농담조로 말했다.

"신부님은 공정한 몫보다 훨씬 많은 살인자를 잡으셨어요. 우리 불쌍한 경찰들은 조무래기 하나 못 잡아서 쫄쫄 굶고 앉았는데 말입니다. 그런데 왜 그런 말씀을…… 아, 알겠습니다. 벽에 걸린 터키 칼들을 보고 계시군요. 그런 뜻으로 하신 말씀이라면, 살인을 범할 때 쓸 무기가 많긴 하군요. 그렇지만 보통 부엌에 있는 것보다 많은 건 아닌데요. 조각칼이나 부지깽이, 뭐든 가능하잖습니까. 살인이 일어나지 못하게 막는 건 장소가 아닙니다."

브라운 신부는 당혹해하며 자신의 두서 없는 생각을 회상해보는 듯하더니, 자기도 그렇게 생각한다고 말했다.

그린우드 경감이 말했다.

"살인은 언제나 쉬운 일이지요. 살인보다 더 쉬운 일이란 없을지도 모릅니다. 이 순간, 저는 이 빌어먹을 바에서 술을 한잔 받는 것보다 쉽게 신부님을 살해할 수 있을 겁니다. 유일한 난 점은 살인자로 회부되지 않으면서 살인을 저지를 수 있느냐는 것이지요. 문제가 되는 것은 살인죄를 인정하지 않으려 드는 수줍음입니다. 자기 작품이라는 것을 인정하지 않으려 하는 살인자의 멍청한 겸손입니다. 그 작자들은 발견되지 않고 사람을 죽이겠다는 고정관념에 매달릴 겁니다. 그리고 그런 생각이 그들을 억제하는 거죠. 칼로 가득한 방에 있더라도 말입니다. 그렇지 않다면 칼 가게마다 시체가 산을 이루겠지요. 그런데 바로 그 점이, 어떤 종류의 살인은 정말로 막을 수 없다는 사실을 설명해줍니다. 물론, 그게 또 우리 불쌍한 경찰나부랭이들이 늘상 왜 미리 막지 못했냐고 비난을 받는 이유가 되고요. 미친놈이 왕이나 대통령을 죽이려고 한다면, 그걸 막는 것은 불가능합니다. 왕을 석탄 창고에 살게 할 수도 없고, 대통령을 강철 상자 안에 가둘 수도 없는 노릇이니까요. 살인자가 된다는 사실에 신경쓰지 않는 놈이라면 왕이나 대통령이라도 얼마든지 죽일 수 있습니다. 그게 미친놈이 순교자와 닮은 점이지요. 이 세상을 초월한 듯한 부분 말입니다. 진짜 광신자는, 언제나 원하는 자를 죽일 수 있어요."

신부가 대답을 하기 전에, 기쁨에 찬 순회 세일즈맨 한 무리가 돌고래 떼처럼 그곳으로 몰려들어왔다. 이어, 자기처럼 발랄하고 거만한 넥타이핀을 단 발랄하고 거만한 사내가, 요란하게 소리를 질러 지배인을 불렀다. 출세에 몸이 달아 알랑거리는 지배인은 휘파람 소리에 달려오는 개처럼, 평범한 옷을 입은 경감으로서는 도저히 불러일으킬 수 없었을 재빠른 속도로 달려나왔다.

"정말 죄송합니다, 주크 씨. 현재 손이 좀 모자라서 말입니다. 게다가 저는 호텔 안에서 다른 일도 수행해야 하거든요, 주크 씨."

윤을 낸 곱슬머리를 이마 위로 늘어뜨린 지배인이 약간 흥분된 미소를 지으며 말했다.

주크는 관대한 사람이었지만, 시끄러운 방식으로 관대했다. 그는 술을 한 바퀴 돌렸다. 거의 굽실거리고 있는 지배인에게까지 한 잔 허용했다. 주크는 매우 유명하면서 상류층의 애호를 받는 와인과 스피리츠*를 판매하는 회사를 찾아 여행하는 사람으로, 그런 장소에서는 당연스레 자신이 우위에 있는 사람이라 생각할 만도 했다. 어쨌거나 그는 지배인에게 호텔을 어떻게 관리할지 가르치려는 듯 떠들썩한 독백을 시작했다. 경찰과 신부는 눈에 띄지 않는 작은 탁자와 나지막한 벤치로 물러났다. 그들은, 경찰이 아주 결정적으로 끼어들게 되는 그 놀라

---

* Spirits. 독한 술 주정제(酒精劑)의 뜻을 포함한 증류주의 총칭. 증류주에는 위스키, 브랜디, 럼, 진, 보드카 등이 있다.

운 순간까지 그 자리에서 사건을 지켜보게 되었다.

　다음에 일어난 일은 앞에서 이미 얘기했듯, 기이한 두 인물의 출현이었다. 녹색 터번을 두른 갈색 피부의 아시아인이 뜻밖의 등장을 했고, 더욱 놀랍게도 프로테스탄트 목사 한 명이 함께 나타난 것이다. 파멸의 전조였다. 마지막으로 층계를 닦고 있던 말수는 적지만 예민한 소년, 우매하고 뚱뚱한 덩치 좋은 바텐더, 심지어는 싹싹하지만 주의가 산만한 지배인까지, 모두가 그 놀라운 일의 증인이었다.

　회의론자들 말마따나 그들의 출현은 아주 당연하다고도 볼 수 있는 일이었다. 노란 갈기 머리를 하고 반쯤 성직자 같은 옷을 입은 사내는 모래사장에서의 설교자로만 알려진 인물은 아니었다. 그는 세계 곳곳을 두루 돌아다니며 전도하는 사람이었다. 그는 데이빗 프라이스 존스 목사로, 그가 널리 알리는 슬로건은 '우리 땅 영국과 바다 건너 대영제국을 위한 금주(禁酒)와 정화'였다. 그는 뛰어난 공개 설교자이자 조직자였는데, 이미 오래 전 최초의 금주론자들이 마땅히 했어야 할 생각을 갖고 있었다. 만약 금주가 옳다면 그건 아마도 최초의 금주론자였을 마호메트 덕분이라는 생각이었다. 그는 마호메트 교단의 지도자들과 종교적인 사상에 대한 내용의 편지를 주고받았으며 마침내는 유명한 이슬람교도를 설득해 영국에 와서 고대

이슬람 세계가 포도주를 금지했던 것에 대해 강연하도록 하기도 했다. 그의 이름은 무슨 아크바르였는데, 나머지 이름은 무슨 말인지 모를 알라에 대한 부르짖음으로 되어 있었다. 두 사람 중 어느 쪽도 전에 대중적인 술집에 들어가본 적이 없었으나, 그들은 이미 언급한 과정에 의해 그곳에 들어왔다. 우아한 다실에서 쫓겨나 새로 단장된 술집으로 내몰린 것이다. 이 위대한 금주론자가 천진난만하게도 카운터에 다가가 우유 한 잔을 주문하지만 않았더라도 아무 일도 일어나지 않았을지도 모른다.

순회 세일즈맨들은 사실상 친절한 부류임에도 불구하고, 무심결에 신음소리들을 내고 말았다. 그들은 '술잔 치워라' 내지는 '젖소를 데려오는 게 낫겠네' 같은 억눌린 야유들을 입 속으로 우물거렸다. 하지만 자신의 부와 넥타이핀을 위해 더 세련된 유머를 내놓아야겠다고 느낀 위대한 주크는 어쩔한지 부채질을 해대며 애처롭게 말했다.

"사람들은 깃털만 대도 날 쓰러뜨릴 수 있다는 걸 알지. 훅하고 불기만 해도 날려보낼 수 있다는 걸 안단 말이야. 주치의가 나보고 이런 쇼크를 받아서는 안 된다고 말하는 것도 알고 말이지. 그런데 냉혈한들이 와서 바로 내 코앞에서 차가운 우유를 마시지 않겠나."

공개 석상에서의 야유를 다루는 데 익숙해 있는 데이빗 프라이스 존스 목사는 어리석게도, 이렇게 전혀 다르고 훨씬 대중적인 분위기에서 항의를 하는 모험을 감행했다. 동양의 완고한 금주가는 손만 절제하는 게 아니라 말수도 적었고, 그렇게 위엄을 유지하고 있었다. 사실 그에 한해서 이슬람 문화는 확실히 소리 없는 승리를 거두었다고 볼 수 있다. 그는 분명히 세일즈 신사들보다 훨씬 신사적이었으니까 말이다. 그러나 귀족적인 냉담한 성격을 가진 그도 슬슬 짜증이 나던 참이었다. 프라이스 존스 목사가 논쟁을 시작하자 그 긴장감은 극도로 팽팽해졌다.

프라이스 존스는 연설하는 듯한 제스처를 취하며 말했다.

"묻겠는데, 여러분. 어째서 여기 이 친구가 우리에게 진정한 기독교적 자제심과 형제애를 지닌, 기독교인의 귀감으로 서 있는 걸까요? 그는 어째서 이런 장소에서 이런 싸움과 혼란의 소용돌이 속에서도 진정한 기독교 정신과 세련된 태도, 진정한 신사적 행동의 본보기로 서 있는 걸까요? 왜냐하면, 우리들 사이에 놓인 교리적인 차이가 무엇이건 간에, 적어도 그라는 토양에 저주받을 홉*이나 포도나무 같은 사악한 식물이 한 번

---

* hop. 맥주의 원료.

도……."

이 결정적인 순간에 침략군처럼 건물 안으로 들이닥친 것은 수많은 말다툼의 공습을 몰고 다니는 폭풍의 새, 붉은 얼굴에 흰 머리카락을 하고, 고풍스러운 높은 모자는 머리 뒤에 걸치고 지팡이를 몽둥이처럼 휘둘러대는 존 래글리, 바로 그였다.

사람들은 존 래글리를 괴짜로 여겼다. 그는 신문에 실리지도 않을 칼럼을 써서 신문사에 줄창 보내는 그런 류의 인간이었다. 신문에 실리지 않으면 나중에 가서 자비를 들여 팜플렛을 찍어내는, 그것도 어떤 때는 잘못 찍어내는 사람이었다. 찍어낸 팜플렛은 수많은 쓰레기통을 차례로 순회했다. 그는 토리당의 시골신사들과 급진적인 지역 의회와 더불어 한결같이 싸웠다. 그는 유대인들을 싫어했고, 가게나 호텔에서 파는 것은 거의 다 불신했다. 그러나 그의 유별난 취향에는 다 근거가 있었다. 그는 그 지방을 구석구석, 흥미로운 세부에 이르기까지 알고 있었다. 그는 날카로운 관찰자였던 것이다. 심지어 지배인 윌스 같은 사람까지도, 상류사회에서 허용되는 미친 짓을 감지해내는 래글리에 대해 애매한 존경심을 품고 있었다. 주크의 쾌활한 위엄에 대해 품는 무력한 경외심과는 달랐다. 주크는 사업에는 정말 능한지 몰라도 늙은 불평꾼과 싸우는 일은 피하려는 기질의 소유자였다. 어쩌면 그것은 부분적으로 늙은 불평꾼의 입심을 두려워한 탓일지도 몰랐다.

"늘 드시던 대로겠지요, 선생님."

윌스는 카운터를 가로질러 몸을 기대고 곁눈질을 하며 말했다.

"여기에서 아직까지 괜찮은 건 그것뿐이니까."

래글리는 기묘하고 고풍스러운 모자를 내려놓으며 코방귀를 뀌었다.

"젠장할, 난 때로 잉글랜드에 남은 유일한 잉글랜드 물건은 체리 브랜디가 아닐까 생각한다네. 체리 브랜디는 그래도 체리 맛이 난단 말이야. 홉 맛이 나는 맥주나 사과 맛이 나는 사이다, 아니면 포도로 만들어진 것 같거나 한 포도주를 찾아다 줄 수 있겠나? 이젠 지역 여관마다 사악한 협잡이 이루어지고 있어. 다른 나라에서라면 혁명이 일어났을 법한 일이지. 내 말하겠네만 그에 대해 한두 가지를 알아냈다네. 내가 활자로 만천하에 알릴 때까지만 기다리라고. 다들 벌떡 일어설걸. 내 우리 나라 사람들이 이 모든 나쁜 술에 독살되는 것을 막을 수 있다면……"

이 부분에서 데이빗 프라이스 존스 목사는 자신에게 재치가 부족하다는 사실을 다시 한번 보여주었다. 재치라는 미덕을 거의 숭배하다시피 했으면서도 말이다. 어리석게도 나쁜 술이라는 생각과 술이 나쁘다는 생각을 혼동하여 래글리와 동맹을 맺으려 한 것이다. 다시 한번 그는 무뚝뚝하고 위엄 있는 동방 친구를 논의에 끌어들여 우리의 조잡한 영국방식보다는 세련된 외국인이 우월하다고 했던 것이다. 그는 어찌나 멍청했던지 더 넓은 신학적 가능성에 대해 이야기하려다가 결국 마호메트의 이름을 언급하고 말았고, 그 이름은 폭발적인 반향을 불러일으켰다.

"이 벼락맞을 놈!"

래글리는 그다지 관대하지 못한 신학적 관점을 가진 사람이라 노호했다.

"그러니까 잉글랜드 사람이 잉글랜드 맥주를 마시면 안 된다는 거요 지금? 빌어먹을 사막에서 지저분한 늙은 협잡꾼 마호메트가 포도주를 금지했다고 해서?"

한순간에 경감은 성큼 한가운데로 나섰다. 바로 그 직전에 지금까지 차분하고 빛나는 눈으로 더없이 묵묵하게 서 있던 동양 신사의 태도에 놀라운 변화가 일어났던 것이다. 그는 진정한 기독교인다운 자제심과 형제애의 귀감에서 한 걸음 나아가, 호랑이처럼 뛰어올라 벽에 걸린 육중한 칼 하나를 잡아채어 그대로 집어던졌다. 투석기로 던진 돌처럼 날아간 칼은 래글리의 귀 바로 1센티미터 위에 박혀서 흔들거렸다. 그린우드 경감이 제때 나서서 팔을 밀치지 않았다면 조준은 빗나가지 않았을 것이고, 그 칼은 래글리 본인의 몸에 박혀 흔들렸을 것이다. 브라운 신부는 그 짧은 다툼 너머에 있는 무엇인가를 본 것처럼, 의자에 앉은 채로 눈을 가늘게 뜨고 그 장면을 지켜보며, 입가에 미소 같은 것을 띠었다.

그리고 나서 싸움은 엉뚱하게 돌아갔다. 아무도 이해할 수 없을 성싶은 일이었다. 존 래글리 같은 사람들을 더 잘 알기 전까지는 도저히 이해할 수 없는 일이리라. 그 붉은 얼굴의 노 광신자가 일어서서 마치 그게 자신이 들은 중에 최고의 농담이었다는 듯이 박장대소하고 있는 게 아닌가. 매섭게 비난하던 신랄한 태도는 송두리째 빠져나간 것 같았다. 그리고 그는 떠들썩한 자비심을 가지고 막 자신을 살해하려 했던 다른 광신자를 쳐다보았다.

"제기랄, 당신은 내 이십 년 만에 처음 만난 진짜 사내요!"

"이 사람을 고발하시겠습니까?"

경감은 미심쩍은 얼굴로 물었다.

"그를 고발하다니! 물론 아니지. 저 사람이 술을 마시기만 하면 한턱내고 싶소이다그려. 내게 그의 종교를 모욕할 권리는 없지. 자네들 모든 스컹크들에게 사람을 죽일 배짱이나 있었으면 좋겠군. 그런 배짱이 있는 놈이 없으니까 자네들의 종교를 모욕하는 말은 하지 않겠지만, 뭐라도 모욕하기로 하지. 맥주라도.”

“이제는 우리를 다 스컹크라고 부르는구만. 평화와 조화가 회복된 것 같네. 저 금주가 강연자가 자기 친구 칼에 꿰였으면 더 좋았을 텐데. 모든 말썽의 장본인은 저 친구니까 말이야.”

브라운 신부는 그린우드에게 말했다.

그가 말하는 사이 거기에 있던 이상한 무리는 이미 흩어지기 시작했다. 세일즈맨들을 위한 방이 준비가 되었는지 우루루 그들은 자리를 옮겼고, 쟁반에 새로운 술잔을 죽 담아든 급사가 그 뒤를 쫓았다. 브라운 신부는 잠시 동안 카운터 왼쪽에 놓인 유리잔을 응시하며 서 있었다. 불길한 징조였던 우유컵은 금세 알아볼 수 있었지만, 다른 하나에서는 위스키 냄새가 났다. 그리고 그는 정확한 순간에 몸을 돌려 저 진기한 두 인물, 동서양의 광신자가 헤어지는 광경을 보았다. 래글리는 여전히 몹시 다정스럽게 굴고 있었으나, 그에게는 뭔가 약간 모호하고 불길한 기운이 감돌았다. 어쩌면 그게 자연스러운 일이리라. 그래도 그는 위엄 있는 화해의 몸짓으로 엄숙하게 머리를 숙였다. 말썽이 정말로 끝이 났다는 표시였다.

그러나 그 투사들 사이에 오간 정중한 마지막 경례장면에 대한 기억과 해석이, 적어도 브라운 신부의 마음속에서는 사라지지 않고 중요하게 여겨졌다. 더없이 이상한 일이었다.

브라운 신부가 다음날 꼭두새벽부터 사람들에게 종교적인 의무를 행하고자 아래층으로 내려왔을 때, 그는 환상적인 아시아풍으로 장식된 긴 응접실 바 안을 보았다. 새벽의 생기 없는 무채색 빛이 내부를 가득 채워 구석구석을 뚜렷이 드러내고 있었는데, 그 한구석에 존 래글리의 시체가 처박혀 있었다. 육중한 자루가 달린 구부러진 단도가 가슴에 꽂힌 채로.

브라운 신부는 조용히 위층으로 돌아가 경감을 불러냈다. 아직까지 아무도 돌아다니고 있지 않은 건물 안에서, 두 사람은 시체 옆에 섰다.

그린우드는 잠시 침묵하다가 말했다.

"명백한 일이라고 해서 확신하거나 부인해서는 안 되겠지만, 어제 오후에 했던 말이 생생하게 떠오르는군요. 바로 어제 오후에 그런 말을 했다는 게 정말 이상하지 않습니까."

"그래."

신부는 올빼미 같은 시선으로 고개를 끄덕이며 말했다.

"우리가 막을 수 없는 한 가지 살인은 종교적인 광신자 같은 작자가 저지르는 살인이라고 말했지요. 그 갈색 친구는 교수대에 매달리더라도 자기는 예언자의 명예를 지켰으니 곧장 낙원으로 들어가리라 생각할 겁니다."

"물론 그렇지. 말하자면, 우리 이슬람 친구가 그를 찔렀다는 것은 아주 그럴싸한 이야기야. 더군다나 아직은 마땅히 그를 찔렀을 만한 다른 사람은 떠오르지도 않고. 하지만…… 하지만 나는……."

신부의 둥근 얼굴이 갑자기 다시 멍해지더니 흘러나오던 말이 입술에서 딱 끊겼다.

"이젠 뭐가 문젭니까?"

"글쎄, 우스꽝스럽게 들리는 줄은 아네만."

브라운 신부는 쓸쓸한 목소리로 말했다.

"하지만 나는 생각하고 있었지…… 나는 말일세, 어떤 면에서 보면, 누가 그를 찔렀는지는 중요하지 않다고 생각하고 있었다네."

"이건 무슨 새로운 도덕입니까? 아니면 오래된 결의론일지도 모르겠군요. 예수회 수사들이 정말 살인이라도 하려는 겁니까?"

"누가 그를 살해했는지가 중요하지 않다고 말하지는 않았네. 물론 그를 찌른 자가 그를 죽인 자일 수도 있겠지. 하지만 전혀 다른 사람일 수도 있어. 어쨌든 완전히 다른 시간에 이루어진 일이잖은가. 자네는 칼자루에서 지문을 채취하려고 하겠지만, 거기에 너무 관심을 기울이진 말게나. 다른 사람들이 가엾은 노인에게 이 칼을 박아넣게 만들었을 만한 다른 이유들도 상상할 수 있네. 물론 그렇게 교훈적인 이유들은 아니지만, 그게 살인의 원인이 되지는 않았을 거야. 그 점을 분명히 하려면 그의 몸에 칼을 더 대야 할 게야."

"그 말씀은……."

경감은 그를 날카롭게 쏘아보며 입을 열었다.

"부검 말일세. 죽음의 진짜 원인을 알아내기 위한……."

"어쨌든 칼에 대해서는 신부님 말씀이 옳은 것 같군요. 의사를 기다려야겠습니다만, 신부님 말씀을 지지할 성싶습니다. 피가 충분히 흐르지 않았어요. 이 칼은 이미 몇 시간이 지나 차가워진 시체에 꽂힌 겁니다. 하지만 어째서일까요?"

"마호메트교도에게 혐의를 돌리기 위해서일 수도 있지. 그럴 수도 있어. 하지만 그렇다고 꼭 살인을 했다는 건 아니지. 여기에서 비밀을 지키려 드는 사람들이 있으리라는 생각도 들지만, 그들이 반드시 살인자들이라는 건 아닐세."

"그런 쪽으로는 추측해보지 않았습니다. 대체 뭘 가지고 그런 생각을 하셨어요?"

"어제 이 끔찍한 로비에 처음 들어왔을 때 내가 한 말 말일세. 여기에서는 살인을 범하기가 쉬울 거라고 말했지. 하지만 자네 생각과 달리 난 저 바보스러운 무기들에 대해 생각하고 있지 않았어. 전혀 다른 것을 생각하고 있었다네."

다음 몇 시간 동안 경감과 그의 친구는 지난 24시간 동안 드나든 사람들, 쓰거나 쓰지 않은 모든 유리잔, 관련자부터 겉으로 보기에는 상관없는 사람들까지 샅샅이 조사했다. 모르는 사람이 보면 한 사람이 아니라 서른 명이 독살된 것으로 알 정도였다.

바에 인접한 큰 입구 외에 다른 곳을 통해 건물 안에 들어간 사람은 없는 것이 확실해 보였다. 다른 입구는 모두 보수중이어서 막혀 있었다. 큰 입구 밖에서는 한 소년이 계단을 청소하고 있었는데, 그는 그다지 명확한 증언을 하지는 못했다. 터번을 두른 터키인과 금주론 강연자가 갑자기 나타나기 전까지는 소위 '퀵 원'*을 마시러 들른 세일즈맨들밖에 없었던 듯했다. 그리고 그들은 워즈워스가 자신의 시에서 묘사한 구름처럼 함께 몰려다닌 것으로 보였다. 그들 중 유별나게 빨리 마시고 혼자 현관을 나간 사람이 있는지에 대해서는 바깥에 있던 소년과 안에 있던 사람들 사이에 약간의 의견차가 있었다. 지배인

---

* 단숨에 들이키는 술 한잔.

과 바텐더는 그렇게 따로 움직인 사람에 대해 아무런 기억을 하지 못했다. 지배인과 바텐더는 여행객 모두를 아주 잘 알고 있었고, 그들이 함께 행동했다는 데 아무런 의심을 품지 않았다. 그들은 농담을 하고 술을 마시며 바 옆에 서 있었고, 당당한 리더 주크가 프라이스 존스와 그다지 심각하지 않은 언쟁을 하는 동안 현장에 있었다. 그때 그들은 아크바르와 래글리 사이에 있었던 꽤 심각한 언쟁과 돌발사태를 목격했다. 얼마 후 그들은 세일즈맨 전용 방으로 옮기라는 말을 듣고 그 자리를 떴으며, 그들의 술잔은 트로피처럼 그 뒤를 따랐다는 것이다.

"별 진전이 없군요. 물론 참견하기 좋아하는 종업원들은 평소처럼 의무를 다해서 잔을 모조리 씻어버렸습니다. 노인장 래글리의 잔까지 포함해서요. 다른 사람이 다 효율적이지 않았다면, 우리 형사들이 아주 효율적이 될 수 있을 텐데 말이지요."

그린우드 경감이 말했다.

"아네."

브라운 신부의 입가에는 다시 한번 뒤틀린 미소가 떠올랐다.

"난 가끔 범죄자들이 위생학을 발명한 게 아닌가 생각한다네. 아니면 위생학 혁신가들이 범죄를 발명한 건지도 모르지. 개중에 그래 보이는 사람들도 있어. 불결한 범죄소굴이며 쓰레기 넘치는 슬럼가야말로 범죄가 무더기로 일어나는 곳이라고 다들 말하지만, 사실은 그 반대야. 그런 곳이 소굴이라고 불리는 것은, 범죄가 일어나서가 아니라 범죄의 결과가 발견되기 때문이지. 범죄가 정말 무더기로 일어날 수 있는 곳은 깔끔하고 얼룩 하나 없는, 깨끗하고 단정한 장소야. 발자국을 남길 만한 진흙도 없고, 독약이 든 앙금도 남지 않고, 친절한 종업원들이 살인의 흔적은 다 치워주지. 여섯 아내를 죽이고서 화장한 살인자가 약간의 기독교적 오점에도 펄펄 뛰고 말이야. 어쩌면 내가 자신을 지나치게 온건하게 표현하는 건지도 모르겠구만…… 하지만 보게, 나는 잔 하나를 기억하고 있어. 나중에 닦였을 것은 분명하지만 나는 그 잔에 대해 더 알아야겠네."

"래글리의 잔을 말씀하시는 겁니까?"

그린우드가 물었다.

"아니야. 누구의 잔도 아니었지. 우유잔 옆에 놓여 있었고 위스키가 약간 남아 있었지. 자네나 나는 위스키를 마시지 않았네. 주크 씨에게 한 잔 받은 지배인은 진을 약간 마셨다는 것도 기억하고 있어. 우리 이슬람 친구가 녹색 터번으로 위장한 위스키꾼이라고 의심하지야 않겠지. 저 데이빗 프라이스 존스가 알아차리지 못한 채 위스키와 우유를 함께 마셨을 리도 없고."

"세일즈맨들은 대개 위스키를 마셨지요. 대개들 그러잖습니까."

"그렇지. 보통은 마시는 술에 신경을 쓰기도 하고. 이 경우, 그들은 주의깊게 술을 모두 담아서 자기들 방으로 가지고 따라오게 했어. 그런데 이 잔은 뒤에 남아 있었네."

"실수였겠지요. 나중에 그들 방에서 다른 잔을 받을 수 있었을 거 아닙니까."

브라운 신부는 머리를 흔들었다.

"자넨 사람들을 있는 그대로 보지 않으면 안 돼. 이런 부류의 사람들은 뭐, 그들을 도둑이라고 부르는 사람도 있고 평범한 사람들이라고 하기도 하지만 그건 다 기호 나름이고, 나는 그들이 대개 단순한 사람들이라고 말하고 싶네. 대다수는 아주 선량한 남자들이고, 몹시 기쁜 마음으로 아내와 아이들에게 돌아가지. 일부는 깡패일 수도 있네. 아내를 몇 사람 뒀을 수도 있고 심지어는 아내를 몇 사람 살해했을 수도 있지. 하지만 대부분은 단순한 사람들이야. 그리고 명심하게. 약간만 마시는 사람은 별로 없다는 것 말이야. 많지 않지. 옥스퍼드에는 술에 취해서도 신사적으로 행동하는 사람들이 더러 있겠지만, 지금 말하는 이런 류의 사내들은 친목을 다지면서 왁자지껄하기 마런이야. 아주 큰 소리로 지껄이지. 작은 사건으로도 연설을 시작하는 걸 보잖나. 그들은 맥주 거품과 함께 부글부글 끓어올라서 '우와, 엠마'라든가 '내 체면 좀 세워주지 않겠어?' 같은 말을 하기 마련이지. 그러니 이런 흥겨운 사람들 다섯이서 자기들 전용 방에 들어가 한 탁자에 둘러앉았는데 앞에 잔이 네 개만 놓여 있다면, 장담컨대 나머지 한 사람이 그 일을 갖고 고함을 치지 않고 넘어간다는 일은 불가능해. 모두가 소리를 질러대지는 않았더라도 장본인은 소리를 쳤겠지. 다른 계급의 잉글랜드인처럼 술이 오기를 한참 동안 기다렸을 리는 없네. '그런데 난 어떻게 된 거야?' 라든가, '이봐, 조지, 내가 희망의 연대 회원이었나?' 아니면, '내 터번에 녹색이라도 보이나, 조지?' 라는 소리가 울려 퍼졌을 거라고. 그런데 바텐더는 그런 불평을 듣지 못했네. 뒤에 남겨져 있던 위스키 잔은 누군가 다른 사람이 비운 게 분명해. 누군가 우리가 아직 생각하지 못한 사람."

"그럼 혹시 떠오르는 사람이라도 있습니까?"

경감이 물었다.

"지배인과 바텐더가 그런 사람이 있다는 말을 하지 않으니까 자네도 정말 따로 떨어져 있던 사람이 있었다는 증언을 무시해버린 거지. 바깥에서 계단 청소를 하던 아이가 증언한 사람 말이야. 세일즈맨인 것 같기는 했는데 다른 사람들과 어울리지 않은 남자 하나가 들어갔다가 바로 다시 나왔다고 말했네. 지배인과 바텐더는 정말 그를 보지 못했거나, 아니면 보지 못했다고 말한 거지. 하지만 어쨌든 그 남자는 바에서 위스키 한 잔을 마셨어. 논의를 위해 편의상 그 사람을 '퀵 원'이라고 부르기로 하세. 자네, 내가 자네가 나보다 더 잘하거나 자네가 해야 할 일은 그다지 방해하지 않는다는 것을 알고 있겠지. 나는 한 번도 경찰 조직을 움직이거나 범죄자를 추적한 적은 없네. 하지만 내 생애 처음으로 지금 그래야겠어. 자네가 퀵 원을 찾아줬으면 좋겠네. 세상 끝까지라도 그 사람을 따라갔으면 해. 그 악독한 경찰 조직을 온 나라 안에 사냥 그물처럼 펼쳐서 퀵 원을 다시 잡아오게나. 그가 우리가 원하는 사람이니까 말일세."

"재빠르다는 것말고 얼굴이나 모습이나 뭐 눈에 띌 만한 건 없습니까?"

그린우드는 낙심한 몸짓을 했다.

"그 사람은 인버네스* 같은 것을 입고 있었네. 그리고 밖에서 아이에게 다음날 아침까지 에든버러에 도착해야 한다고 말했

---

* 소매 없는 남자용 외투.

지. 아이가 기억하는 건 그게 다야. 하지만 난 자네 조직이 그보다 더 적은 단서만으로도 사람을 찾아낸다는 걸 알고 있네."

"이 일에 굉장히 열중하신 것 같습니다."

경감은 약간 곤혹스러워하며 말했다.

신부 역시 곤혹스러운 듯 보였다. 그는 눈썹을 찡그리며 주저앉더니 퉁명스럽게 말했다.

"오해를 사기는 너무나 쉬운 일이야. 사람은 다 중요해. 자네도 중요하고 나도 중요하지. 신학적으로 가장 힘든 일은 믿는 거라네."

경감은 무슨 말인지 이해하지 못한 채 그를 응시했지만, 신부는 말을 이어갔다.

"우리는 오직 신께 의미가 있어 신만이 이유를 아시네. 하지만 그것이 경찰이 존재하는 것에 대한 유일하게 정당한 이유이지."

경감은 자신의 우주적 정당화에 대해 별로 깨우친 것 같지는 않았다.

"법률이라는 게 결국 한쪽 면으로만 옳다는 걸 모르겠나. 만일 모든 사람이 중요하다면, 살인자들도 다 중요하네. 신이 우리를 불가사의하게 창조했다고 해서, 우리가 불가사의하게 파괴되는 고통을 겪을 필요는 없는 게야. 하지만⋯⋯."

결단에 이르는 새로운 한 걸음을 내딛는 사람처럼, 그는 마지막 단어를 날카롭게 말했다.

"하지만, 일단 영적인 평등으로부터 한 걸음 내려서면 나는 자네가 말하는 중요한 살인자들이 왜 특히 더 중요한지 알 수가 없어져. 자네는 항상 내게 이 사건이 중요하다 저 사건이 중요하다 말을 하지. 평범하고 현실적인 사람인 나에게는 살해당한 게 영국 수상이라고 해서 별로 달라질 게 없어. 인간의 중요성이라는 면에서 보면 그런 사실은 별로 상관이 없다고 해야겠지. 자네는 수상이나 그런 고위 공직자가 살해당하면, 사람들이 당장 들고일어나 거리를 샅샅이 조사하고 정부는 이 사건을 중차대한 문제로 다뤄야 한다고 외칠 거라고 생각하나? 현대 세계의 지도자들은 중요하지가 않아. 심지어 진짜 지도자들조차도 중요하지가 않지. 신문에서 본 사람 누구도 그다지 중요하지 않네."

그는 탁자를 톡톡 두드리면서 일어섰다. 드물게 볼 수 있는 몸짓이었다. 그의 목소리가 다시 변했다.

"하지만 래글리는 중요하네. 그는 잉글랜드를 구할 수도 있었을 여섯 사람 정도의 반열에 들어가. 그들은 눈에 띄지 않는 신호등처럼 결연히 비밀스럽게 일어서서, 평탄한 내리막길로 내려가다 결국은 경제적으로 몰락하는 지경에 빠져서 끝나버리지. 조나단 스위프트*나 존슨 박사,** 윌리엄 코벳,*** 모두들 고약하다거나 야만적이라는 이름에 예외가 없었지만, 다들 친구들에게 사랑을 받았고 그럴 자격이 있었네. 사자의 심장을 지닌 저 노인이 어떻게 일어서서 적을 용서하는지 보지 못했나? 오직 투사들만이 할 수 있는 용서였지. 그는 그 금주 강연가가 말하는 바를 더할 나위 없이 적절히 보여주었어. 기독교인의 귀감이자 기독교 정신의 본보기였네. 그와 같은 사람에게 지저분하고 비밀스러운 살인이 저질러진다면, 나는 그게 정말 문제라고 생각하네. 심지어 점잖은 사람이 경찰 조직이라도 동원해서 해결해야 할…… 아, 그만두지. 그래서 나는 얼마간 정

---

* Swift, Jonathan(1667~1745). 『걸리버 여행기』의 저자. 아일랜드 출신의 목사이자 평론가로 토리당의 기수였다가 앤 여왕의 죽음과 함께 낙향했다.
** Johnson, Samuel(1709~1784). 영국의 시인이자 평론가. 서점 주인의 아들로 태어나 학비 부족으로 옥스퍼드대학교를 중퇴하였으나, 후에 문학상 업적에 의하여 박사학위가 추증되어 '존슨 박사'라 불렸다. 7년에 걸쳐 『영어사전 A Dictionary of the English Language』을 완성하였고 『셰익스피어 전집』(1765)과 17세기 이후의 영국 시인 52명의 전기와 작품론을 정리한 10권의 『영국시인전 Lives of the English Poets』(1779~1781)을 낸 것으로 유명하다.
*** Cobbett, William(1763~1835). 영국의 급진주의적 언론인이자 정치가. 노동자의 회고적 감정에 호소하면서 산업주의 사회를 비판하여 주목을 받았다. 1832년 의원에 당선되었으나, 정치적으로는 성공하지 못하였다. 농촌 피폐의 실정견문록 『전원기승(田園騎乘)』(1830)은 명저로서 높이 평가된다.

말로 자네를 이용하고 싶은 거야."

그렇게 해서 우리는, 그 다음 몇 날 며칠 동안 작달만한 브라운 신부가 국왕의 영토 안에 있는 군대와 경찰을 전부 동원하여 휘둘렀다고 말할 수 있을 것이다. 마치 작은 체구의 나폴레옹이 광대한 전략을 펼치면서 유럽을 뒤덮은 포대와 전열을 지휘한 것처럼 말이다. 경찰서와 우체국은 밤새도록 돌아갔다. 교통은 차단되고 편지는 모두 검열받았으며, 수백 곳이 검문당했다. 얼굴도 이름도 모르는, 인버네스 외투를 입고 에든버러행 티켓을 든 유령 같은 형체의 자취를 추적하기 위해서였다.

물론 그 동안 다른 노선으로도 꾸준히 수사가 이루어졌다. 완전한 검시 보고서는 아직 들어오지 않았지만 독살이라는 사실은 확실해 보였다. 자연스럽게 체리 브랜디에 의혹이 모아졌고, 다시 자연스럽게 호텔 측에 가장 큰 의혹이 던져졌다.

"가장 의심스러운 건 호텔 지배인이겠지요. 제게는 그 친구가 비열한 벌레새끼로 보입니다. 물론 종업원들도 연관지어볼 수 있지요. 바텐더 친구는 좀 뚱한 사람 같지 않습니까. 래글리가 불 같은 성질에 욕을 좀 했을 수도 있습니다. 보통 그 뒤에는 관대하게 굴었더라도 말이지요. 하지만 결국 첫번째 책임, 그리고 첫번째 의혹은 지배인에게 있다는 겁니다."

그린우드는 걸걸한 소리로 말했다.

"아, 가장 큰 의혹이 지배인에게 향할 줄 알고 있었네. 그래서 난 그 친구를 수상하게 보지 않는다네. 누군가 다른 인물이, 분명 호텔 지배인이나 종업원들이 우선 의심받을 줄 알고 행했을 거라고 생각했어. 그래서 호텔 안에서 누군가를 죽이기가 쉬울 거라고 말했던 거고…… 하지만 가서 그와의 일을 해결짓는 게 좋겠군."

경감은 갔다가, 놀라울 정도로 금방 취조를 마치고 돌아왔다. 와서 보니 그의 성직자 친구는 존 래글리의 격정적인 생애를 기록해놓은 문건으로 보이는 서류를 넘기고 있었다.

경감이 말했다.

"이거 묘하게 돌아갑니다. 법적인 증거가 없으니 그 미끄러운 두꺼비 새끼를 조사하는 데 꽤 걸릴 줄 알았거든요. 그런데 그 친구 갑자기 허물어지지 뭡니까. 완전히 겁에 질려서 아는 건 다 분 것 같아요."

"그렇겠지. 자기 호텔에서 독살된 래글리의 시체를 발견했을 때도 그렇게 허물어졌겠지. 자기도 그렇게 말했겠지만 그래서 넋이 나가서 흑인에게 죄를 뒤집어씌울 생각으로 시체에 터키 칼을 꽂아놓는 꼴사나운 짓을 저질렀을 테고 말이야. 그 사람에게는 겁에 질렸다는 것말고 다른 문제는 없네. 살아 있는 사람에게 진짜 칼을 박아 넣을 사람은 못 돼. 시체에 칼을 찌르면서도 엄청나게 떨었을걸. 자기가 하지 않은 짓으로 고발당할까봐 두려워할 만한 사람이지. 그리고 그런 식으로 스스로를 바보로 만들 만한 사람이고."

"바텐더도 조사해봐야 할 것 같습니다."

"그래야겠지. 나 자신은 호텔 직원 중에 있다고는 믿지 않네만…… 글쎄, 꼭 호텔 직원인 것처럼 보이게 만들어놓지 않았나…… 그런데 여보게, 래글리에 대한 이 보고서 좀 봤나? 어지간히 흥미로운 인생이군. 누가 이 사람 전기를 쓰지 않을까 모르겠는데."

"이 사건에 영향을 미칠 만한 건 다 기록해놓았습니다. 홀아비였는데, 한번은 아내 일로 어떤 남자와 소동이 있었지요. 그 남자는 그때 이쪽 지역에 있던 스코틀랜드인 부동산 중개업자였습니다. 래글리는 꽤 폭력적이었나 봐요. 스코틀랜드인을 증오했다고 하더군요. 어쩌면 그게 이유일 수도 있겠지요…… 아, 왜 기분 나쁘게 웃으시는지 압니다. 스코틀랜드인……어쩌면 그 에든버러 사람일지도 모르죠."

"어쩌면……."

브라운 신부가 말했다.

"그 사람이 사적인 이유와 별개로 스코틀랜드인을 싫어했을 수도 있네. 이상한 일이지만, 토리당 급진파들은 하나같이들 스코틀랜드인을 싫어했거든. 휘그당*의 상업적 움직임에 저항 했던 사람들 말이야. 코벳이 그랬지. 존슨 박사도 그랬지. 스위 프트는 제일 뛰어난 구절 어딘가에서 스코틀랜드 억양을 조롱 했지. 심지어 셰익스피어까지도 그런 편견으로 책망을 받았어. 하지만 위대한 인물들의 편견에는 보통 어떤 원칙 같은 것이 있는 법. 이유는 있었다고 생각하네. 스코틀랜드인은 가난한 농지였다가 부유한 산업지역이 된 땅에서 왔지. 능력 있고 활 동적이었어. 자신들이 북쪽에서 산업 문명을 가지고 왔다고 생 각했지. 다만 그들은 남쪽에 몇 세기 동안 시골의 문명이 있었 다는 것을 몰랐던 거야. 자기네 조상 땅은 정말 시골이면서 문

---

* 휘그당과 토리당 Whig Party and Tory Party. 18세기 영국에서 정치적 입장을 달리한 두 정당 또는 정파. '휘그'와 '토리'는, 1679년 요크 공작(후의 제임스 2세)을 가톨릭교도라는 이유로 왕위계승권에서 제외하려는 왕위계승배제 법안을 둘러싸고 의회 내 찬성파와 반대파 간에 주고받은 경멸적인 말이었다. 휘그는 스코틀랜드 게일어에서 유래한 말도둑을 나타내는 단어였는데, 후에는 스코틀랜드의 장로파를 뜻하기도 했다. 또한 비국교도, 반란 등을 내포하기도 해 왕위계승권 배제파에게 적용되었다. 토리는 아일랜드어로 불법적인 가톨릭교도를 뜻하며 요크 공작의 왕위계승권을 지지하는 사람들을 일컬었다. 휘그당은 귀족을 지도자로 하면서도 상인이나 비국교도(非國敎徒)의 지지를 받아 반왕권적(反王權的) 성격이 강하였다. 19세기에 들어서자 신흥 시민층과 제휴하여 자유주의적 개혁을 목표로 선거법개정 등을 실현하였으며, 그 무렵부터 자유당으로 전신(轉身)해 갔다.

명화되지 않은 곳이었으니까…… 이런, 이런. 우리가 할 수 있는 일은 소식을 더 기다리는 것뿐인 것 같군."

경감은 히죽 웃었다.

"도저히 셰익스피어와 존슨 박사에게서 최신 소식을 얻어낼 것 같지는 않군요. 셰익스피어가 스코틀랜드 사람에 대해 어떻게 생각했는지는 증거가 아직 좀 부족해요."

브라운 신부는 새로운 생각에 놀란 듯 눈썹을 치켜올렸다.

"글쎄, 이제 생각해보기로 하지. 셰익스피어한테서라도 더 나은 증거가 나올지 몰라. 그는 스코틀랜드인에 대해서는 자주 언급하지 않았지만, 웨일스 사람을 놀리는 건 좋아했었거든."

경감은 신부의 얼굴을 살폈다. 브라운 신부의 차분한 표정 밑에 있는 경고를 문득 알아차렸던 것이다. 그가 말했다.

"정말이지, 어느 누구도 그런 방향으로 의혹을 돌릴 생각은 못 할 겁니다."

브라운 신부는 포용력 있는 차분한 태도로 말했다.

"자네는 광신자에 대한 이야기로 시작을 했지. 어떻게 광신도가 무슨 짓이든 할 수 있는지에 대해서 말이야. 어제 이 고급 바에서 우리는 영광스럽게도 현대 세계에서 가장 몸집도 크고 목소리도 크지만 머리는 비계로 가득 찬 광신자를 영접할 수 있었지. 한 가지 생각에 몰두해서 머리가 텅 비어버린 얼간이가 살인을 저지르는 거라면, 난 아시아의 고행자들 누구보다 먼저 목사 친구 프라이스 존스를 지목하겠네. 게다가 말했다시피 그 사람의 끔찍한 우유잔이 수수께끼 위스키 잔 바로 옆에 놓여 있었잖은가."

"상상을 살인과 혼동하고 계시군요. 보세요, 전 신부님이 정말 진지한 건지 아닌 건지 모르겠습니다."

그가 친구의 얼굴을 찬찬히 들여다보면서 그 표정에 담긴 수수께끼 같은 뭔가를 찾고 있을 때, 바 뒤에 있는 전화기가 요란하게 울렸다. 그린우드 경감은 카운터 뚜껑문을 들어올리고 재빨리 안으로 들어가서 수신기를 집어들고 잠시 귀를 기울이더니, 날카로운 소리를 질렀다. 전화 상대에게 지르는 소리가 아니라 감탄사였다. 그리고 나서 그는 계속 주의깊게 귀를 기울이며 중간중간 폭발하듯 내뱉었다.

"그래, 그래……즉각 오게. 가능하면 그 사람을 데려와…… 잘 했네……축하하네."

그린우드 경감은 젊음을 되찾은 듯 기세등등하게 바깥 라운지로 돌아와서, 무릎 위에 손을 얹고 앉아 신부를 정면으로 응시하며 말했다.

"브라운 신부님, 대체 영문을 모르겠군요. 다른 사람 누구도 알기 전에 그 사람이 살인자라는 걸 아신 것 같습니다만. 그자는 말 그대로 아무도 아니었습니다. 아무것도 아니었어요. 증언상의 작은 혼란에 지나지 않았지요. 호텔 안에서는 아무도 그를 보지 못했습니다. 계단에 있던 소년도 그에 대해 확신은 없었어요. 그 사람은 남아 있던 지저분한 유리잔에 드리운 미세한 의심의 그림자일 뿐이었습니다. 그래도 우리는 그를 잡았습니다. 그 남자가 우리가 찾던 사람입니다.”

브라운 신부는 위기감에 몸을 일으켜 자기도 모르게 래글리의 전기 작가에게는 더없이 가치 있을 서류를 손에 꽉 쥐었다. 그는 일어서서 경감을 노려보았다. 경감은 이 모습을 보고 더욱 확신이 선 모양이었다.

“그래요. 그 퀵 원을 잡았단 말입니다. 그 친구는 발뺌하는 데도 엄청 빨랐어요. 오크니 제도*에 낚시 여행 가는 참이라고 말했다더군요. 하지만 틀림없는 그놈입니다. 래글리의 아내와 염문이 있었던 스코틀랜드 부동산 중개업자 말입니다. 이 바에서 스카치 위스키를 마시고 에든버러로 가는 열차를 탄 사람입니다. 그 신부님말고는 아무도 그걸 몰랐지요.”

“그게, 내가 말했던 건……..”

---

* Oakney. 영국 본토에 해당하는 그레이트브리튼 섬 북쪽 앞바다에 있는 제도. 약 70개의 섬 중에 26개에 사람이 살며 1472년 이래 스코틀랜드령이 되었다.

브라운 신부가 조금 멍한 어조로 입을 열었을 때, 호텔 밖에 덜커덕거리는 육중한 자동차 소리가 울렸다. 곧 두세 명의 하급 경관이 바 안으로 들어왔다. 그 중 한 사람은 상관에게 앉으라는 말을 듣고서 행복하면서도 지친 모습으로 주저앉았다. 그역시 브라운 신부를 존경의 눈으로 바라보았다.

"살인자를 잡았습니다. 암요. 그놈이 살인자인 줄 알았습죠. 절 거의 죽일 뻔했으니까요. 전에도 거친 놈들을 몇 번 잡아봤습니다만 이런 작자는 없었어요. 제 배에 말이 차는 것 같은 발차기를 먹이더니, 다섯 사람을 뿌리치고 도망칠 뻔했습니다. 이번엔 진짜 살인자를 잡으신 거예요, 경감님."

"그는 어디에 있나?"

브라운 신부는 그를 뚫어져라 쳐다보며 물었다.

"바깥 차 안에 있습니다. 수갑을 채워놓았지요. 지금은 밖에 놔두는 게 현명할 겁니다."

경관이 대답했다.

브라운 신부는 무너지듯이 의자에 주저앉았고, 신경질적으로 쥐고 있던 서류가 주변에 흩어져 흩날리는 눈처럼 바닥으로 떨어져 흩어졌다. 신부의 얼굴만이 아니라 몸 전체가 구멍뚫린 풍선처럼 쭈그러들었다.

"아……아."

그는 더이상의 진술이 부적당하다는 듯 그 말만 되뇌었다.

"이런……또 저질러버렸군."

"범죄자를 또 잡았다고 말씀하시는 거라면……."

그린우드가 입을 열었지만 신부는 김 빠진 소다수에서 오르는 거품처럼 희미한 폭발로 그의 말을 막았다.

"늘 이런 식이란 말이야. 정말 이유를 모르겠네. 난 항상 내가 뜻하는 바를 말하려고 하는데 모두들 거기에 너무나 많은 의미를 부여한단 말이야."

"이젠 또 뭐가 문제인 겁니까?"

이번엔 그린우드가 격노해서 외쳤다.

"글쎄, 내가 말을 하면……."

브라운 신부가 힘 빠진 목소리로 말했다. 그 목소리만으로도 말이라는 게 얼마나 미약한가를 알리고 있었다.

"나는 그냥 말을 하는데, 모두들 자기들이 그런 말을 했을 때 이상 가는 의미를 알아내는 것 같단 말이야. 한번은 내가 깨진 거울을 보고 '무슨 일인가 일어났군'이라고 말했지. 그랬더니 사람들이 '맞아요, 맞습니다. 말씀하신 대로 두 남자가 맞붙어서 한 사람이 정원에 뛰어들었어요' 등등의 답변을 하지 않나. 난 '무슨 일이 일어났다'와 '두 남자가 맞붙었다'가 어떻게 같은 의미로 여겨지는지 이해할 수가 없어. 자, 그런데 여기서도 그런 일이 일어난 걸세. 자네들은 다들 이 남자가 살인자라고 확신하나 본데, 난 그 사람이 살인자라고 말한 적이 없네. 우리가 찾는 남자라고만 했지. 그건 사실이야. 나는 그 사람을 몹시 필요로 하네. 끔찍이도 원하지. 이 끔찍한 사건을 통틀어봐도 우리가 찾지 못한 한 가지로서 그를 원하네. 증인으로 말이야!"

다들 그를 뚫어져라 바라보고 있었다. 갑자기 확 방향을 바꾼 논쟁을 따라가려는 사람들처럼 얼굴을 잔뜩 찡그린 채였다. 논의를 재개한 것은 브라운 신부였다.

"텅 빈 술집에 들어서던 바로 그 순간부터 난 이 모든 일에서 문제가 되는 건 그 텅 비었다는 점이라는 것을 알아챘네. 누구에게나, 혼자가 될 수 있는 기회가 너무 많이 있었지. 즉 증인이 없을 기회 말이야. 우리가 아는 거라곤 우리가 들어왔을 때 지배인과 바텐더가 바에 없었다는 것뿐일세. 하지만 그들이 언제 바에 있었을까? 누가 어디에 있었는지에 대한 시간표 같은 것을 만들어두었을 가능성이 있나? 온통 증인이 필요한 빠진 구멍투성이였어. 우리가 들어서기 직전에 바에는 바텐더 내지 누군가가 있었을 거라고 생각하네. 그러니까 그 스코틀랜드인이 스카치 위스키를 마셨겠지. 분명 우리가 들어온 이후에 그 사람이 술을 받지는 않았으니까. 하지만 우린 누가 언제 바에 있었는지 제대로 알기 전에는, 호텔 안의 누가 가엾은 래글리의 체리 브랜디에 독을 탔는가 하는 질문을 시작할 수가 없네. 자 이제 이 어리석은 소동을 접고 다른 일을 좀 해줬으면 싶군. 그 혼란이 다 내 잘못이긴 하지만 말이야. 관련된 사람들을 다 이곳에 모아줬으면 좋겠네. 아시아인이 아시아로 돌아가버리지만 않았다면 다들 모이게 할 수 있을 거야. 그리고 그 가없은 스코틀랜드인의 수갑을 풀어주고, 이리 데려와서 누가 위스키를 내주었는지, 누가 바에 있었는지, 또 누가 방에 있었는지 등등을 들어보세. 그 사람이 범죄가 일어난 시간에 대해 증언을 해줄 수 있는 유일한 인물이야. 그의 말을 의심할 이유는 눈곱만치도 없다고 보네."

"하지만 보세요. 그렇게 되면 모든 게 호텔로 돌아오지 않습니까. 지배인이 살인자가 아니라는 점에는 동의하신 줄 알았는데요. 그럼 바텐더입니까, 아니면 누굽니까?"

그린우드가 말했다.

"모르네."

신부는 멍하니 말했다.

"지배인에 대해서조차도 확실한 것은 몰라. 바텐더에 대해서는 전혀 모르겠고. 지배인이 살인자는 아니더라도 공범자일 수도 있겠지. 하지만 뭔가를 봤을 만한 증인이 딱 한 사람뿐이라는 것은 아네. 그래서 내가 자네 경찰견들을 풀어 지구 끝까지라도 그 사람의 자취를 쫓게 한 거야."

마침내 수수께끼의 스코틀랜드인이 사람들 앞에 나타났다.
확실히 만만치 않은 모습이었다. 큼직한 걸음걸이에 큰 키, 붉
은 머리카락 아래로 보이는 길고 냉소적인 도끼형의 얼굴을
한 사람이었다. 그리고 그는 인버네스 외투만 입은 게 아니라
글렝개리 모자*까지 쓰고 있었다. 약간 신랄한 태도는 그럴 만
도 한 것이었지만, 누구라도 그 사람이 폭력을 써서라도 구속
에 저항할 사람임을 알아볼 수 있었다. 래글리 같은 사람과 싸
웠다고 해도 놀랄 일이 아니었으며, 그를 잡으려던 경찰이 거
칠고 전형적인 살인자라고 여긴 것도 무리가 아니었다. 그러나
실제로 그는 애버딘**에 사는 평판 좋은 농장주로 판명되었고,
이름은 제임스 그랜트였다. 그리고 브라운 신부만이 아니라 그
린우드 경감도 곧 수많은 경험의 통찰을 통해 그 스코틀랜드
인이 포악하게 군 것은 죄를 저질렀기 때문이 아니라 무고한
탓에 분노가 치솟았기 때문인 것을 납득할 수 있었다.

경감은 인사치레는 생략하고, 엄숙하게 말했다.

"그랜트 씨, 지금 우리가 선생에게 바라는 것은 아주 중요한

---

* 스코틀랜드 고지대의 주민들이 쓰는 테두리 없는 모자.
** Aberdeen. 영국 스코틀랜드 북해 연안에 있는 도시로, 돈 강과 디 강 두
하천의 중간에 위치한 고도이며 스코틀랜드 북부의 학술 중심지다.

사실에 대한 증언일 따름입니다. 오해로 고통을 당하시게 한 것은 심히 유감입니다만, 정의를 위해 나서주시리라 믿습니다. 다섯시 반, 이 술집이 막 문을 열었을 때 들어오셔서 위스키 한 잔을 받으셨지요. 그때 바에 호텔의 어느 관계자가 있었는지, 바텐더였는지 지배인이었는지 아니면 종업원 누군가가 있었는지 확실치가 않습니다. 방 안을 둘러보시고, 당신에게 술을 내놓았던 바텐더가 지금 여기 있는지 말씀해주십시오."

"어, 있수다."

그랜트는 빈틈없는 시선으로 사람들을 쓸어보며 말을 이었다.

"어디서든 알 수 있을걸요. 눈에 띄게 덩치가 있으니 말요. 댁네 여관 하인은 다 저렇게 위엄이 넘치나?"

경감의 눈은 엄하고 한결같았으며, 목소리에도 아무 감정이 드러나지 않았다. 브라운 신부의 얼굴은 멍했다. 하지만 그 외 대다수 사람의 얼굴은 어두워졌다. 바텐더는 특별히 덩치가 크지도 않았을뿐더러 위엄이라곤 전혀 찾아볼 수 없었으며, 지배인은 단연코 몸집이 작은 축이었다.

경감은 침착하게 말했다.

"우리는 확인하신 그 바텐더를 원할 뿐입니다. 물론 그 사람이 누군지는 알아요. 하지만 선생께서 확인을 해주셨으면 좋겠군요. 말씀하시는 사람이······?"

그는 돌연 말을 끊었다.

"저기 딱 있구먼."

스코틀랜드인은 지겹다는 듯 말하더니, 한 사람을 가리켰다. 그 손짓에 세일즈맨들의 왕자, 거대한 주크가 나팔 부는 코끼리처럼 벌떡 일어섰다. 그리고 그 순간 맹수에게 달려드는 사냥개들처럼 경찰관 세 사람이 그를 덮쳤다.

나중에 브라운 신부는 경감에게 이렇게 말했다.

"글쎄, 모든 게 아주 단순했네. 말했듯이, 텅 빈 술집 안에 들어서면서 내가 처음 생각한 것은, 바텐더가 저렇게 자리를 비워둔다면 자네나 나나 누구든 뚜껑문을 열고 들어가서, 고객을 위해 준비된 병 아무 데나 독약을 넣는대도 막을 수가 없겠다는 거였다네. 물론 실용적인 독살자라면 병에 독을 넣기보다는 독이 든 병과 보통 병을 바꿔 치우겠지. 주크 씨가 한 것처럼 말이야. 순식간에 해치울 수 있으니까. 병들을 가지고 여행 다니는 사람이니, 준비된 체리 브랜디 병을 들고 와서 그렇게 하는 게 전혀 어렵지 않았을 거야. 물론 그러려면 한 가지 조건이 필요하네만, 그게 꽤 흔한 조건이란 말이야. 수많은 사람이 마시는 맥주나 위스키에 독을 타기는 곤란한 일이야. 대학살을 초래할 테니. 하지만 어떤 남자가 체리 브랜디같이 사람들이 많이 마시지 않는 특이한 술만 마시는 걸로 유명할 경우에는, 자기 집에서 독살하는 거나 다름없지. 하지만 술집이 더 안전해. 실질적으로 모든 의심은 호텔에 돌아갈 테고, 그렇지 않더라도 호텔과 관계 있는 누군가에게 혐의가 돌아가겠지. 더해서 사람들이 설령 고객도 그런 짓을 할 수 있다는 걸 깨닫는다고 한들, 술집에 들어올 수 있는 수많은 고객들 중 누구인지 어떻게 알아내겠나. 사람이 저지를 수 있는 가장 무책임하고 드러나지 않는 살인이 되는 거지."

"그런데 대체 그 살인자는 왜 그런 짓을 저지른 겁니까?"

브라운 신부는 일어서서 아까 마음이 혼란해졌을 때 떨어뜨린 서류를 진지하게 주워모으더니 미소지으며 말했다.

"죽은 존 래글리의 파란만장한 인생과 편지들에 대해 주의를 돌려볼까? 아니면 그 문제에 대해 또 본인은 뭐라고 했나? 바로 이 술집에서 그는 호텔 운영에 대한 스캔들을 폭로할 작정이라고 말했지. 그리고 그 스캔들은 호텔 소유자와, 호텔에서 파는 술을 모두 독점하기로 하는 비밀 위임장을 주고받은 세일즈맨 사이에 이루어진 흔해빠진 부정거래였네. 그건 흔한 직영술집*처럼 공개된 예속관계가 아니었어. 지배인에게 술을

---

* 한 회사에서만 술을 공급받아 판매하는 술집.

받는 사람 모두를 등치는 짓이었지. 합법적인 사기 말일세. 그래서 영리한 주크는 종종 그랬듯이 바가 텅 비자 안에 들어가서 병을 바꾸어놓은 걸세. 불행히도 바로 그 순간, 인버네스 외투를 입은 스코틀랜드인이 들어와 위스키를 주문했지. 주크는 바텐더 행세를 하면서 손님 접대를 할 수밖에 없었을 테고, 그 손님이 잽싸게 한 잔만 하고 사라져줘서 정말 안도했을 거야."

"제가 보기엔 신부님이야말로 잽싼 분입니다. 텅 빈 방의 분위기에서 처음부터 뭔가 냄새를 맡았다면 말이죠. 처음부터 주크를 의심했나요?"

그린우드가 물었다.

"글쎄, 그 사람은 어쨌든 꽤 부유해 보였지. 목소리부터가 사치스럽지 않았나. 그리고 난 스스로에게, 왜 정직한 친구들은 다 가난한데 저 사람은 저렇게 역겹게 사치스러운 목소리를 내야 할까 물었지. 하지만 저 번쩍거리는 큼지막한 넥타이핀을 보았을 때 그 남자가 가짜라는 것을 안 것 같아."

"넥타이핀이 가짜라서 말입니까?"

그린우드가 의심스럽게 물었다.

"아, 아닐세. 그게 진짜였기 때문이야."

블루 씨를 쫓아서

영원히 서로의 뒤를 쫓아 도는 이 작은

태엽인형들 말이에요. 옷색깔을 따서 블루 씨와

레드 씨라고 부르기로 합시다.

내가 블루로 시작을 하자, 아이들은 레드가

블루 뒤를 쫓아간다고 말했지요. 하지만 내가

레드로 시작을 하면 정반대로 보일 거예요.

　화창한 오후, 머글톤이라는 음울한 이름을 가진 사람이 그 이름에 걸맞는 의기소침한 모습으로 해안로를 따라 걷고 있었다. 그의 이마에는 근심이 서려 있었고, 해안가에 늘어서 있는 많은 광대들도 그에게 웃음을 주지는 못했다. 죽은 물고기의 배 같은 허여멀건한 얼굴을 한 피에로들도 그의 기운을 북돋우지 못했으며, 검댕 같은 것으로 얼굴을 칠한 검둥이들도 그에게 밝은 생각을 불어넣어주지 못했다. 그는 우울하고 낙심천만한 상태에 빠져 있었다. 주름살이 깊게 팬 벗겨진 이마를 제쳐두더라도 전체적으로 축 처져 기운 없어 보였다. 이러한 우중충한 분위기 탓에, 거기에 어울리지 않게 요란하다 싶은 면은 더욱 눈에 띄기 마련이었다. 군인에게나 어울릴 법한 빳빳

한 콧수염 같은 것이 그랬다. 꼭 가짜 콧수염처럼 보였다. 아니, 정말로 가짜일지도 몰랐다. 그렇지 않다면, 개인적인 취향에서 가 아니라 직업적인 이유로 일부러 기른 것일 수도 있었다.

사실 그는 변변찮은 사설 탐정으로, 그의 경력에 오점으로 남을 터무니없는 실수 때문에 잔뜩 고민하고 있었다. 여하튼 그 걱정거리는 머글톤이라는 성을 가진 것보다 더 심각한 문제와 관련된 것이었다. 대놓고 자랑하지는 않았지만, 그는 자신의 성을 자랑스럽게 생각하는 편이었다. 그는 머글토니안*의 창시자와 혈연 관계가 있다고 주장하는, 가난하지만 훌륭한 비국교도 집안의 자손이었기 때문이다. 그 창시자는 '머글톤'이라는 이름으로 인류사에 등장을 감행한 유일한 사람이었다.

그는, 세계적으로 유명한 백만장자가 살해당한 현장에서 지금 막 돌아왔다. 그의 심기가 불편했던 가장 큰 이유는, 사건을 예방한다는 조건으로 주당 5파운드를 받고 있었음에도 불구하고 미리 막지 못했기 때문이었다. 그러니 나른히 흐르는 〈제 애인이 되어주세요〉라는 노래조차도 그에게 기쁨을 주지 못하는 것은 너무도 당연한 일이었다.

말이 났으니 말인데, 해변에는 그 살인사건에 대한 고민과 머

---

* Muggletonian. 1652년에서 1658년 사이에 존 리브스와 그의 사촌 로도브스 머글톤이 창립한 기독교의 한 분파. 비국교의 하나이다.

글토니안의 전통을 더 잘 이해해줄 만한 다른 사람들도 있었다. 바닷가 휴양지는 다정다감한 기질에 호소하는 피에로들만이 아니라 음울하면서도 열광적인 설교를 전문으로 하는 전도사들이 모여드는 집결지이기도 했다. 그 중에는 주목을 안 할래야 안 할 수 없는, 절규하는 나이 든 전도사가 하나 있었다. 그가 종교적 예언을 얼마나 귀에 따갑도록 질러대던지, 그 고함 소리는 밴조나 캐스터네츠 소리보다도 더 컸다. 키가 크고, 축 처진 데다 비틀거리는 그 노인은 어부들이 입는 것 같은 몸에 끼는 스웨터를 입었는데, 그에 어울리지 않게 빅토리아 시대 중기의 명랑한 신사들에게서나 보았을 법한 구레나룻을 길게 기르고 있었다. 협잡꾼들이 다 그렇듯, 이 노인도 뭔가를 팔 것처럼 해변에 좌판을 벌이는 관습에 따라 낡아빠진 어망을 펼쳐놓고 있었다. 그는 이 그물이 여왕을 위한 카펫이라도 되는 것처럼 모래 위에 유혹적으로 펼쳐놓고는, 삼지창으로 사람을 꿰찌를 준비를 하는 로마의 레티아리우스*처럼 근사하게 머리 위로 빙빙 돌리기도 했다. 사실 삼지창이 있었다면 족히 찌르고도 남았을 것이다. 그는 언제나 징벌에 대해서만 말해왔던 것이다. 사람들은 그에게서 육체나 영혼에 대한 위협적인 얘기말고는 들어본

* Retiarius. 로마 검투사들 중에서 거의 벌거벗은 채 그물과 삼지창만을 무기로 사용한 유형을 일컫는 이름이다.

적이 없다. 그는 머글톤처럼 음울한 분위기에 젖어 있었으며, 살인자를 무더기로 처형한 미치광이 사형집행인 같았다. 아이들은 그를 브림스톤 노인이라고 불렀는데, 그에게는 신학적인 것말고 다른 쪽에도 기벽이 있었다. 그런 기벽 중 한 가지는 부두 아래 강철 대들보에 쳐진 그물까지 기어올라가, 자신이 고기를 잡아 생계를 잇노라고 선언이라도 하듯 물 속에 그물을 던지는 것이었다. 속세의 여행자들은 때때로 귓가에 천둥처럼 울리는 위협적인 심판의 소리에 움찔하곤 했다. 실상 그것은 강철 지붕 아래 횃대에 올라앉아 멋진 구레나룻을 잿빛 해초처럼 늘어뜨린 늙은 편집광이 외치는 소리였다. 그렇지만 그가 물고기를 잡는 모습을 본 사람이 있었는지에 대해서는 의문이다.

머글톤에게는, 만나기로 약속한 목사보다는 차라리 브림스톤 노인 쪽이 훨씬 참을 만했다. 목사와는 이번이 두번째로 만나는 것이었다. 머글톤은 살인사건 현장에 있었던 놀라운 경험 이후에, 자신의 모든 계획들을 여기저기에 공개해왔다. 그는 경찰에게도 자기 이야기를 다 털어놓았고 죽은 백만장자 브라함 브루스의 유일한 대리인인 비서 앤서니 테일러에게도 이야기했다. 하지만 그 결과로 얻은 것은 머글톤이 보기에 도저히 정상적인 경찰의 충고라고는 생각할 수 없는 것이었다. 잠시 생각에 잠겨 있던 경감은 황당하게도, 시내에 머물고 있는 어떤 유능한 아마추어를 찾아가 의논해보라고 하는 것이었다. 머글톤은 지적인 거미처럼 서재에 앉아서, 우주만큼이나 거대한, 이론적인 거미줄을 짜나간다는 '위대한 범죄학자'에 대한 보고서나 소설을 읽어본 바 있었다. 그는 자주색 실내복을 입은 전문가가 사는 외로운 별장, 혹은 아편과 글자 수수께끼에 절어 살고 있을 고미다락, 혹은 넓은 실험실이나 외로운 탑에 가게 되리라 마음의 준비를 하고 있었다. 그런데 어처구니없게도 그가 물어물어 찾아간 그 유능한 아마추어는 바닷가에서 뛰어놀고 있었다. 챙 넓은 모자에 함박 웃음을 짓는 땅딸막한 성직자였다. 그 신부는 한 무리의 초라한 아이들과 함께 모래사장을 뛰어다니며 자그마한 모래삽을 신나게 휘두르고 있었다.

브라운이라는 이름의 범죄 전담 신부가 마침내 아이들에게서 떨어져 나와 손에는 삽을 든 채로 다가오자 머글톤의 불만은 점점 가중되었다. 신부는 두서 없이 이런저런 이야기를 하면서 해변의 바보스러운 구경거리에서 눈을 뗄 줄 몰랐다. 특히 그는 그런 장소에 흔히 줄지어 서 있는 게임기에 찰싹 붙어, 태엽장치로 움직이는 골프나 축구, 크리켓 게임에 하나씩 동전을 집어넣다가 마침내는 금속 인형이 껑충껑충 뛰어오르며 다른 인형을 쫓아가는 모형 경주를 보면서 재미있어했다. 그러나 그 와중에도 그는 내내 머글톤이 쏟아내는 이야기에 주의 깊게 귀를 기울이고 있었다. 다만 왼손이 (동전을 가지고) 하는 일을 오른손이 모르게 하는 그의 방식이 탐정의 신경에는 몹시도 거슬렸다.

머글톤은 초조하게 말했다.

"잠깐 앉아서 얘기하면 안 될까요? 이 일에 대해 뭔가 알려면 꼭 보셔야 할 편지가 있습니다."

브라운 신부는 껑충대는 인형을 뒤로 하고는 한숨을 내쉬며 머글톤과 함께 해변의 철제 의자로 다가가 앉았다. 편지를 다 펴놓고 기다리고 있던 머글톤은 신부에게 말 없이 그 편지들을 넘겨주었다.

머글톤 씨 보시오.

이런 류의 도움을 구하게 될 줄은 생각지도 못했지만, 나는 위기에 몰려 있소. 최근 2년 동안 점점 더 참기 힘들어졌지. 당신이 알아두어야 할 내용을 모두 말하리다. 말하기도 부끄럽지만 내 사촌 중에 지저분한 악당이 하나 있소. 경마 도박꾼, 부랑자, 돌팔이 의사, 배우까지 다 해본 놈으로 우리 집안 이름을 사칭하며, 버트랜드 브루스라는 이름을 내놓고 다니는 뻔뻔한 놈이오. 지금은 여기 극장에서 허드렛일을 하고 있거나 아니면 일자리를 찾고 있을 거요. 짐작하시겠지만 그놈이 진짜 하려는 일은 그런 게 아니오. 놈은 나를 끝까지 쫓아와서 할 수만 있다면 영원히 무너뜨리려는 거지. 사실 놈과 나 사이에는 누구도 알지 못하는 사연이 있다오. 우리는 아주 팽팽하게 경쟁을 했던 때가 있었지. 일에서도, 사랑에서도 말이오. 결국 놈은 둘 다에 실패해서 깡패가 되었고 나는 성공해서 모두를 얻었는데 그게 어디 내 잘못인가. 그런데도 그 더러운 악마놈은 뭐라고 욕을 해댄 줄 아시오? 세상에, 반드시 성공해서 나를 죽이고는 내 아내를…… 아, 차마 못할 말이로군. 어쨌든 이 미친놈은 곧 일을 감행하려 들 거요.

오늘 밤 부두가 닫힌 직후, 부두 끝에 있는 사무실에서 만납시다. 이 일을 당신이 맡아준다면 주당 5파운드씩 주겠소. 그곳이 유일하게 안전한 약속장소요. 지금 안전한 곳이 있다면 말이지.

브라함 브루스.

브라운 신부는 퉁명스럽고 이상한 편지라고 생각했다. 그는 백만장자들이 그다지 예의바르지 않은 편이며, 특히나 탐정 같은 사람들에게는 더욱 그렇다는 점을 알고 있었다. 하지만 그 편지에는 단순한 무뚝뚝함을 넘어서는 무엇인가가 있었다.

브라운 신부는 온화하게 말했다.

"이런, 이런. 좀 다급한 편지로군요."

머글톤은 고개를 끄덕이더니 잠깐 사이를 두고서 자기 이야기를 시작했다. 투박한 외양에 대조되는 묘하게 세련된 음성이었다. 신부는 초라한 하층이나 중산계급 사람들 내면에 문화적 소양이 감춰져 있는 경우를 많이 알고 있었지만, 너무나 학구적인 그림자를 드리우는 머글톤의 어휘 선택에는 놀라고 말았다. 그는 마치 책에서 걸어나온 사람처럼 말을 했다.

"제가 부두 끝에 있는 작은 원형 건물에 도착했을 때 의뢰인의 모습은 아직 보이지 않았습니다. 본인은 물론이고 저 역시 가능한 한 남들 눈에 띄지 않기를 바랄 것 같아서 문을 열고 안으로 들어갔지요. 해안이나 산책로에 있는 누군가가 우리를 보기에는 너무 멀었고, 시계를 보니 부두 입구가 이미 닫혔을 시간이라 별로 상관없는 일이기는 했습니다. 잘난 척하는 것 같지만 어떤 의미에서 둘만 만나기로 했다는 것은, 그가 정말로 내 도움 내지 보호를 신뢰하고 있다는 뜻이었습니다. 어쨌든 문 닫을 시간 이후에 부두에서 만나기로 한 것은 그의 생각이었고, 저도 기꺼이 응했습니다. 그 둥근 작은 가건물 안에는 의자 같은 것이 두 개 있었지요. 전 하나를 차지하고 앉아서 기다렸습니다. 그리 오래 기다리지는 않았어요. 그는 시간을 엄수하기로 유명했고, 제가 맞은편에 있던 작은 원형창을 올려다보니 그가 시찰이라도 하듯 천천히 지나가는 모습이 보이더군요.

전 그의 초상화밖에 보지 못했고, 그나마 그것도 오래 전의 일이었지요. 초상화보다 나이가 든 것은 당연한 일이지만 어쨌든 닮았다는 사실은 확연했습니다. 창문 앞을 지나가던 옆얼굴은 독수리 부리를 닮은 매부리코였어요. 독수리 중에서도 위엄이 넘치는 회색 독수리였지요. 곤경에 처한 독수리, 긴 날개를 접고 있는 독수리 말입니다. 그래도 역시 대단한 조직을 이끌면서 존경 받아온 사람에게서 볼 수 있는 위엄이랄까, 명령하는 데 익숙한 조용한 자부심 같은 것이 확실히 느껴졌습니다. 차림새도 점잖았습니다. 해변에 북적이는 관광객들에 비교하면 더더욱 그랬죠. 제가 보기에 그의 오버코트는 고급 양복점에서 맞춰 입은 옷이었고, 접은 깃에는 아스트라한* 모직 안감이 한 조각 붙어 있었습니다. 물론 이런 것은 다 일어나서 문쪽으로 가면서 흘긋 보았을 따름입니다. 저는 문 손잡이를 잡았고 그 순간 깜짝 놀랐습니다. 문이 잠겨 있었어요. 누군가가 저를 가둔 겁니다. 그 끔찍했던 밤의 공포가 시작된 것이었죠.

잠시 동안 저는 멍하니 서서, 움직이던 옆모습이 이미 지나쳐간 둥근 창만 쳐다보고 있었습니다. 그때 저는 불현듯 그 상

---

* 구소련 남동부 아스트라한 지방산 새끼양의 검은 가죽.

황을 설명해주는 광경을 보게 되었습니다. 추격하는 사냥개 같은 날카로운 옆얼굴이 또 하나, 거울처럼 둥근 창문 앞으로 스쳐간 겁니다. 전 보자마자 그게 누구인지 알았습니다. 복수자였어요. 살인자, 아니면 살인자가 될 놈, 그렇게도 오랫동안 바다와 육지를 가로지르며 늙은 백만장자를 쫓다가 이제 바다와 육지 사이에 껴 있는 강철 부두라는 막다른 골목으로 몰아넣은 그자였습니다. 문을 잠근 게 그 살인자라는 사실을 짐작하고도 남을 일이었지요.

처음 본 남자도 키가 컸지만, 추적자는 그보다 더 컸습니다. 게다가 키를 줄이려고 어깨를 구부정하게 구부리고 목과 머리는 진짜 사냥개처럼 앞으로 내밀고 있었지요. 그렇게 하고 있으니까 거인 꼽추처럼 보이더군요. 하지만 원형 창 앞으로 지나쳐갈 때 보이던 옆얼굴에서 이 불한당이 아까 그 백만장자와 혈연으로 맺어진 사이라는 것을 알 수 있었습니다. 추적자 역시 매부리코를 하고 있었지요. 그에게서 풍기는 너저분하게 타락한 분위기는 독수리보다는 콘도르* 같은 것이었습니다만. 면도를 하지 않아 턱에 수염이 무성했고, 거친 모직 스카프를 휘감고 있어 어깨가 더 굽어 보였습니다. 이런 것들은 사소한

---

* 주로 썩은 고기를 먹고 사는 맹금류.

부분이었죠. 윤곽을 따라 흘러내리던 그 추악한 에너지, 그가 허리를 굽히고 성큼성큼 걸어갈 때는 복수의 철퇴를 내릴 것만 같았습니다. 경박한 사람들은 '벼룩의 유령'이라 부르고, 명쾌한 이들은 '핏빛 범죄의 상상력' 내지 그 비슷한 이름으로 부르는 윌리엄 블레이크*의 미술작품을 보신 적이 있습니까? 칼과 그릇을 들고 어깨가 솟구친, 소리 없는 거인이 나오는⋯⋯ 딱 그런 악몽 같은 광경이었습니다. 이 사내는 칼도 그릇도 들고 있지 않았지만, 대신 저는 그가 두번째로 창문 앞을 지나칠 때 스카프 주름 사이에서 권총을 꺼내 손에 쥐는 것을 제 눈으로 똑똑히 보았습니다. 그의 눈은 달빛 아래에서 이리저리 앞뒤로 움직이며 번득였어요. 아주 섬뜩했습니다. 무슨 파충류처럼, 야광 뿔에서 빛을 쏘아내는 것 같았죠.

쫓는 자와 쫓기는 자가 빙글빙글 세 번이나 창문 앞을 지나쳐가고 나서야 전 퍼뜩 정신을 차리고 행운을 시도했지만, 결과는 절망적이었습니다. 문을 덜커덕덜커덕 흔들어보았지요. 다음번에 아무것도 눈치채지 못한 희생자를 보고서는 창문을

---

* Blake, William(1757~1827). 영국의 시인이자 화가. 비상한 몽환적 상상력으로 독자적인 신화적 상징세계를 펼쳐 보였다. 당시에는 미치광이로 불리며 무시당했지만, 오늘날에는 가장 위대한 낭만주의 작가들 중 한 사람으로 꼽힌다.

맹렬히 두드렸습니다. 그 다음에는 창문을 깨려고도 해보았지요. 하지만 그게 남달리 두꺼운 유리를 댄 이중창이었던데다가, 바깥쪽보다 안쪽이 좁은 나팔꽃 모양으로 되어 있어서 안쪽 유리를 깨도 바깥창에 닿을 수 있을 것 같지 않았습니다. 어쨌거나 제 고상한 고객은 제가 내는 소리나 신호를 전혀 알아채지 못했고, 운명의 두 얼굴이 펼치는 그림자 무언극은 제 주변을 계속 계속 돌았습니다. 나중에는 어지럽고 토할 것 같더군요. 그러다가 갑자기 그들의 모습이 더이상 나타나지 않았습니다. 전 기다렸습니다. 그러나 그들이 다시는 오지 않으리라는 것을 알았습니다. 결정적인 사건이 일어난 것이죠.

더 말씀드릴 필요는 없겠지요. 나머지는 아마 짐작하실 수 있을 겁니다. 제가 그 상황을 상상하려고, 아니 상상하지 않으려고 애쓰며 무력하게 앉아 있었다는 것까지도 말입니다. 발걸음 소리가 끊긴 후 그 끔찍스러운 정적 속에서, 철썩이는 파도소리 위로 두 가지 소리가 들렸다는 것만 말하면 족하리라 생각합니다. 첫번째 소리는 커다란 탕 소리였고 두번째 것은 철썩 하는 무딘 소음이었습니다.

제 고객은 제 눈앞에서 살해당했고, 그때 전 아무 손도 쓸 수 없었습니다. 제가 그 부분에 대해 어떻게 느끼는지를 가지고 성가시게 해드리지는 않겠습니다. 하지만 살인사건이야 그렇다손 치더라도 전 여전히 수수께끼에 직면해 있습니다."

"그래, 무슨 수수께끼 말입니까?"

브라운 신부는 부드럽게 말했다.

"어떻게 살인자가 달아날 수 있었는가 하는 겁니다."

머글톤이 대답했다.

"다음날 아침, 사람들이 부두에 들어오자마자 전 감옥에서 풀려나 출입구로 달려갔습니다. 문이 열린 후에 누가 부두에서 나갔는지 물어보려고요. 세세한 부분은 빼고, 표준 크기의 철문이 열리는 시간까지는 아무도 나가지 못했고, 물론 들어오지도 못했다는 정도로 설명하고 넘어가겠습니다. 문에 있던 직원들은 돌아가는 사람 중에 그 암살자와 비슷한 사람 하나 못 보았답니다. 도저히 못 보고 놓칠 수가 없는 사람인데 말이에요. 설령 변장을 했다고 하더라도 그 보통 아닌 키를 감추거나 집안 내력인 코를 없앨 수는 없었을 겁니다. 바다가 그렇게 거칠었으니 헤엄을 쳐서 빠져나가려는 황당한 시도를 했을 가망도 없어요. 뭍에 올라선 흔적도 전혀 없구요. 게다가, 저는 여섯번쯤 봤습니다만 그 악마 같은 얼굴을 한번이라도 본다면 결코 그 작자가 승리의 순간에 물에 빠져 죽을 작자는 아니라고 확신할 겁니다."

브라운 신부도 수긍했다.

"무슨 말인지는 잘 알겠어요. 게다가 그건 그 작자가 범죄를 저지른 뒤에 자신이 이런저런 이득을 차지하겠다고 협박편지에 공언한 것과도 모순되지요…… 확인해둬야 할 부분이 또 있습니다. 부두 아래쪽의 구조는 어떻죠? 망처럼 얽힌 철골이 받치고 있는 경우가 대부분이지만 어떤 경우에는 원숭이가 나무를 기어오르듯이 사람이 올라갈 수가 있게 되어 있지요."

"예. 그것도 생각해봤습니다. 하지만 불행히도 이 부두는 특이하게 한 가지 이상의 방식으로 지어졌습니다. 유별나게 긴 데다가, 강철 대들보가 얽히는 부분마다 강철기둥이 받치고 서 있거든요. 거기다가 기둥 사이가 워낙 떨어져 있어서, 사람이 한쪽에서 다른 쪽으로 기어올라갈 수 있을 것 같지가 않습니다."

머글톤이 대답했다.

"구레나룻을 길게 늘어뜨린 그 이상하게 생긴 물고기요. 모래사장에서 설교를 하는 그 노인네 말입니다. 그가 종종 부두 아래의 대들보까지 기어올라간다는 것이 생각나 말해본 것뿐입니다. 밀물 때면 그는 거기 앉아서 낚시질을 한다면서요. 물고기처럼 생긴 자가 물고기를 잡는다…… 참 묘한 일이죠."

신부가 갑자기 이상야릇한 얘기를 꺼냈다.

"무슨 말씀이십니까?"

브라운 신부는 일몰 후 마지막 저녁빛을 받아 반짝이는 광대한 녹색 바다를 멍하니 응시하며, 손으로는 단추를 만지작거리면서 느릿느릿 말했다.

"음…… 그 노인과 한번은 우호적으로 대화를 해보려고 했거든요. 고기잡이와 설교라는 고대의 직업에 대해서 말입니다.* 친근하게 대하되 너무 놀리는 것처럼 들리지는 않도록 주의하면서요. 난 그때 살아 있는 영혼을 낚는다는 인용을 제대로 써먹었다고 생각했는데, 그 사람은 강철 횃대에서 펄쩍 뛰어올라 물러나면서 기묘한 태도로 거칠게 말하는 게 아니겠습니까. '글쎄올시다, 죽은 시체라면 낚았지만'이라고요."

"저런 맙소사!"

머글톤은 신부를 바라보면서 소리를 질렀다.

"그렇죠. 모래사장에서 아이들과 뛰노는 이방인에게 격의 없이 던지기에는 이상한 소리지요."

머글톤은 신부를 뚫어져라 바라보며 침묵하다가 마침내 소리를 내질렀다.

"그 사람이 그 죽음과 무슨 관련이라도 있다는 말씀은 아니시겠지요!"

---

* 베드로가 어부였음을 상기시키는 말이다.

"난 그 사람이 이 일에 서광을 비춰줄지도 모른다고 생각합니다."

브라운 신부가 대꾸했다.

"그건 지금 저로서는 알 수 없는 일이로군요. 누군가가 그 일에 어떤 서광이라도 비춰줄 수 있다고는 믿을 수가 없어요. 그가 떨어진 곳은 어둡고 거친 파도가 몰아치는 물속 같습니다. 덩치 큰 사내 하나가 거품처럼 사라지다니, 말도 안 되는 상황이에요. 아무도…… 가만!"

그는 돌연 말을 멈추고, 미동도 하지 않은 채 부서지는 파도만 응시하며 단추를 만지작거리고 서 있는 신부를 바라보았다.

"무슨 뜻입니까? 뭘 그렇게 보고 계신 겁니까? 신부님…… 신부님께서 그 일을 조금이라도 짐작할 수 있다는 말씀은 아니겠지요?"

"말이 안 되는 소리로 남아 있는다면 훨씬 낫겠지요. 글쎄, 솔직하게 말해달라고 한다면…… 그래요. 일이 어떻게 된 건지 짐작이 되네요."

브라운 신부가 나지막한 소리로 말했다.

긴 침묵이 흐르고, 사립탐정 머글톤은 갑자기 허둥거리며 말했다.

"이런, 노친네의 비서가 호텔에서 나오는군요. 전 피해야겠

습니다. 가서 신부님이 말씀하시는 미치광이 어부하고나 얘기
해봐야겠군요."

"포스트 호크 프롭테르 호크?"*

신부가 미소지으며 묻자 머글톤은 부르르 떨면서 고백했다.

"그게 말입니다. 비서양반은 저를 싫어하고, 저도 그 친구를
좋아하지 않거든요. 제 생각에는 싸움이나 부르면 모를까 사건
해결에 도움도 되지 않는 질문들만 꼬치꼬치 캐묻더군요. 어쩌
면 노친네가 우아한 비서의 충고에 만족하지 않고 다른 사람을
불렀다는 데 질투하는 건지도 모르지요. 나중에 뵙겠습니다."

그는 그렇게 말하고 돌아서서, 특이한 전도사가 이미 올라가
있는 그만의 돛대를 향해 힘겹게 모래를 헤치고 나아갔다. 초
록 땅거미가 지자, 노인의 모습은 마치 빛이 일렁이는 바다에
독을 뿜는 거대한 해파리처럼 보였다.

그 사이 브라운 신부는 비서가 다가오는 모습을 평온히 지
켜보았다. 운두 높은 모자에 연미복이 성직자처럼 깔끔하고 엄
숙해서, 그 군중들 사이에서도 멀리서부터 눈에 띄었다. 비서
와 탐정 사이의 불화에 끼어들고 싶지는 않았지만 브라운 신
부도 탐정이 보인 근거 없는 편견에 공감할 수밖에 없었다. 비

---

* post hoc propter hoc. '그러므로 이 때문에'라는 뜻의 라틴어. 전후 관계와
인과 관계를 혼동하는 오류를 말한다.

서 앤서니 테일러는 복장만이 아니라 외관도 더할 나위 없이 단정한 젊은이였고, 상당히 잘생긴데다 흔들림 없고 지적이었다. 얼굴은 희고, 검은 머리카락은 머리 옆으로 늘어져 구레나룻으로 기를 수도 있을 것 같았다. 입술은 남들보다 더 꽉 다물고 있었다. 브라운 신부의 편견을 뒷받침해준 유일한 것은 보기보다 훨씬 더 기묘한 부분이었다. 그는 그 남자가 콧구멍으로 말한다는 느낌을 받은 것이다. 어쨌거나, 그는 입은 굳게 다문 채로 코를 씰룩이면서 비정상적으로 민감하고 유연하게 말을 뱉어냈다. 마치 개가 머리를 높이 들고서 킁킁대며 냄새를 맡는 것으로 의사소통을 하고 살아가는 것처럼. 그런 모습도 어느 정도는 다른 외양과 어울린다고 할 수 있었다. 말을 할 때면 기관총처럼 빠르게 다다다다 내뱉는 소리는 그렇게 부드럽고 품위 있는 외양에 비해 천박하기까지 했으니 말이다.

일단 그는 이런 말로 대화를 꺼냈다.

"해안에 밀려 올라온 시체는 없는 것 같군요."

"확실히, 발표된 건 없었지요."

브라운 신부가 대답했다.

"모직 스카프를 두른 거구의 살인자도 없었구요."

테일러가 다시 말했다.

"없었지요."

브라운 신부가 대꾸했다.

테일러는 잠시 동안 더이상 입을 놀리지 않았다. 하지만 그의 콧구멍은 빠르게 떨리면서 냉소를 던졌다. 그의 코가 하는 말은 수다스럽다고 해도 좋을 정도였다.

신부가 몇 마디 상투적인 말을 정중하게 건네자, 그는 다시 입을 열어 간략하게 말했다.

"경감님이 오시는군요. 아마 경찰은 그 스카프를 찾아 온 영국을 헤맸을걸요."

갈색 얼굴에 회색 턱수염을 뾰족하게 기른 그린스테드 경감은 비서보다 한결 공손한 태도로 브라운 신부에게 말을 건넸다.

"부두에서 도망쳤다고 하는 남자는 아무 흔적도 남기지 않았다는 사실을 알고 싶어하실 것 같아서요, 신부님."

테일러가 끼어들었다.

"혹은 부두에서 도망쳤다고 할 수 '없는' 사람이거나죠. 부두 공무원들이야말로 그를 보고 묘사할 수 있는 유일한 사람들일 텐데, 그들은 특기할 만한 사람을 보지 못했잖아요."

"글쎄, 역마다 전화를 걸고 길마다 다 지켜보고 있었으니, 영국에서 달아나기란 거의 불가능한 일이었을 겁니다. 그런 식으로 달아나진 못했을 거라고 봐요. 아무데도 없는 것 같습니다."

경감이 말했다.

"아무데도 없었겠지요."

비서는 돌연 귀에 거슬리는 목소리로 말했다. 마치 고적한 해안에 총소리가 울리는 것 같았다.

경감은 얼빠진 얼굴이었지만, 신부의 얼굴에는 서서히 빛이 떠오르기 시작했다. 브라운 신부는 마침내 거의 여봐라는 듯 태연한 태도로 말했다.

"그 남자가 환상이었을 거란 뜻인가요? 아니면 거짓말이었을 거라는?"

"아하. 이제야 그런 생각을 해내셨군요."

비서는 오만한 콧구멍으로 숨을 들이쉬며 말했다.

"그 생각은 맨 처음에 하긴 했지요. 이방인에게서, 인적 없는 부두에 있던 낯선 살인자에 대한, 증거도 없는 이야기를 들으면 누구라도 맨 처음에 그런 생각을 하지 않겠습니까. 터놓고 말해서 당신 얘기는, 머글톤은 누군가가 백만장자를 살해할 거라는 말도 들은 적이 없었을 거다, 어쩌면 머글톤 본인이 백만장자를 살해했을 수도 있다는 뜻인가요?"

"뭐, 제가 보기에 머글톤은 무일푼의 놈팽이예요. 부두에서 무슨 일이 일어났는지에 대해서도 본인 이야기밖에 없고, 그 이야기라는 것에는 사라져버린 거인이나 나오고 말이죠. 완전

동화가 따로 없잖아요. 그다지 신뢰할 만한 이야기도 아니죠. 본인 말로도 자기 일을 망치고 몇 미터 앞에서 고용주가 살해되게 놔뒀다지 않습니까. 스스로 고백하기로도 비참한 바보에 실패자라니 원."

"아, 난 자신이 바보에 실패자라고 고백하는 사람들을 좀 좋아하는 편입니다."

브라운 신부가 말했다.

"무슨 말인지 모르겠는데요."

비서가 말을 뚝 자르자 브라운 신부는 생각에 잠겨 말했다.

"어쩌면 너무나 많은 사람이 바보에 실패자라는 걸 고백하지 않아서겠지요."

그는 잠시 뜸을 들이다가 말을 이었다.

"하지만 설령 그 친구가 바보에 실패자라 치더라도 그게 거짓말쟁이에 살인자라는 것을 증명하지는 않아요. 게다가 그의 이야기를 정말로 뒷받침해주는 움직일 수 없는 증거를 잊고 있군요. 자기 사촌과 피의 복수에 대해 써놓은 백만장자의 편지 말이에요. 그 문서가 위조라는 사실을 증명할 수 없는 한에는 브루스가 쫓기고 있었다는 점을 인정해야 할 겁니다. 누군가 진짜 동기, 혹은 이렇게 말하는 편이 정확하겠지만 정말로 공인된 글로 기록된 동기를 지닌 자에게 말이지요."

"동기에 대한 말씀이 잘 이해가 가지 않는데요."

경감이 말했다.

"글쎄요, 어떤 면에서는 누구에게나 동기가 있었다고 할 수 있어요. 브루스가 돈을 번 방식, 대부분의 백만장자가 돈을 버는 방법을 생각해보면, 세상 누구라도 그자를 바다에 던져버리는 것 같은 일을 더없이 자연스럽게 저지를 수 있을 거예요. 많은 사람들이 고개를 끄덕이기도 할 겁니다. 언젠가 마땅히 일어났었어야 할 일이라고 하겠지요. 테일러 씨가 했을지도 모르지."

브라운 신부는 조바심에 자극을 받아 스스럼없이 말했다.

"뭐라고요?"

테일러가 날카롭게 말했다. 그의 콧구멍이 눈에 띄게 커졌다.

"나라도 했을지 모르는 일입니다."

브라운 신부는 말을 이었다.

"니시 메 콘스트린게레트 엑클레시아 아욱토리아스.* 그렇지만 오직 한 가지 진실한 도덕률에 따라, 누구라도 그렇게 명백하고 단순한 사회적 해결책을 받아들일 수 있습니다. 나라도

---

* nisi me constringeret ecclesia auctorias. '내가 교회의 권위에 묶여 있지 않다면'이라는 뜻의 라틴어.

그랬을 수 있어요. 당신이라도 그랬을 수 있고, 시장이나 머핀 장수라도 그랬을 수 있습니다. 내가 보기에 이 세상에서 유일하게 결백한 인물은 저 사설탐정입니다. 브루스에게 주당 오 파운드씩 받기로 했지만 땡전 한푼 못 받았으니까."

비서는 잠시 침묵을 지키다가 코방귀를 끼며 말했다.

"그런 제안이 편지에 쓰여 있었다면, 확실히 위조가 아닌지 알아보는 게 좋겠군요. 사실 우리는 이 이야기 전부가 다 거짓인지 어떤지 모르고 있어요. 저 사람 스스로도 꼽추 거인이 사라졌다는 부분은 터무니없고 설명할 수도 없는 일이라는 걸 인정하잖습니까."

"그렇지. 그게 머글톤의 장점입니다. 사실을 받아들이거든요."

브라운 신부가 말했다.

"그래도 역시……."

테일러는 흥분해서 콧구멍을 벌름거리며 주장했다.

"그래도 역시, 요지는 저 사람이 말한 스카프를 두른 키 큰 남자가 존재하기는 했던 건지, 혹은 아직도 존재하는지를 증명할 수가 없다는 거예요. 경찰과 목격자들에게서 나온 사실 중에 어느 것 하나 그자의 존재를 보여주지 않잖아요. 브라운 신부님, 그렇게도 아끼시는 그 멍청한 건달의 무죄를 밝힐 수 있는 길은 하나뿐입니다. 그 상상 속의 남자를 제시하는 거죠. 그건 신부님이 하실 수 없는 일이네요."

"그건 그렇고 테일러 씨, 브루스가 묵었던 호텔에서 나오신 것 같던데요?"

신부가 멍한 표정으로 물었다.

테일러는 약간 당황한 듯하더니 더듬거리며 말했다.

"저, 그분은 항상 저 방에 묵으셨거든요. 거의 그분 방이나 다름없죠. 이번에는 거기서 뵙지 못했습니다만."

"그 사람과 같이 차를 타고 내려왔을 텐데, 아니면 기차로 왔나요?"

"전 기차로 왔고 짐을 가져왔어요. 무슨 일이 있었나 봅니다. 한두 주 전에 직접 차를 몰고 요크셔를 떠나신 후에는 뵙질 못했거든요."

비서는 초조하게 말했다.

"그럼 머글턴이 거친 파도 사이로 사라진 브루스를 마지막으로 본 게 사실이 아니라면, 댁이 마지막으로 본 사람이겠군요. 바다나 다름없이 거친 요크셔 황야에서 말이에요."

신부는 아주 부드럽게 말했다.

테일러는 얼굴이 하얗게 질렸지만 귀에 거슬리는 목소리를 억누르고 태연한 척 말했다.

"전 머글톤이 부두에서 브루스를 보지 않았다고는 안 했습니다."

"안 그랬죠. 왜죠?"

브라운 신부가 물었다.

"그가 부두에 있는 사람 하나를 지어냈다면, 두 사람인들 못 만들어내겠어요? 물론 우리는 브루스가 실제로 존재한다는 것을 알지요. 하지만 지난 몇 주간 그에게 무슨 일이 일어났는지는 모릅니다. 어쩌면 그 사람이 요크셔에 내버려져 있는지도 모르죠."

그렇지 않아도 귀에 거슬리는 비서의 목소리가 거의 비명처럼 높아졌다. 점잖은 척하고 있던 사교적 태도는 송두리째 사라진 듯했다.

"책임을 떠넘기고 있군요! 둘러대는 거라구요. 내 질문에 대답을 할 수가 없으니까 날 제정신 아닌 얘기에 교묘히 끌어넣으려고 하는군요."

브라운 신부는 생각을 돌이키듯 말했다.

"어디 봅시다. 질문이 뭐였죠?"

"질문이 뭐였는지는 잘 아실 텐데요. 그 질문 때문에 난처해져버린 것도 아주 잘 아실 테구. 스카프를 두른 남자가 어디 있지요? 누가 그자를 봤습니까? 그에 대해 듣거나 이야기를 한 사람이 당신의 저 작은 거짓말쟁이말고 또 누가 있어요? 우리를 납득시키려면 그를 제시해야 합니다. 실존 인물이기나 하다면, 그자는 헤브리디스 제도*에 숨어 있든가 아니면 칼라오**로 내뺐겠지요. 난 그자가 존재하지 않는다는 것을 알지만, 당신은 그자를 내놓아야 해요. 자 그럼! 그는 어디에 있나요?"

"난 그 사람이 바로 저기에 있다고 생각해요."

브라운 신부는 부두의 강철 기둥들 주위로 밀려드는 가까운 파도를 응시하며 눈을 깜박였다. 그곳에서는 사립탐정과 나이든 어부 전도사가 여전히 녹색 물빛에 어두운 윤곽을 드리우고 있었다.

"바다에 던진 저 그물 같은 것에 말이에요."

얼떨떨하기는 했지만, 그린스테드 경감은 곧 다시 정신을 차리고 한달음에 해변으로 내려갔다. 그는 소리쳤다.

"저 노친네 그물에 살인자의 시체가 걸렸단 말씀입니까?"

브라운 신부는 그 뒤를 따라서 자갈투성이 경사를 내려가며 고개를 끄덕였다. 그들이 움직이는 사이 머글톤 탐정은 몸을 돌려 그 해안에서 올라오기 시작했다. 그의 어두컴컴한 윤곽은 놀라움과 발견의 무언극 한 장면을 보여주었다.

---

* Hebrides. 스코틀랜드 북서쪽에 있는 50개 이상의 군도.
** Callao. 태평양 칼라오 만에 있는 도시로 페루의 주요 항구 중 하나.

"정말이었습니다, 우리가 한 얘기요."

그는 숨을 헐떡이며 말했다.

"살인자는 그 날씨에 헤엄을 쳐서 바닷가로 나오려다가 익사한 겁니다. 아니면 정말로 자살했든지. 어쨌든 그는 죽어서 표류하다가 브림스톤 노인의 낚시그물에 들어왔고, 저 늙은 광인이 죽은 사람을 낚았다고 말한 것도 그거였어요."

경감은 그들 모두를 앞질러서 민첩하게 해안으로 달려 내려갔다. 그가 지시를 내리는 고함 소리가 들렸다. 몇 분 만에 어부와 구경꾼 몇 사람이 경찰의 도움을 받아서 그물을 바닷가로 끌어올리고, 아직까지 석양빛을 반사하고 있는 젖은 모래 위에 굴려 그 속에 든 짐을 끌어냈다. 모래밭에 놓인 것을 보자 비서의 입술에서는 말이 나오지 않았다. 모래밭에 놓인 것은 정말로 독수리 같은 얼굴에 장대한 어깨가 약간 굽은, 누더기를 입은 거한이었던 것이다. 게다가 붉은 색의 큼지막한 낡은 모직 스카프 같은 것이 황혼 녘 모래사장 위에 큼지막한 핏자국처럼 퍼졌다. 하지만 테일러는 핏빛 스카프나 터무니없이 큰 덩치가 아니라, 그 얼굴을 응시하고 있었다. 테일러의 얼굴에는 불신과 의혹이 엇갈리고 있었다.

경감은 즉시 태도를 바꾸어 정중하게 머글톤에게 돌아섰다.

"이걸로 당신 이야기가 분명히 확인됐습니다."

머글톤은 그 말을 듣고서야 자신의 이야기가 얼마나 믿음을 얻지 못하고 있었는지 깨달았다. 아무도 그를 믿지 않았던 것이다. 브라운 신부 외에는 아무도.

그래서 그는 브라운 신부가 무리에서 떨어져나가는 것을 보고 그쪽으로 다가갔다. 그러나 그때 그는 신부가 다시 저 우스꽝스러운 자동 기계, 저 따분한 미끼에 걸려들어가는 것을 보고 딱 멈춰 섰다. 그는 더군다나 성직자가 동전을 찾아 주머니를 더듬는 것까지 보았다. 그러나 마침 비서가 귀에 거슬리는 커다란 목소리로 말하자 신부는 손가락 사이에 1페니를 끼운 채 동작을 멈췄다.

"덧붙이자면 저에 대한 끔찍하고 말도 안 되는 비방도 끝난 거군요."

"친애하는 비서양반, 난 댁을 비방한 적이 없어요. 난 당신이 요크셔에서 주인을 살해하고 나서 멍청하게 그의 짐을 짊어지고 이리 내려왔으리라 생각할 만큼 바보는 아닙니다. 내가 말하고 싶었던 것은, 가엾은 머글톤 씨를 그렇게 강력히 의심하느니 차라리 당신을 두고 더 그럴싸한 이야기를 만들 수 있다는 거였지요. 그래도 역시, 정말로 이 사건에 대한 진실을 알고 싶다면……아, 확언컨대 진실은 아직 파악되지 않았어요. 어쨌든 그러려면 당신이 겪은 일에서 힌트를 줄 수 있어요. 백만장자 브루스 씨가 살해되기 전 몇 주 동안 보통 묵던 곳 어디에도 보이지 않았다는 기묘하고도 심각한 사실 말입니다. 당신은 탐정에 소질이 있을 것 같군요. 계속 해보시지요."

"무슨 말이죠?"

테일러는 날카롭게 힐문했다.

그러나 그는 브라운 신부에게서 아무런 답을 듣지 못했다. 그는 다시 기계의 작은 손잡이를 흔들어, 인형 하나가 튀어나오고 다른 인형이 그 뒤를 쫓아 뛰게 하는 데 몰두해 있었다.

머글톤은 좀전의 두통거리가 희미하게 되살아나는 것을 느끼며 말했다.

"브라운 신부님, 대체 왜 그 바보 같은 게임을 좋아하시는 겁니까?"

신부는 유리 속의 인형 쇼를 바싹 들여다보며 대답했다.

"한 가지 이유는, 이 속에 이번 비극의 비밀이 담겨 있기 때문입니다."

그런 다음 그는 돌연 몸을 바로 세우고 진지한 눈으로 옆사람을 쳐다보며 말했다.

"난 당신이 진실을 말하고 있다는 것, 그러면서 진실의 반대 사실을 말하고 있다는 것을 알고 있었어요."

머글톤은 그 모든 수수께끼에 대한 답으로 그를 빤히 바라보는 것밖에 할 수 없었다.

신부는 목소리를 낮추어 덧붙였다.

"정말 간단한 일이지요. 저기 새빨간 스카프를 두르고 누운 시체는 다른 사람이 아니라 백만장자 브라함 브루스의 시체입니다."

머글톤은 입을 벌리고 말문을 열었다.

"하지만 그 두 사람은……."

"두 사람에 대한 당신의 묘사는 정말이지 퍽이나 선명했어요. 조금도 잊어버리지 않았어요. 이렇게 말해도 될지 모르지만 댁에게는 문학적인 재능이 있어요. 탐정보다는 기자가 되는 편이 나을 게요. 난 두 사람 각각에 대한 요점을 실질적으로 기억하고 있다고 생각합니다. 단지 묘하게도 각각의 요점이 당신에게는 이런 식으로, 나에게는 그 반대로 작용한 거예요. 첫번째로 언급했던 사람부터 시작합시다. 당신은 처음 본 사람이 형언할 수 없는 권위와 위엄을 지니고 있었다고 말했어요. 그걸 보고 당신은 '기업가의 거물, 위대한 재계의 왕자, 시장의 지배자'라고 생각했죠. 하지만 난 위엄과 권위의 분위기에 대해 듣자마자 속으로 '배우로군, 어디로 보나 배우야'라고 중얼거렸죠. 유통 그룹 사장을 본다고 그런 분위기를 느낄 수는 없을 거예요. 반면에 햄릿의 아버지의 유령이나, 줄리어스 시저,

혹은 리어 왕을 보면 그런 인상을 받지 않을 수가 없겠죠. 당신은 그의 옷이 정말로 누추한지 어떤지 구분할 만큼 자세히 보지 못했고, 최신식으로 재단된 모피 조각만 언뜻 보았을 뿐입니다. 난 다시 속으로 말했지요. '배우야.'"

"다음으로, 다른 남자에 대해서 세세히 살펴보기 전에 분명히 첫번째 남자에게는 없었던 점 하나를 짚고 넘어갑시다. 당신은 두번째 남자가 남루한 옷차림이었고 면도를 하지 않아 턱에 수염이 돋아 있었다고 했어요. 자, 우린 누추한 배우, 지저분한 배우, 술에 취한 배우, 심히 초라한 배우까지 보아왔어요. 하지만 극장 일을 하고 있거나 일자리를 찾는 배우가 수염이 텁수룩한 경우는 거의 없을 겁니다. 거꾸로 신사나 부호가 신경쇠약상태가 되면 제일 먼저 집어치우는 일이 바로 면도지요. 지금 우리에겐 그 백만장자 양반이 엉망이 되고 있었다 믿을 만한 이유가 있고 말입니다. 그의 편지는 이미 신경이 바짝 곤두선 사람의 편지였어요. 하지만 태만해서 누추하고 남루해진 것만은 아니었지요. 그 사람이 숨어 있으려 했다는 것을 모르겠어요? 그래서 자기 호텔방에도 가지 않았던 겁니다. 따라서 그 사람 비서도 몇 주 동안이나 그를 보지 못했던 거고. 그는 백만장자였지만, 그의 목표는 온통 감쪽같이 변장한 백만장자가 되는 거였어요. 〈흰 옷의 여자〉*를 아직 안 읽어봤나요?

비밀 결사에게서 달아나던 세련되고 사치스러운 포스코 백작이 평범한 프랑스 노동자의 푸른 셔츠를 입은 채 칼에 찔려 발견된 것 말이에요. 그럼 이 두 남자의 태도로 돌아가봅시다. 당신은 태연자약한 첫번째 남자를 보고 속으로 '무고한 희생자다'라고 생각했지만, 그 무고한 희생자 본인의 편지는 조금도 침착하지 않았어요. 나는 그자가 침착하고 차분했다는 말을 듣고서 속으로 '살인자로군' 하고 생각했지요. 그렇지 않다면 그자가 어찌 태연자약했겠습니까? 그는 자기가 무슨 짓을 하려는지 알고 있었던 겁니다. 오랫동안 그 일을 결심해왔었지요. 망설이는 마음이나 죄책감이 들었다면 다 그 장면에 나타나기 전에…… 바꿔 말하자면 무대에 오르기 전에 마음을 다졌을 거예요. 무대 공포증 같은 것은 전혀 없었던 모양입니다. 그는 권총을 뽑아 휘두르지 않았어요. 뭣 때문에 그러겠습니까? 필요할 때까지 주머니 속에 간직해뒀던 거지요. 주머니 속에서 쐈을 가능성도 높고요. 또 한 사람은 고양이처럼 신경이 예민해져 있었고, 어쩌면 전에 권총을 다뤄본 적이 없었으

---

* 1860년 발표된 윌키 콜린스의 소설. 그의 소설은 빅토리아 시대에 걸맞게 에드거 앨런 포나 현대 탐정물에 비교하자면 지루한 분위기였지만, 애니메이션이나 인형극을 통해 살아남았다. 특히 포스코 백작의 창조는 놀라운 것으로 여겨진다.

니까 안절부절못했겠지요. 눈을 굴린 것도 같은 이유에요. 게다가 내 기억에는, 당신 스스로도 눈치채지 못한 채 그가 눈을 뒤쪽으로 굴렸다고 말했습니다. 사실 그는 뒤쪽을 보고 있었던 거예요. 사실 그는 쫓는 자가 아니라 쫓기는 자였지요. 하지만 당신은 첫번째 남자를 먼저 봤기 때문에, 다른 쪽 남자가 그 뒤를 쫓고 있다고밖에 생각할 수 없었던 거예요. 수학적으로나 기계적으로나 그들 각각은 서로의 뒤를 쫓아 달리고 있었어요. 바로 이것처럼."

"이거라니 뭐 말입니까?"

멍해진 탐정이 물었다.

"이것 말입니다."

브라운 신부는 작은 나무삽으로 자동 기계를 두들기며 말했다. 그 삽은 묘하게도 이 살인사건의 수수께끼를 푸는 동안 내내 그의 손에 쥐어져 있었다.

"영원히 서로의 뒤를 쫓아 도는 이 작은 태엽인형들 말이에요. 옷색깔을 따서 블루 씨와 레드 씨라고 부르기로 합시다. 내가 블루로 시작을 하자, 아이들은 레드가 블루 뒤를 쫓아간다고 말했지요. 하지만 내가 레드로 시작을 하면 정반대로 보일 거예요."

"아, 알 것 같습니다."

머글톤이 말했다.

"그리고 나머지도 다 맞아들어가는 것 같네요. 물론 가족끼리 닮은 것도 어느 쪽으로나 마찬가지고요. 사람들은 살인자가 부두를 떠나는 것을 보지 못한 거죠……."

"사람들은 부두를 떠나는 살인자를 찾지 않았던 거지요."

신부가 말했다.

"아무도 그들에게 말끔하게 면도하고 아스트라한 코트를 입은 점잖은 신사를 찾으라고 말하지 않았어요. 살인자가 사라졌다고 하는 수수께끼는 다 붉은 목도리를 두른 덩치 큰 친구에 대한 당신 묘사 때문에 생겨난 거지요. 하지만 단순한 진실은 아스트라한 코트를 입은 배우가 붉은색 누더기를 걸친 백만장자를 살해했고, 저기 그 가엾은 친구의 시체가 있다는 겁니다. 붉은색 파란색 인형과 똑같은 겁니다. 당신은 그저 한쪽을 먼저 보았기 때문에, 레드가 복수자고 블루는 겁에 질려 있다고 오해한 것이죠."

이때 어린아이 두세 명이 흩어져서 모래사장을 뛰어왔고, 신부는 나무삽을 가지고 연극적으로 자동 기계를 두들겨 아이들을 불러모았다. 머글톤은, 놀고 있는 아이들이 해변에 있는 끔찍한 시체 가까이에 가지 못하게 하려고 저러나 보다 생각했다.

브라운 신부가 말했다.

"일 페니 더 남았으니, 집에 가서 차를 마셔야겠구나. 도리스, 내가 맬버리 부쉬*처럼 뺑뺑 도는 저 회전 게임을 좋아한다는 거 아니. 결국 주께선 모든 태양과 별들이 맬버리 부쉬 게임을 하게 만드셨거든. 하지만 하나가 다른 하나를 잡아야만 하고, 경주자들이 라이벌에 막상막하로 달리다가 서로를 앞지르는 다른 게임들은…… 훨씬 추잡한 일이 일어나는 것 같구나. 난 레드 씨와 블루 씨가 늘 변치 않는 정신으로 뛰어다녔으면 좋겠다. 완전히 자유롭고 동등하게 말이야. 절대 서로를 상처 입히지 않고.

다정한 연인은, 절대, 절대 당신에게 키스하지 않으리,
혹은 죽이지도 않으리. 행복한, 행복한 레드 씨!
그는 변할 수 없어. 그대는 축복받지 못했지만,
영원히 그대는 튀어오르지, 그리고 그는 블루라네."**

---

* '우리는 맬버리 부쉬 주변을 돈다네'라는 가사로 시작하는 영국 민요.
** 인용된 시는 존 키츠의 시 「Ode on a Grecian Urn」의 일부를 패러디한 것이다.
원문은 다음과 같다.

Bold Lover, never, never canst thou kiss,
Though winning near the goal—yet, do not grieve;

브라운 신부는 이 비범한 키츠의 시를 패러디해 감정을 잡고 읊으면서, 한쪽 팔 밑에는 작은 삽을 끼고 두 아이의 손을 하나씩 잡고, 차를 마시러 천천히 해변을 걸어올라갔다.

She cannot fade, though thou hast not thy bliss,
For ever wilt thou love, and she be fair!

이 시에서 bold(대담한)을 fond(다정한)으로 바꾸고, 두번째 행을 생략한 대신—or killed(혹은 죽이지도)를 넣었다. 좀더 확실한 구절은 아래 두 행이다. '그녀는 시들 수 없어'를 '그는 변할 수 없어'로 바꾸고, '영원히 그대는 사랑하리, 그리고 그녀는 아름답다네'를 게임 내용으로 바꾸어 넣었다.

그린 맨

'그린 맨'은 기분 나쁜 잡초들을 질질 끌면서

달빛 아래를 걷는 유령이 되고,

'그린 맨'의 간판은 교수대에 달린 듯

목 매달린 사람의 형체로 변했다.

　　어스름 속에서 잿빛으로 가라앉아가는 바다와 모래사장에 가지런히 면한 골프장에서 니커보커*를 입고, 열정적이고 자신감 넘치는 얼굴을 한 젊은이가 혼자 골프를 치고 있었다. 그는 공을 그냥 단순하게 치는 게 아니라, 약간은 맹렬하게 특정한 타법으로 깔끔하고 정연한 회전타법 같은 것을 연습하고 있었다. 그는 여러 가지 게임을 빠른 속도로 습득해왔는데, 그것은 가능한 평균치보다 더 빨리 배우고자 하는 그의 기질 탓이었다. 그는 '바이올린 연주 6회 완성'이라든가 '완벽한 프랑스어 악센트 정복을 위한 통신 코스' 같은 과장 선전 문구에 쉽

---

* 무릎 부분에서 매는 헐거운 반바지.

게 걸려드는 편이었다. 그는 그런 희망찬 광고와 모험이 주는 상쾌한 분위기 속에서 살았다. 그는 현재로서는 그 골프장을 낀 공원 뒤편의 저택 주인인 마이클 크레이븐 제독의 개인 비서였다. 그에게는 야심이 있었고, 개인 비서 따위나 계속할 마음은 없었다. 한편 그는 이성적이기도 했다. 비서일을 그만두는 가장 좋은 방법은 뛰어난 비서가 되는 것임을 알고 있었다는 말이다. 따라서 그는 골프공을 다룰 때와 똑같이 신속한 집중력을 발휘하여 끊임없이 쌓이는 제독의 서신을 처리하는 뛰어난 비서가 되었다. 그는 자기 재량껏 혼자서 편지더미와 씨름해오고 있었다. 제독은 지난 여섯 달 간 항해중에 있었고, 이제 돌아오고 있기는 했지만 도착이 몇 시간 후가 될지, 며칠이 될지 가늠할 수가 없었다.

그 청년, 해롤드 하커는 활달한 걸음으로 골프장 누벽을 두른 풀밭 꼭대기까지 올라가 모래사장과 바다 쪽을 바라보다가 기묘한 광경을 보았다. 폭풍우가 들이닥칠 듯한 구름 밑으로 주변이 시시각각 어두워지고 있어서 그리 뚜렷하지는 않았지만, 그 광경은 먼 과거의 백일몽이나 유령들이 연기하는 드라마처럼, 다른 시대로부터 빠져나온 순간적인 신기루로 보였다.

마지막 저무는 햇살이, 푸르다기보다는 꺼멓게 보이는 어두운 바다 위로 길게 구릿빛 금빛 줄을 드리웠다. 그러나 서쪽은

이 광채에 대조되어 한층 검었고, 그쪽으로 그림자 무언극에 나오는 것 같은 또렷한 윤곽이 지나가고 있었다. 위로 젖혀진 삼각 모자를 쓰고 칼을 찬 두 남자였다. 마치 넬슨*의 목조 선박에서 막 내려선 사람들 같았다. 하커가 환영을 잘 보는 사람이라 치더라도, 그것은 자연스럽게 나타날 만한 환영은 아니었다. 사실 그는 자신감 넘치면서도 과학적이었으며, 과거의 전투선을 상상하느니 미래의 비행선을 떠올릴 사람이었다.

곧 그는 그것이 환상이 아니라는 것을 깨달았다. 다시 보니, 그가 본 장면이 유별날지는 모르지만 믿을 수 없는 것은 아니었다. 10여 미터 정도 떨어져서 모래사장을 걷고 있는 두 남자는 평범한 요즘의 해군 사관이었다. 다만 그들은 해군 사관들이, 예컨대 왕족의 방문 같은 대단한 의식 절차 때가 아니면 어지간해서는 입지 않는 화려한 예복을 갖춰입고 있었다. 앞에서 걸어가고 있는 사람은 누가 뒤따라가고 있다는 것도 눈치채지 못한 것 같았는데, 하커는 높은 콧마루와 날카로운 턱수염을 보고 그가 자기 고용주인 제독임을 즉시 알아보았다. 뒤따르는 사람은 누군지 알 수 없었지만, 의식 절차와 관련된 상황이라는 것을 짐작할 수 있었다. 제독의 배가 인접 항구에 들어왔다

---

* Nelson, Horatio(1758~1805). 트라팔가 해전을 승리로 이끌고 전사한 유명한 영국 해군.

면 그것은 위대한 명사의 공식 방문에 준하는 일이었을 것이다. 그렇게 생각하면 사관들이 예복을 갖춰입은 것도 충분히 설명할 수 있었다. 하지만 그는 또한 사관들에 대해, 적어도 제독에 대해 알고 있었다. 5분 정도라도 시간을 내어 사복으로, 아니 최소한 통상적인 군복으로라도 바꿔입을 수 있었을 제독이 왜 정장을 갖춘 채 해변에 나타났는가 하는 문제는 이해할 수가 없었다. 정말이지 이것은 제독답지 않은 행동이었고, 그 문제는 몇 주 동안이나 이 불가사의한 사건 중에서도 으뜸가는 수수께끼로 남았다. 지금, 어두운 바다와 모래사장이 맞닿은 황량한 배경을 등진 이 근사한 예복 차림의 모습에는 코믹 오페라를 연상시키는 데가 있었다. 〈피나포레〉*를 보고 있는 듯한 기분이 들었다.

두번째 인물은 훨씬 더 괴이했다. 틀림없는 해군 대위의 군복을 갖춰입었음에도 외양에 어딘가 기이한 데가 있었고, 행동은 더욱 별났다. 그는 이상하게 불규칙적이면서도 불편한 자세로 걷고 있었다. 제독을 따라잡을지 말지 결정하지 못한 것처럼 속도가 빨라졌다 느려졌다 했다. 부드러운 모래 위라서 제독은 뒤쪽의 발걸음 소리를 듣지 못하고 있었지만, 그 뒤로 이

---

* Pinafore. 윌리엄 길버트 경이 1878년에 쓴 희곡을 바탕으로 한 인기있는 오페라.

어진 발자국을 형사처럼 들여다본다면, 발을 절었다는 데에서
부터 춤을 추었다는 데까지 가히 스무 가지에 달하는 추측이
나올 법했다. 그 남자의 얼굴은 그늘이 진 탓도 있었지만 원래
가무잡잡한 편이었고, 그 속에 박힌 눈은 가끔씩 자신의 동요
를 나타내듯 이리저리 움직이며 반짝였다. 그는 문득 뛰는가
싶더니 또 불쑥 으스대는 듯한 느리고 무심한 걸음걸이로 되
돌아갔다. 그러고 나서 그자는 하커가 보기에 정상적인 영국
해군 사관이라면 정신병원에 있다 해도 저지를 수 없을 짓을
저질렀다. 칼을 뽑아든 것이다.

이 엉뚱한 일이 벌어진 바로 그 순간, 두 사람의 모습은 해안
갑(岬) 뒤로 사라져버렸다. 그 쪽을 내처 응시하고 있던 비서
는, 무심한 태도를 회복한 가무잡잡한 이방인이 반짝이는 칼로
바다호랑가시나무 위쪽을 두드리는 것을 보았다. 그자는 앞사
람을 따라잡을 마음을 접은 듯했다. 그러나 해롤드 하커는 꽤
깊은 생각에 잠겨들었다. 그는 한동안 생각에 빠져서 그 자리
에 서 있다가, 엄숙한 태도로 내륙 쪽으로 몸을 돌려, 저택 문
을 그냥 지나쳐 바다로 내려가는 긴 굽이길로 향했다.

걷고 있던 방향으로 미루어보아도 그렇고, 당연히 자기 집
대문을 향하고 있었다면 제독은 해안에서 이 굽이길로 올라올
것이었다. 골프장 아래, 모래사장을 따라 뻗은 오솔길은 바로

아까의 갑 너머에서 내륙 쪽으로 방향을 틀어 크레이븐 저택으로 돌아오는 도로와 만났다. 성급한 성격의 비서가 집으로 돌아오는 주인을 마중나가려 내려선 것도 이 길이었다. 그러나 주인은 집으로 돌아오고 있지 않았다. 더욱 괴상한 것은, 비서 역시 집으로 돌아가지 않았다는 점이다. 적어도 몇 시간 후까지는 그랬다. 그 정도면 크레이븐 저택의 사람들이 놀라고 얼떨떨해질지고도 남을 만큼 긴 시간이었다.

지나치리만큼 웅대한 시골 저택의 기둥과 야자나무들 뒤편에서 기다리고 있던 사람들은 서서히 불안해지고 있었다. 계단 위에서나 아래에서나 비정상적일 정도로 조용한, 덩치 크고 까다로운 집사 그라이스는 초조하게 현관 주변을 서성이다가, 이따금씩 현관 옆 창문에 다가가 바다 쪽으로 뻗어나간 흰 길을 내다보았다. 오빠 대신 저택을 관리하는 제독의 누이 마리온은 오빠와 같이 높은 코에 더 도도한 표정을 지니고 있었다. 그녀는 말이 많았는데, 유머 감각이 없는 것은 아니었지만 다소 두서가 없었고 강조를 할 때는 느닷없이 앵무새처럼 새된 소리를 지르곤 했다. 제독의 딸 올리브는 가무잡잡한 피부에, 꿈꾸는 듯한 분위기를 풍기는 여성으로 대개 멍하니 침묵을 지키는 편이었으며 우울해 보였다. 덕분에 그녀의 고모는 기꺼이 대부분의 대화를 주도했다. 그녀는 타고난 매력이라 할 만한 미소를 종종 떠올리곤 했다.

"왜 아직까지들 안 오는지 알 수가 없구나. 우체부가 분명히 해안을 따라오는 제독님을 봤다고 했는데 말이다. 저 따분한 룩을 대동하고 말이지. 대체 사람들이 왜 그 사람을 룩 대위라고 부르는지 모르겠어……."

나이 많은 쪽의 숙녀가 말했다.

"아마 그 사람이 대위니까 대위라고 부르는 거겠죠."

우울한 젊은 숙녀는 잠시 동안은 명랑하게 말했다.

"제독님이 왜 그 사람을 데리고 있는지 알 수가 없다."

고모는 하녀에 대해서라도 이야기하는 것처럼 코웃음을 쳤다. 그녀는 오빠에 대한 자부심이 몹시 강했고 항상 그를 제독님이라고 불렀다. 그러나 해군 장교 임명에 대한 그녀의 생각은 정확하지 못했다.

"음, 로저 룩이 뚱하고 비사회적이고 좀 그럴진 모르지만요, 그렇다고 해서 능력 있는 해군이 되지 말라는 법은 없잖아요."

"해군이라고!"

고모는 앵무새 같은 새된 소리를 질렀다.

"그 사람은 내가 생각하는 해군이 아니야. 내 젊었을 때 그 사람들이 부르곤 하던 〈해군을 사랑한 아가씨〉…… 생각 좀 해보렴! 그는 쾌활하지도 않고 자유롭지도 않아요. 뱃노래도 부르지 않고 혼파이프에 맞춰 춤을 추지도 않아."

"저, 제독님도 그리 자주 혼파이프 춤을 추시진 않는걸요."

조카가 진지하게 말했다.

"아, 무슨 말인지 알잖니…… 밝지도 다정하지도 않다는 말이야. 저 비서 양반이라도 그보다는 나을 게다."

노 숙녀가 말했다.

올리브의 다소 비극적인 얼굴에 몇 년은 젊어진 듯한 근사한 미소가 일렁였다.

"하커 씨라면 능히 고모를 위해 혼파이프 춤을 추겠죠. 그리고 분명히 책을 보고 반 시간 만에 배웠다고 할걸요. 늘 뭐든지 그런 식으로 배우니까요."

올리브는 문득 웃음을 그치고 고모의 긴장된 얼굴을 쳐다보았다.

"하커 씨가 왜 안 오는지 모르겠네요."

그녀가 덧붙였다.

"하커는 아무래도 좋아."

고모는 그렇게 대꾸하고 일어서서 창 밖을 내다보았다.

해안가 풍경 위로 드리운 저녁빛은 노란색에서 회색으로 서서히 바뀌더니, 이제는 퍼져가는 달빛 아래 하얗게 변하고 있었다. 연못 주위를 둘러싸고 자란 배배꼬인 나무들과 그 너머,

수평선 위로 쓸쓸하게 어두운 윤곽만 보이는 '그린 맨'이라는 이름의 초라한 선술집을 빼면 밋밋하기만 한 풍경이었다. 길 위나 다른 풍경 어디에도 살아 있는 생명은 없었다. 누구도 이른 저녁 때에 바닷가를 걷고 있던 해군 모자를 쓴 인물이나, 그 뒤를 따라가던 기묘한 인물을 보지 못했다. 그들의 모습을 지켜보았던 비서조차 본 사람이 없었다.

마침내 비서가 뛰쳐들어와 온 집안을 깨운 것은 자정도 넘어선 한밤중의 일이었다. 유령처럼 새하얀 그의 얼굴은 뒤편에 서 있는 덩치 큰 경감의 무뚝뚝한 얼굴에 대비되어 더욱 창백해 보였다. 당황하여 하얗게 질린 비서의 얼굴보다, 진지하고 무관심한 경감의 불그스름한 얼굴 쪽이 더 파멸의 가면 같았다. 가능한 한 말을 가려가면서 두 여인에게 전한 소식은 나무 아래 더러운 잡초와 쓰레기로 뒤덮인 연못 속에서 크레이븐 제독의 몸을 건져냈다는 것, 즉 그가 익사했다는 것이었다.

누구든 비서인 해롤드 하커를 잘 아는 사람이라면, 그가 그렇게 동요하고서도 아침까지는 즉각적인 대응책을 강구할 태세를 갖춘 것을 납득할 수 있다. 그는 전날 밤 '그린 맨' 옆길 아래에서 만난 경감을 재촉해서, 둘이서만 다른 방으로 자리를 옮겨 구체적인 사항들을 의논했다. 그는 마치 시골뜨기에게 질문하는 경찰처럼 경감을 힐문했다. 그러나 번스 경감은 무뚝뚝한 사람이었고, 그런 사소한 일에 분개하기에는 너무 명청하든가 아니면 너무 똑똑했다. 곧, 하커가 쏟아붓는 질문들을 느리지만 정연하고 합리적으로 처리하는 것을 보면, 겉으로 보여지는 것처럼 명청한 사람은 절대 아니라는 것은 알 만했다.

하커가 말했다. 그러면서도 그의 머릿속은 '열흘 안에 형사 되기' 같은 제목의 안내서로 가득했다.

"자, 고전적인 3요소 같군요. 사고냐, 자살이냐, 살인이냐."

경감이 대답했다.

"사고라니, 어떻게 그런 사고가 있을 수 있는지 모르겠소이다. 그때는 그렇게 어둡지도 않았고 그 연못에서 직선길까지 오십 미터는 제독이 자기 집 대문처럼 잘 아는 곳이었는데 말이오. 그 연못에 우연히 빠졌다고 보느니 차라리 가다가 도로에 난 웅덩이에 조심스럽게 드러누웠다는 게 낫겠습니다. 자살에 대해서는 좀더 고려해볼 여지가 있지만 역시 있을 성싶지 않은 일이오. 제독은 대단히 의욕적이고 성공한 인물인데다가 아주 부유했잖소. 거의 백만장자였지. 물론 그걸로는 아무것도 증명할 수 없지만, 사생활 면에서도 깨끗했고 평온해 보였소. 물에 빠져 자살할 만한 사람이 아닙니다."

"그렇다면……."

비서는 전율로 목소리를 낮추며 말했다.

"세번째 가능성이 남는군요."

"그 문제에 대해서는 그리 서두르지 맙시다."

모든 일을 서두르는 하커가 민망하게도, 경감은 그렇게 말했다.

"하지만 당연히 알아봐야 할 문제가 한두 가지 있소. 예를 들자면 그의 재산에 대한 건데, 누가 그 재산을 물려받게 되나요? 당신은 개인 비서잖소. 그의 유언장에 대해 뭔가 아는 게 없나요?"

"그 정도로 친밀한 비서는 아닙니다. 사무변호 일은, 서트포드 가 너머에 있는 윌리스와 하드맨, 그리고 다이크 씨 셋이서 운영하고 있는 회사에서 맡고 있죠. 유언장은 그쪽에 있을 겁니다."

"흠, 곧 그 사람들에게 가보는 게 좋겠군."

경감이 말하자 성미 급한 비서가 말했다.

"지금 바로 가보도록 하지요."

그는 한두 번, 불안하게 방 안을 오락가락하다가 새로운 방향으로 관심을 돌렸다.

"시체는 어떻게 하셨습니까, 경감님?"

"지금 경찰서에서 스트레이커 박사가 조사하고 있소. 한 시간쯤 있으면 보고서가 준비될 거요."

"그리 빠르진 않군요. 그 사람도 변호사 사무실에서 만나면 시간을 절약할 수 있을 겁니다."

그는 거기서 말을 멈췄고, 성급한 어조는 돌연 당혹스러워하는 말투로 바뀌었다.

"보세요. 저는…… 우리는 지금 가능한 한 저 어린 숙녀분을, 가엾은 제독님의 따님을 배려하려고 하지 않습니까. 말도 안 되는 생각을 하고 있다고 해서 실망시키고 싶지는 않아요. 그녀는 지금 시내에 머물고 있는 자기 친구를 수사에 참여시켰으면 하거든요. 브라운인가 하는 이름이었는데, 신부인지 목사인지 뭐 그런 부류라더군요. 제게 그 사람 주소를 줬습니다. 신부나 목사에 대해서는 별로 관심이 없지만……."

경감은 고개를 끄덕였다.

"나 역시 그렇소만, 브라운 신부님이라면 믿을 수 있죠. 우연히 해괴한 보석 사건으로 알게 됐는데, 신부가 아니라 경찰관이 됐어야 할 분이오."

"아, 그거 잘됐군요."

마음 급한 비서는 방에서 나가면서 말했다.

"그럼 신부님도 변호사 사무실로 오라고 하지요."

스트레이커 박사를 만나러 서둘러 옆 마을의 변호사 사무실로 향한 그들은, 이미 그곳에 앉아 큼지막한 우산 위에 손을 모은 채 회사 안에 있는 유일한 인물과 즐거이 잡담을 나누고 있는 브라운 신부를 보게 되었다. 스트레이커 박사 역시 와 있었지만, 조심스레 옆탁자에 모자를 올려놓고 그 위에 장갑을 놓고 있는 것으로 보아 막 도착한 모양이었다. 게다가 신부의 둥글둥글한 얼굴과 안경에 떠올라 있는 부드럽고 환한 표정이나, 그와 대화를 나누고 있던 희끗희끗한 머리의 유쾌한 노 변호사가 짓고 있는 웃음으로 보아, 아직 의사가 입을 열어 사망 소식을 알리지 않은 것이 분명했다.

브라운 신부가 말했다.

"정말 아름다운 아침이로군요. 폭풍은 지나간 모양입니다. 큼지막한 먹구름이 끼었었는데 비 한방울 떨어지지 않았군요."

"한 방울도 안 떨어졌지요."

변호사는 펜을 가지고 장난을 치며 그 말에 동의를 표했다. 그는 이 회사의 세번째 동업자, 다이크였다.

"이젠 구름 한 점 안 보입니다그려. 놀러 가기 딱 좋은 날이에요."

그리고서 그는 새로 들어선 사람들을 알아차리고, 펜을 내려놓으며 일어섰다.

"아, 하커 씨, 안녕하시오? 제독님이 곧 돌아오신다 들었소만.”

그러자 하커가 입을 열었고, 그의 음성은 방 안에 힘없이 울려퍼졌다.

“유감스럽게도 저희는 나쁜 소식을 가지고 왔습니다. 크레이븐 제독님께선 집에 도착하시기 전에 익사하셨습니다.”

조용한 사무실 분위기가 한순간에 변했다. 앉아 있던 인물들이 움직여서 방 안 공기를 변화시킨 게 아니었다. 그들은 둘 다 막 나오려던 농담이 입술 위에 얼어붙은 듯 하커를 응시하고 있었다. 두 사람 다 ‘익사했다고’란 말을 되풀이하고는 서로를 쳐다보고, 다시 그 말을 전한 사람을 쳐다보았다. 잠시 후 질문이 뒤엉켰다.

“언제 일어난 일이오?”

신부가 물었다.

“어디에서 발견됐소?”

변호사가 물었다.

경감이 대답했다.

“그린 맨에서 멀지 않은, 해안가 연못에서 발견되었습니다. 거의 알아볼 수도 없을 정도로 녹색 찌꺼기와 잡초에 뒤덮인 채 끌려나왔어요. 하지만 여기 스트레이커 박사께서…… 왜 그러십니까, 브라운 신부님? 어디 편찮으세요?”

브라운 신부는 몸서리를 치며 말했다.

"그런 맨이라…… 미안하오……속이 좀 안 좋아져서."

"뭣 때문에 말입니까?"

경관은 계속 그를 응시하며 물었다.

"녹색 찌꺼기에 덮여 있었다는 부분인 것 같은데."

신부는 약간 신경질적인 웃음소리와 더불어 말했다. 그리고 서 그는 조금 단호히 덧붙였다.

"해초였어야 마땅한 게 아닌가요?"

이번에는 모두가 저 사람이 미친 게 아닌가 하는, 자연스러운 의심의 눈으로 신부를 쳐다보았다. 그 다음에 모두를 놀래킨 사람은 그가 아니었다. 죽음 같은 침묵을 깨고 말을 꺼낸 것은 의사였다.

스트레이커 박사는 딱 보기만 해도 범상치 않은 사람이었다. 그는 상당히 훤칠하고 마른 체격이었는데, 옷차림은 격식 있고 직업에 걸맞는 것이었지만 빅토리아 시대 중기 이후로 거의 본 적이 없는 패션을 고수하고 있었다. 그는 비교적 젊은 나이인데도 갈색 수염을 꽤 길게 길러서 양복 조끼 위에 늘어뜨렸다. 근엄하고 잘생긴 얼굴은 그 수염에 대비되어 남달리 창백해 보였다. 또 사팔뜨기는 아니었지만 깊은 눈 속에 자리한 곁눈질의 기미가 그 근사한 외모를 망치고 있었다. 모두가 그의 이런 점들을 알아차렸다. 그는 말을 하는 순간에 영락없이 권위자로서의 태도를 보여주었다. 그러나 말한 내용은 이것뿐이었다.

"크레이븐 제독의 익사에 대해 세부적인 사항들을 알려면, 한 가지 덧붙여야 할 문제가 있습니다."

그리고 나서 그는 기억을 더듬는 것처럼 덧붙였다.

"크레이븐 제독은 익사하지 않았습니다."

경감은 기민한 자세로 돌아서서 그에게 설명을 요구했다.

스트레이커 박사가 말했다.

"막 시체를 검사했는데, 사망 원인은 스틸레토* 같은 뾰족한 칼끝으로 찔린 가슴의 관통상에 있습니다. 시체가 연못 속에 감춰진 것은 사후의 일입니다. 정확히는 사망 직후입니다."

브라운 신부는 상당히 드물게 보여주는 생생한 눈빛으로 스트레이커 박사를 주시하고 있었다. 그후 사무실에 있던 사람들이 흩어지자, 신부는 조금 더 대화를 나누고자 의사의 곁에 붙어 거리를 따라 내려갔다. 유언장에 대한 공식적인 질문을 빼고는 더이상 머무를 필요도 없었다. 노 변호사가 직업적 예절로 시간을 끌어 젊은 비서의 인내심은 다시 시험에 들었다. 그러나 변호사는 결국 경찰의 권위보다는 신부의 기지에 설득당

---

* 단검의 일종.

해서, 그다지 신비로울 것도 없는 문제를 털어놓기로 했다. 다이크는 미소지으며 제독의 유언장이 아주 정상적이고도 흔한 내용으로 이루어져 있고, 모든 것을 유일한 자식인 올리브에게 남기고 있다고 발표했다. 그 사실을 숨길 이유도 없었다.

의사와 신부는 크레이븐 저택 방향으로 뻗은 거리를 천천히 걸어내려갔다. 하커는 어딘가에 가려고 할 때마다 보이는 타고난 열정으로 저만치 앞서나갔지만, 뒤쪽에 있는 두 사람은 방향보다는 자기들끼리의 토론에 더 흥미가 있는 듯했다. 훤칠한 의사는 작달막한 성직자에게 약간 수수께끼 같은 어조로 말했다.

"브라운 신부님, 이 일을 어떻게 생각하십니까?"

브라운 신부는 그를 뚫어지게 쳐다보다가 말했다.

"글쎄올시다. 한두 가지를 생각하고 있긴 한데, 가장 어려운 부분은 제독에 대해 별로 아는 게 없다는 점이오. 그의 딸에 대해서는 조금 아오만."

의사는 음울하게 딱딱한 태도로 말했다.

"제독은 세상에 적이라곤 없을 거라는 소리를 듣는 남자였지요."

"무슨 말인지 알겠소. 그 외에 알려지지 않은 이야기가 있다는 말이군요."

"아, 내 일은 아닙니다."

스트레이커는 급히, 다소 거칠게 말했다.

"그분은 좀 변덕스러운 데가 있었어요. 한번은 어떤 수술에 대해 소송을 건다면서 나를 위협했었지요. 하지만 그가 분별력은 있었던 사람이라고 생각합니다. 아랫사람들에게 거칠게 굴었으리라는 건 짐작할 수 있는 일입니다."

브라운 신부의 눈길이 저만치 앞에서 활보하는 비서의 모습에 쏠렸다. 그리고 그는 비서가 서두르는 데 특별한 이유가 있음을 깨달았다. 50미터 정도 앞에서 제독의 딸이 느릿느릿 집으로 걸어가고 있었다. 비서는 곧 그녀와 어깨를 나란히 했다. 브라운 신부는 멀리 작아져가는 두 사람의 뒷모습이 연출하는 무언극을 지켜보았다. 비서는 무엇인가에 상당히 흥분해 있었는데, 신부는 그게 무엇인지 짐작하면서도 마음속에 담아두기만 했다. 그는 의사의 집으로 이어지는 모퉁이에 다다르자 짤막하게 말했다.

"우리에게 더 말할 게 남아 있지 않은가 모르겠소."

"제가 뭣 때문에요?"

의사는 대단히 퉁명스럽게 대꾸하고는, 말하지 않은 것이 왜 더 있겠냐는 뜻인지, 혹은 왜 그것을 말해야 하느냐는 것인지 분명치 않게 남겨둔 채로 성큼성큼 걸어가버렸다.

브라운 신부는 홀로 터벅터벅 두 젊은이의 자취를 따라 걸었다. 제독의 정원 입구 가로수길에 다다랐을 때, 갑자기 그녀가 뒤로 돌아 곧장 그에게 다가왔다. 그녀의 얼굴은 유달리 창백했고, 눈은 새롭고 이름붙일 수 없는 감정으로 반짝였다.

그녀는 나지막한 음성으로 말했다.

"브라운 신부님, 가능한 한 빨리 말씀드릴 게 있어요. 들으셔야 해요. 달리 방도를 찾을 수가 없어요."

"그야 물론이지요."

그는 부랑아가 시간을 물어보기라도 한 것처럼 침착하게 대꾸했다.

"어디 가서 얘기할까요?"

그녀는 무작정 그를 쓰러질 듯한 정자 쪽으로 이끌었다. 그들은 손질이 안 되어 무성하게 잎이 늘어진 나무 뒤에 앉았다. 그녀는 감정을 터뜨리지 않으면 실신할 것처럼 앉자마자 입을 열었다.

"해롤드 하커 씨가 제게 말한 것인데요, 끔찍한 이야기예요."

신부는 고개를 끄덕였고 올리브는 급히 말을 이었다.

"로저 룩에 대해서요. 로저를 아시나요?"

"동료 선원들이 그 친구를 유쾌한 로저*라고 부르던데, 그게

---

* Jolly Roger. 졸리 로저는 해적 깃발을 의미한다.

그가 결코 유쾌하지 않은데다 해적선에 오르는 해골 깃발처럼
보여서라는 이야기를 들었어요."

"늘 그랬던 건 아니지요."

신부가 말했다.

올리브는 낮은 목소리로 말을 이었다.

"그 사람에게 뭔가 아주 이상한 일이 생긴 게 분명해요. 전
어렸을 때 그와 친했어요. 저기 모래사장에서 놀곤 했죠. 그는
무모한데다가 늘 해적이 되겠다고 했어요. 말하자면 싸구려 소
설을 읽고서 범죄를 저질러보고 싶다고 말하는 그런 사람이었
지만, 해적이 되겠다는 데에는 뭔가 시적인 면이 있었어요. 그
때 그는 진짜 유쾌한 로저였죠. 난 그 사람이 전설대로 정말로
바다로 뛰쳐나간 마지막 소년이었다고 생각해요. 결국 그의 가
족은 그 사람이 해군에 들어가는 데 동의했죠. 그런데……."

"그런데요?"

브라운 신부는 인내심을 갖고 말했다.

그녀는 여느때와 다르게 환희에 차서 명랑하게 말했다.

"그런데 가엾은 로저는 실망했을 거예요. 해군 사관에게는
잇새에 단도를 물거나 피 흐르는 커틀라스*와 검은 깃발을 휘

---

* 해적이 갖고 다니는 날이 휜 무거운 단검.

두르거나 하는 일이 좀처럼 일어나지 않으니까요. 하지만 그에게 일어난 변화를 설명하기에는 그것만으로는 부족해요. 그는 딱딱하게 굳어버렸어요. 죽은 사람이 걸어다니는 것처럼…… 굼뜨고 말수도 적었죠. 늘 저를 피하구요. 하지만 그건 중요하지 않아요. 저와는 상관없는 큰 슬픔 때문에 그가 망가진 거라고 생각해요. 그런데 이제…… 글쎄요, 해롤드가 말한 게 사실이라면, 슬픈 것도 미친 것과 마찬가지이며 악마에 사로잡힌 거겠지요."

"해롤드가 대체 뭐라고 했나요?"

신부가 물었다.

"입 밖에 내어 말하기도 너무 무서워요. 그 사람, 그날 밤 로저가 우리 아버지 뒤를 살금살금 따라가는 모습을 보았다고 확실히 말했어요. 주저하다가 검을 뽑더라고…… 그런데 의사 선생님께서 아버지는 강철 칼에 찔렸다고 말씀하신다면서요…… 로저 룩이 이번 일과 무슨 관련이라도 있을 거라고는 믿을 수 없어요. 그의 뚱한 태도 때문에 가끔 아버지의 성질과 부닥치기는 했지요. 하지만 말다툼이란 게 그렇잖아요? 옛 친구라고 무조건 옹호하려는 건 아니에요. 더군다나 그는 친한 척도 하지 않는걸요. 하지만 오래된 친구에 대해서는 확실하게 알 수 있는 게 있잖아요. 그런데 해롤드는 맹세컨대 여전히 그 사람이······."

"해롤드라면 맹세를 많이 할 것 같군요."

브라운 신부가 말했다.

갑작스러운 정적이 흘렀다. 잠시 후 그녀가 달라진 어조로 말했다.

"그 사람이 다른 일에 대해서도 맹세를 한다는 건 확실하죠. 해롤드 하커는 지금 막 제게 청혼했어요."

"아가씨를 축하해야 하나요, 아니면 그 친구를 축하해야 하나요?"

"그 사람보고 기다려야 한다고 말했어요. 그는 기다리는 데 능하지 않지요."

다시 한번 그녀에게는 어울리지 않는 장난기가 살짝 물결치는 듯했다.

"그 사람 말이, 내가 자기 이상이고 자기 낙원이고 기타 등등이라네요. 하커는 미국에서 살았어요. 그 사람이 달러에 대해 이야기할 때는 그 점을 떠올린 적이 없었는데, 이상에 대한 말을 들으니 그렇더군요."

브라운 신부는 아주 부드럽게 말했다.

"해롤드에 대해 결정을 내려야 하니까 로저에 대한 진실을 알고자 한 게로군요."

그녀는 경직되어 얼굴을 찌푸리더니, 동시에 돌연한 미소를 지으며 말했다.

"아, 너무 많은 걸 아시네요."

"아주 약간밖에 모른답니다. 특히나 이 일에 대해서는요. 누가 아버님을 죽였는지만 알고 있을 뿐."

신부가 엄숙하게 말했다.

그녀는 펄쩍 뛰어오르더니 하얗게 질린 얼굴로 그를 바라보았다. 브라운 신부는 얼굴을 찌푸리며 말을 이었다.

"처음에 범인을 알아내고는 일부러 바보처럼 굴었죠. 시체가 어디에서 발견되었냐는 질문을 듣고는 녹색 찌꺼기와 '그린 맨'에 대한 이야기를 계속 해대었죠."

신부는 새로이 결의를 다지듯 꼴사나운 우산을 움켜쥐고 일어서더니 위엄 있게 말했다.

"아가씨가 가진 이 모든 수수께끼에 열쇠가 될 만한 다른 문제가 있어요. 아직 말해주지는 않겠어요. 나쁜 소식이 될 테니까. 하지만 그건 아가씨가 생각하고 있던 것만큼 나쁜 소식은 아닙니다."

그는 코트 단추를 잠그고 정문 쪽으로 돌아섰다.

"그 룩 씨를 보러 가야겠군요. 하커 씨가 걷고 있는 모습을 봤다는 곳 근처 해변에 있는 오두막으로요. 거기 살고 있을 테지요."

신부는 해안 쪽으로 부산하게 걸음을 옮겼다.

올리브는 상상력이 풍부했다. 브라운 신부가 던져놓고 간 암시를 곰곰이 생각하며 가만히 있기에는 상상력이 너무 풍부했는지도 모른다. 신부는 그녀가 품고 있는 걱정을 완전히 안심시켜주지 않고 서둘러 가버렸다. 브라운 신부가 처음 깨달았을 때 받았다는 충격과, 연못과 그 선술집에 대해 남긴 말 사이의 신비스러운 연관성이 수백 가지 추한 것을 상징하며 그녀의 상상을 부추겼다. '그린 맨'은 기분 나쁜 잡초들을 질질 끌면서 달빛 아래를 걷는 유령이 되고, '그린 맨'의 간판은 교수대에 달린 듯 목 매달린 사람의 형체로 변했다. 호수는 죽은 선원들을 위한 어두운 물속 선술집으로 변했다.

브라운 신부는 거기에 만족하지 않고, 밤보다 더 신비로운 듯한 눈부신 햇살을 터뜨려 그 모든 악몽들을 뒤집어버리는 가장 빠른 방법을 선택했다.

해가 지기 전, 올리브의 세계를 다시 한번 완전히 뒤집어놓을 만한 무엇인가가 그녀의 삶에 돌아왔던 것이다. 갑작스럽게 주어지기 전까지는 자신이 갈망하고 있다는 사실조차 몰랐던 무엇인가. 꿈처럼, 오래되고도 친숙하면서도 또 이해할 수 없는 일이었다. 로저 룩이 모래사장을 가로질러 성큼성큼 걸어오고 있었고, 멀리 점으로밖에 보이지 않는 순간부터 그녀는 그가 변한 것을 알았으니 말이다. 그가 점점 가까이 다가오자 그녀는 그의 거무스름한 얼굴이 웃음과 환희로 생생하게 살아난 것을 보았다. 그는 한 번도 헤어진 적 없었던 사람처럼 곧장 그녀에게 다가와서 그녀의 어깨를 잡고 말했다.

"하느님 감사합니다, 이제 내가 당신을 돌볼 수 있어."

그녀는 자신이 뭐라고 대답했는지 알지 못했다. 하지만 왜 그렇게 변했고 왜 그렇게 행복해하는지 묻는, 다소 떨리는 자신의 목소리는 들었다.

그는 대답했다.

"행복하니까. 나쁜 소식을 들었거든."

관계된 사람들뿐만 아니라 별 관계가 없어 보이는 사람들까지도 공식적인 변호사의 유언장 발표를 듣기 위해, 그리고 그 다음이 더 유망하고 실용적인 부분이지만, 발표 후에 이어질 변호사의 충고를 듣고자 크레이븐 저택으로 통하는 정원 오솔길에 모여들었다. 유언장으로 무장한 희끗희끗한 머리카락의 변호사와 더불어, 범죄를 다룬다고 하는 점에서는 더 직접적인 권위로 무장한 경감이 있었으며, 룩 대위는 공공연히 숙녀를 수행하고 있었다.

어떤 사람은 껑충한 의사의 모습을 보고 어리둥절해했고, 어떤 사람은 짜리몽땅한 신부의 모습에 슬그머니 미소를 지었다. 날아다니는 머큐리*인 하커는 그들을 맞이하러 문으로 뛰어나갔다가, 그들을 잔디밭까지 안내한 다음 다시 리셉션을 준비하러 먼저 달려들어갔다. 그는 즉시 돌아오겠다고 했다. 활력이 넘치는 그를 본 사람들은 누구나 그 말을 수긍할 수 있었다. 어쨌든 일단 그들은 집 밖 잔디밭에 모였다.

대위가 말했다.

"크리켓 경기라도 뛸 사람 같군."

"저 젊은이는 자기가 하는 것만큼 법이 빨리 집행되지 않는 것에 짜증을 내더군요. 다행히도 크레이븐 양은 우리 일의 어려움과 늦어지는 것을 이해하고, 친절하게도 내 느려터진 행동을 여전히 신뢰하고 있다고 해주었지요."

변호사가 말하자 불쑥 의사가 끼어들었다.

"그의 재빠른 행동도 그렇게 신뢰할 수 있었으면 좋겠군요."

"아니, 무슨 말씀이십니까?"

룩이 눈썹을 꿈틀거리며 물었다.

"하커가 너무 빠르다는 말씀인가요?"

* Mercury. 그리스 신화에 나오는 헤르메스의 영어이름. 웅변가이며 상인과 도둑의 수호신이자 신들의 전령사이기도 하다.

스트레이커 박사는 특유의 애매한 태도로 말했다.

"너무 빠르고 너무 느리지요. 적어도 한 번 저 친구가 그렇게 재빠르지 않았던 적도 있잖습니까. 저 사람은 왜 한밤중까지 연못과 '그린 맨' 주위에 매달려 있었을까요? 경감님이 내려가서 시체를 찾기 전까지 말입니다. 왜 저 친구가 경감을 만났을까요? 왜 '그린 맨' 밖에서 경감을 만날 줄 예상했을까요?"

"이해가 안 가는군요. 하커가 사실을 말하지 않고 있다는 말씀이십니까?"

룩이 말했다.

스트레이커 박사는 침묵했다. 머리가 희끗희끗한 변호사는 사람 좋은 웃음을 터뜨렸다.

"저 젊은이에 대해서라면, 교활하고 기특하게도 내게 내 직분을 가르치려 들었던 것말고는 나쁘게 얘기할 것이 없소이다."

"사실 그는 나에게도 내 직업에 대해 가르치려 들었지요."

지금 막 무리에 끼어든 경감이 말했다.

"하지만 그건 중요하지 않습니다. 스트레이커 박사님이 그 말씀으로 뭔가를 암시하고 있다면 그건 문제가 되지요. 솔직하게 말씀해주십시오, 선생. 그렇다면 즉각 그를 힐문하는 것이 내 의무일 테니까."

"아, 저기 오는데요."

기민한 비서의 모습이 다시 현관에 나타나자 룩이 말했다.

"멈춰요!"

눈에 띄지 않게 조용히 행렬 끝에 머물러 있던 브라운 신부가 모두를 놀라게 했다. 그를 알고 있는 사람들은 특히 더 놀랐으리라. 브라운 신부가 잰걸음으로 앞에 나서더니, 하사관이 사병들을 정지시킬 때처럼 거의 위협적이라 할 수 있는 표정으로 모여 있는 사람들 앞에 딱 섰다.

그가 단호하게 말했다.

"모두에게 미안하지만, 내가 먼저 하커 씨를 만나야겠습니다. 나는 알고 있지만 다른 사람 누구도 모르리라 생각되는 어떤 일을 이야기할 거예요. 저 사람이 들어야 할 이야기요. 그래야 나중에 비극적인 오해를 피할 수 있을 겁니다."

"대체 무슨 소릴 하시는 겁니까?"

노 변호사 다이크가 물었다.

"나쁜 소식을 말하는 겁니다."

브라운 신부가 말했다.

"이거 보십쇼!"

경감이 분개해서 입을 열었다가, 문득 브라운 신부의 눈에서 예전에 겪은 기묘한 사건을 떠올리고 분을 누그러뜨렸다.

"신부님만 아니라면 이런 분수를 모르는 짓은……."

브라운 신부는 이미 듣지 않고 있었다.

그는 잠시 후 현관에서 하커와 어떤 심각한 대화에 들어가고 있었다. 그들은 함께 몇 걸음 걷다가 어두운 실내로 사라졌다. 그리고 10분 정도가 지난 후 브라운 신부 혼자 밖으로 나왔다.

놀랍게도, 정작 모두가 집 안으로 들어가고 있었는데도 그는 다시 들어갈 기미를 보이지 않았다. 그는 잎사귀에 덮인 정자 안, 삐걱이는 의자에 주저앉아, 사람들이 줄지어 현관 안으로 사라지는 동안 파이프에 불을 붙이더니 머리 위에 늘어진 들쭉날쭉한 이파리들을 멍하니 바라보며 새소리에 귀를 기울였다. 아무것도 하지 않는다는 것을 그보다 더 열렬히 지속적으로 즐기는 사람도 없을 것이다.

현관문이 다시 벌컥 열리고 둘, 아니 세 명이 허둥지둥 뛰쳐나와 그를 향해 달려올 때까지 신부는 연기 구름과 멍한 꿈 속에 잠겨 있었다. 제일 빨리 뛰어온 사람은 저택의 따님과 그녀의 젊은 숭배자 룩이었다. 그들의 얼굴은 놀라움에 빛나고 있었으며, 그들 뒤로 정원을 뒤흔드는 코끼리처럼 육중하게 달려오고 있는 번스 경감의 얼굴은 분노로 타오르고 있었다.

"이게 다 무슨 말이죠?"

올리브는 헐떡이며 멈춰 서서 외쳤다.

"그 사람이 없어졌어요!"

"튀었소!"

대위가 격하게 말했다.

"하커가 짐을 싸서 튀어버렸어요! 뒷문으로 나가서 정원 울 타리를 넘어 신만이 아실 곳으로 내뺐단 말입니다. 대체 뭐라 고 하신 겁니까?"

"바보처럼 굴지 말아요!"

올리브가 좀더 걱정스러운 표정으로 말했다.

"물론 신부님이 알아낸 사실을 말해줬으니까 가버린 거겠죠. 그가 그렇게 사악한 인간이라니 믿을 수가 없네요!"

경감이 헐떡이며 도중에 끼어들었다.

"지금 무슨 짓을 하신 겁니까? 절 이렇게 실망시키실 수가 있습니까?"

"글쎄, 내가 무슨 짓을 했는데?"

"살인자가 도망치게 놔주셨잖아요!"

번스는 조용한 정원에 뇌우가 내리치는 듯한 고함을 질렀다.

"살인자가 도망가는 걸 도와주셨단 말입니다! 전 바보처럼 신부님이 그 친구에게 경고하도록 내버려뒀구요. 이젠 멀리 달 아나버렸습니다."

"제가 몇 사람의 살인자를 도와줬던 건 사실입니다."

브라운 신부는 그렇게 말하고서, 주의깊게 덧붙였다.

"물론 그들이 살인을 저지르도록 도와준 게 아니라는 건 알겠지요."

올리브가 나섰다.

"하지만 내내 알고 계셨던 거죠. 처음부터 그 사람이 틀림없다고 생각하고 계셨어요. 그래서 시체를 찾은 일에 대해 당황하셨던 거구요. 부하들은 우리 아버지를 싫어했을 거라는 의사 선생님 말도 그런 뜻이었어요."

경관은 분노를 터뜨리며 말했다.

"제가 불만인 건, 신부님이 그때부터 그걸 알면서도……."

그와 동시에 올리브가 말했다.

"그때부터 살인자가 누군지 아셨으면서……."

브라운 신부는 엄숙하게 고개를 끄덕였다.

"맞아요. 그때부터 살인자가 다이크라는 걸 알고 있었지요."

"누구라고요?"

경감은 그 말을 되뇌이고 죽음 같은 침묵에 빠져들었다. 간 간이 들리는 새소리만이 그 정적을 깨뜨렸다.

브라운 신부는 초등학교 아이들에게 기초적인 문제를 설명하는 사람처럼 찬찬히 설명했다.

"다이크 변호사 말이에요. 유언을 읽기로 되어 있던 그 회색 머리 신사."

그가 주의깊게 파이프를 다시 채우고 성냥을 긋는 동안 모두가 석상처럼 굳어서 그를 바라보고 있었다. 마침내 번스가 초인적인 노력을 기울여, 목이 졸리는 것 같은 침묵을 깨고 목소리를 높였다.

"하지만, 도대체 왜요?"

"아, 왜냐고요?"

신부는 파이프를 뻐끔거리며 생각에 잠겨 몸을 일으켰다.

"왜 그랬냐…… 흠, 여러분에게, 혹은 여러분 중에 아직 모르시는 분에게 이 모든 사건의 핵심이 되는 사실을 말해줄 때가 된 것 같군요. 대단한 재난이자, 대단한 범죄이지요. 하지만 그 범죄라는 건 크레이븐 제독의 살해가 아니에요."

그는 올리브를 똑바로 응시하며 진지하게 말했다.

"몇 마디로만 간단히 나쁜 소식을 전하겠소. 아가씨는 그걸 받아들일 만큼 용감하고, 어쩌면 충분히 극복할 만큼 행복하니까 말이에요. 아가씨에겐 위대한 여인이 될 기회와, 내가 생각하기에는 그럴 만한 힘이 있어요. 하지만 대단한 상속녀는 아니지요."

침묵이 뒤따르고 그는 설명을 이어나갔다.

"유감스럽지만 아버님의 재산은 대부분 사라졌어요. 다이크라는 이름의 회색 머리 신사가 재정적으로 농간을 부려서 말이에요. 말하기 가슴 아프지만 그자는 사기꾼이에요. 크레이븐 제독은 그자가 협잡을 부렸다는 사실이 발설될까봐 살해당한 거죠. 제독이 파산했고 당신이 물려받을 재산이 없다는 사실이야말로 살인사건만이 아니라 이 일에 얽힌 다른 수수께끼 전부를 풀 수 있는 간단한 실마리죠."

그는 한두 번 파이프를 빨고 말을 이었다.

"난 룩 씨에게 아가씨가 물려받을 재산이 없다는 이야기를 했고 그는 바로 당신을 도우려 뛰어들었지요. 룩 씨는 정말이지 놀라운 사람입니다."

"아, 그만두십쇼."

룩은 달갑지 않다는 듯 말했다.

브라운 신부는 과학적인 차분함을 지니고 말했다.

"룩 씨는 괴물 같은 사람이에요. 시대착오자이며, 격세 유전의 산물이며, 석기 시대에서 살아남은 짐승이지요. 오늘날 완전히 사라지고 없는 고대의 미신을 얘기하라면, 아마도 자존심과 독립심에 대한 생각들이 떠오를 것입니다. 사라져버린 그 수많은 미신들을 생각하다보면 제 머릿속은 뒤죽박죽 엉망이 되어버리지만요. 그는 말하자면 멸종된 파충류 플레시오사우루스입니다. 그는 아내에게 기대 살고 싶지 않았고 돈 때문에 결혼했다는 소리도 듣기 싫었지요. 그래서 기괴한 방식으로 퉁명스러워질 수밖에 없었고, 내가 당신이 파산했다는 기쁜 소식을 가져다주자 활기를 되찾은 거예요. 자기가 아내를 위해 일하고 싶었지 아내에게 보살핌을 받기는 싫었거든요. 좀 신물나지 않소? 이제 좀 밝은 주제로 돌아갑시다. 하커 씨 말인데…….

하커 씨에게 당신이 물려받을 재산이 없다고 말해줬더니 그는 공황상태에 빠져 달아나버리더군요. 하커 씨에게 너무 엄하게 굴지는 맙시다. 그에게는 나쁜 열정만 있었던 것은 아니니까. 그런데 그걸 뒤섞어버린 거지요. 야심을 가진다고 나쁠 것은 없지만, 그는 야심을 가지고서 그걸 이상이라고 불렀어요. 예로부터 명예심은 사람들에게 성공을 의심하라고 가르쳤지요. 예컨대 '이건 이득이다. 그렇다면 미끼일지도 모른다'고 말예요. 새로이 등장한 아홉 배쯤 저주받을 엉터리 소리들은 돈을 버는 것과 성공하는 것이 동일하다는 식으로 가르치지요. 그게 그 친구의 문제였어요. 다른 면에서는 다 괜찮은 친구였는데…… 그 사람 같은 친구는 수없이 많아요. 별을 쳐다보는 것이나 세상에서 출세하는 것이나 다 '신분상승'이고, 가문이 좋은 아내와 결혼하는 것이나 부유한 아내와 결혼하는 것이나

다 '성공'인 거지요. 하지만 그는 파렴치한은 아니었어요. 그렇지 않았다면 그냥 돌아와서 당신을 버렸던가, 아니면 일할 때 그렇듯이 냉정하게 잘라버렸겠지요. 당신을 마주할 수가 없었던 거예요. 당신이 거기 있으면, 부서진 자기 이상의 반쪽도 남아 있는 거니까.

내가 제독에게 말한 건 아니에요. 하지만 누군가가 말해주었지요. 지난번의 장대한 선상 퍼레이드 중에 자신의 친구이자 집안의 변호사가 배신했다는 말이 그의 귀에 들어간 겁니다. 제독은 어찌나 화가 솟구쳤든지 평소 같으면 절대 하지 않았을 짓을 했지요. 해군 모자를 쓰고 금줄을 단 채로 곧장 범죄자를 잡으러 해안으로 내려갔지요. 그는 경찰서에 전보를 쳤고, 그래서 경감은 '그린 맨' 주변을 서성이고 있었어요. 룩 대위는 그 집안에 무슨 문제가 있지 않나 의심하며, 혹시 자기가 도움이 될지도 모른다는 희망을 품고 제독을 좇아 해변까지 갔어요. 그걸로 주저하던 그의 행동이 설명되겠지요. 뒤처져서 혼자라고 생각했을 때 칼을 뽑은 일에 대해서는, 그건 상상력의 문젭니다. 그는 칼을 뽑아들고 바다로 뛰쳐나갈 꿈을 꾸는 낭만적인 사람이지요. 그런데 해군에서는 삼 년에 한 번 정도를 빼고는 칼을 찰 수도 없다는 것을 알게 되었고…… 그러니까 그는 그때 모래사장에 혼자 있다고 생각하고 아이처럼 장난을

친 거요. 그걸 이해 못 하겠다면 이렇게만 말하죠. 스티븐슨*이 말했듯이, '넌 절대 해적이 되지 못할 거다'라고. 또한 시인도 되지 못할 것이며, 소년이었던 적도 없다고 말이에요."

"전 소년이었던 적은 없지만 이해는 할 것 같은데요."

올리브가 침착하게 대꾸했다.

신부는 생각에 잠겨 이야기를 계속했다.

"사람들은 대개 칼이나 단검처럼 생긴 물건을 가지고 손장난을 치지요. 봉투를 뜯을 때 쓰는 종이칼이라도요. 그래서 난 변호사가 그러지 않았을 때 이상하다고 생각했어요."

"무슨 말씀이십니까? 그러지 않다뇨?"

번스가 물었다.

"왜, 사무실에서 처음 만났을 때 말이오. 변호사 양반이 종이칼이 아니라 펜을 가지고 놀고 있는 거 못 봤나요? 딱 스틸레토같이 생긴 아름다운 강철 종이칼이 있었는데도 말이에요. 펜은 지저분한데다가 잉크가 튀어 있었지만, 그 칼은 깨끗하게 닦인 상태였죠. 그런데도 그는 그 칼을 가지고 놀지 않았어요. 얄궂지만 암살자에게는 한계가 있는 법입니다."

잠시 침묵이 흐른 후, 경감은 꿈에서 깨어난 사람처럼 말했다.

---

* Stevenson, Robert Louis(1850~1894). 『보물섬』의 저자.

"보십쇼……제가 똑바로 서 있는 건지 물구나무를 선 건지 모르겠습니다. 신부님은 결말을 지었다고 생각하시는지 모르겠지만 전 시작부터 이해가 안 갑니다. 대체 어디서부터 변호사를 의심하신 겁니까? 대체 뭘 가지고 그런 쪽으로 생각을 하신 거예요?"

브라운 신부는 기쁜 기색 없이 무뚝뚝하게 웃었다.

"살인자는 처음부터 헛발을 디뎠습니다. 나말고 아무도 알아차리지 못했다니 유감입니다. 당신이 그 소식을 변호사 사무실에 가져왔을 때, 그 자리에 있던 사람들은 제독이 집에 돌아올 예정이라는 것을 빼면 아무것도 모르고 있던 때였죠. 그런데 제독이 익사했다고 하자 나는 언제 일어난 일이냐고 물었고 다이크 씨는 어디에서 시체가 발견되었느냐고 물었소."

그는 잠깐 말을 멈추고 파이프를 털어낸 다음 생각에 잠겨 말을 이었다.

"바다에서 집으로 돌아오던 뱃사람이 익사했다고 하면 바다에 빠져 죽은 걸로 생각하는 게 자연스러운 이치이지요. 파도에 휩쓸려갔든, 아니면 배와 함께 가라앉았든, 그것도 아니면 몸이 심해에 남겨졌든 간에. 그런데 곧바로 변호사가 시체를 어디에서 찾았냐고 물어본 순간, 저 사람이 시체가 나온 곳이 어디인지 아는구나 확신했습니다. 자기가 그곳에 넣었을 테니까요. 살인자 외에는 아무도, 뱃사람이 바다에서 몇백 미터밖에 떨어지지 않은 육지의 연못 속에 빠져 죽었으리라는 것은 상상하기도 어렵지요. 그래서 그때 저는 갑자기 구역질을 느끼고 얼굴이 파랗게 질린 겁니다. 감히 말하자면 '그린 맨'처럼 퍼렇게 질렸지요. 살인자 옆에 앉아 있다는 사실에는 그렇게 아무렇지도 않게 익숙해질 수가 없었습니다. 그래서 우화를 끄집어내어 주의를 돌렸지요. 하지만 그 이야기에도 결국 의미가 있긴 했어. 시체가 녹색 찌꺼기에 덮여 있다니, 그건 해초였어야 마땅하다고 말했었죠."

다행히도 비극은 결코 희극을 말살시키지 못하며, 희비극은 엇갈리게 마련이다. 경감이 윌리스, 하드맨과 다이크 법인의 유일한 현역 파트너를 체포하려고 집 안에 들어선 순간 장본인이 스스로 머리에 총을 쏘아버리고 말았다. 바로 그 시간, 올리브와 로저는 어린 시절 함께 그랬듯 해 질 녘의 모래사장을 가로지르며 서로의 이름을 부르고 있었다.

마을의 흡혈귀

그는 사라지지 않았어! 맬트라버스는

절대로 사라지지 않았다고! 나타났지.

그는 죽어서 나타났고 난 살아서 나타났어.

그런데 나머지 친구들은 다 어디 있지?

그놈, 그 괴물, 고의로 내 대사를 가로채고

내 최고의 장면을 망쳐놓고 내 경력을 무너뜨린

그놈은 어딨어?

집들이 옹기종기 모여 있는 작은 마을 포터스 폰드는 언덕배기에 피라미드처럼 우뚝 서 있는 포플러나무 두 그루 덕에 한층 더 작아 보였다. 오솔길이 구부러지는 곳에 상당히 눈에 띄는 옷차림을 한 남자가 걸어가고 있었다. 그는 눈에 확 들어오는 진홍색 코트를 입고 있었다. 흰 모자에 테두리라도 친 듯 비져나온 근사한 검은 곱슬머리는 바이런식 구레나룻으로 마무리하고 있었다.

그 사람이 왜 그렇게 별나고 고색창연한 차림새로 거드름피우며 걷고 있었는가 하는 의문은 그의 운명에 얽힌 미스터리를 풀어나가면서 해결될 많은 수수께끼들 중 하나일 뿐이다. 여기에서 중요한 것은 그가 포플러나무 사이를 지나가던 중에 사라져버렸다는 점이다. 마치 어슴푸레한 새벽 속으로 녹아들어갔거나 아침 바람에 쓸려가버린 것처럼 말이다.

그로부터 채 일주일도 지나지 않아, 언덕에서 400미터쯤 떨어진 곳에서 그의 시체가 발견되었다. 시체는 그냥 그레인지라고만 불리는, 덧문을 다 내린 황량한 집 쪽으로 이어진 계단식 암석 정원에 있었다.

우연히도 지나가던 사람들이 그 남자가 사라지기 직전에 있었던 말다툼 소리를 들었다고 했으며, 특히 그가 이 마을을 '시시껄렁한 촌구석'이라고 매도했다는 말이 나왔다. 덕분에 그는 누군가의 극단적인 애향심을 건드려서 희생된 것으로 여겨졌다. 그 지역 의사는 적어도 곤봉 같은 것으로 내려친 탓에 머리가 깨져서 죽었을 가능성이 있다는 소견을 내놓았으며, 이는 야만적인 시골뜨기가 공격했을 거란 추측에 잘 맞아떨어졌다. 하지만 아무도 그 특정 시골뜨기를 찾아낼 수 없었다. 결국 배심은 알 수 없는 사람에 의한 살인사건이라는 판결을 내렸다.

1, 2년 후 이 사건은 기묘한 방식으로 재개되었다. 가무잡잡하고 둥글둥글한 몸과 자줏빛을 띤 안색을 넌지시 가리켜 친구들이 멀베리라 부르는 멀버러 의사는, 그런 류의 문제를 종종 상의해온 친구와 함께 기차를 타고 포터스 폰드로 향하고 있었다. 둥글고 육중한 외관과는 달리 의사의 눈매는 명민했으

며, 명철한 감각의 소유자였다. 오래 전 독살사건으로 알게 된 작달막한 신부 브라운과 상의하기로 한 것만 보아도 그렇다. 자그마한 신부는 배움에 열중해 있는 끈기 있는 어린아이 같은 태도로 맞은편에 앉아 있었고, 의사는 이 여행의 진짜 이유에 대해 설명을 늘어놓고 있었다.

"포터스 폰드가 시시껄렁한 촌구석이라는 그 진홍색 코트의 말에는 동의할 수 없습니다. 물론 현대 문명과 아주 동떨어진, 격리된 마을이기는 하지만요. 그래서 백 년쯤 전의 옛날 마을처럼 괴상해 보이기도 합니다. 노처녀들은 진짜 실 잣는 여자들*이라구요. 젠장, 그 사람들이 실 잣는 모습을 본다고 생각해 보세요. 숙녀들도 그냥 숙녀가 아니랍니다. 귀부인이에요. 게다가 약제사는 단순한 조제사가 아니라 처방을 내리는 약사구요. 그 사람들은 나 같은 보통 의사는 약제사를 도와주는 사람쯤으로 받아들인다니깐요. 나는 쉰일곱 살밖에 안 된데다가 그지방에서 이십팔 년밖에 안 살았으니 미숙한 신출내기 정도로 여길 수밖에요. 변호사 양반은 마치 이천팔백 년 동안 그 일을 해온 것 같아 보이지요. 또, 노(老) 제독도 한 사람 있는데 이 사람은 딱 찰스 디킨스 소설 속에 나오는 인물 같아요. 온 집안

---

* 원래 중세 영국에서는 결혼하지 않은 여자들이 실을 자아야 했고 노처녀라는 말의 어원도 여기에 있다.

을 단검과 오징어로 가득 채우고 망원경을 설치해두었지요."

브라운 신부가 말했다.

"은퇴해서 해변에 사는 제독이라면야 많이 있겠지만, 왜 그렇게 멀리 떨어진 내륙에 좌초해 있는지 이해가 안 가는군요."

"이런 사람들이 있어야 내륙 깊숙이 자리한 단조로운 고장이 완벽해지지 않겠습니까. 물론 딱 어울리는 성직자 양반도 있습니다. 토리당에 고교회파*인 로드 추기경** 시대까지 거슬러올라갈 것처럼 고루한 분이지요. 노처녀들보다도 더 노처녀다운 데가 있습니다. 머리가 하얗게 센 학구적인 노친네로, 노처녀들보다 더 충격을 잘 받는답니다. 사실 원칙적으로 청교도인 귀부인들은 때로 너무 솔직하게 말을 하거든요. 진짜 청교도답게 말입니다. 한두 번 정도 카스테어스 케루 양이 성서에 나오는 것만큼이나 적나라한 표현을 사용하는 것을 들었습니다. 나이 드신 성직자는 성서를 꼼꼼하게 읽는 양반이지만 그런 대목이 나오면 아마 눈을 감아버릴걸요. 글쎄, 신부님은 내가 특별히 현대적이지 않다는 것을 아시지요. 난 활기찬 젊은 것들의 허풍과 분방한 행동을 즐기지 않……."

* High Church. 영국 국교회 중에서 교회의 권위와 의식, 성찬을 중시하는 일파.
** Laud, William(1573~1645). 캔터베리 대주교.

"그 활기찬 젊은것들은 그걸 즐기지 않지요. 정말 비극입니다."

브라운 신부가 중얼거리자 의사는 말을 이었다.

"이 선사시대 마을 사람들에 비하면 그나마 나는 세상과 접촉을 하는 편이랍니다. 오죽하면 대단한 스캔들이 터졌는데 그걸 환영할 지경에 이르렀겠습니까."

"스캔들이라니, 그 활기찬 젊은것들이 마침내 포터스 폰드를 찾아냈다는 건 아니겠지요."

신부가 미소지으며 말했다.

"아, 우리 마을은 스캔들조차도 고풍스러운 멜로드라마를 따라간답니다. 그 성직자의 아들이 문젯거리가 될 줄 짐작이나 했을까요? 성직자의 아들이 보통 사람이었다면 그런 추측은 부적절한 것이었겠지요. 내가 본 바에 따르면 그는 살짝, 아주 시시하게 난잡한 정도지요. 처음에는 '푸른 사자' 주점 밖에서 맥주를 마시는 모습이 목격되었습니다. 그는 시인인데, 시인이라는 건 그런 면에서 난봉꾼의 사촌쯤 되는 거 아니겠습니까."

"아무리 포터스 폰드라도 그게 대사건이 되는 건 아니겠지요."

"아무렴요."

의사는 음울하게 대꾸했다.

"대추문의 시작은 지금부터입니다. 과수원 끝에 위치한 집에 홀몸인 숙녀가 하나 살고 있었습니다. 스스로 자신을 맬트라버스 부인이라 칭했지요, 고작해야 일이 년 전에 왔을 뿐이어서 아무도 그녀에 대해 아는 바가 없었습니다.

'왜 그 부인이 여기에 살고자 하는지 알 수가 없어요. 우린 부인을 방문하지 않는답니다.' 카스테어스 케루 양은 이렇게 말하더군요."

"그래서 거기 살고자 하는 건지도 모르겠군요."

"글쎄, 사람들은 맬트라버스 부인이 두문불출하는 것을 의심스러워하고 있었습니다. 외모도 출중한데다가 옷맵시까지 좋다는 사실이 사람들 눈에 거슬렸겠지요. 청년들은 부인이 흡혈귀일지도 모르니 멀리 하란 경고도 받았답니다."

"자비심을 잃은 사람들은 상식적인 논리도 잃고 말지요. 부인이 자기 정체성을 유지한다고 해서 불평한다는 건 좀 우습지 않나요. 게다가 모든 남성의 피를 빨아먹는 사악한 존재로 매도까지 당하다니요."

"맞는 말입니다. 하지만 맬트라버스 부인이 정말로 묘한 사람이기는 합니다. 내가 직접 봤는데 정말 흥미롭더군요. 뭐랄까, 키가 크고 우아하면서 아름답게 못생긴, 피부가 가무잡잡한 그런 부류의 여자였습니다. 무슨 말인지 이해하시나요? 부인이 재기가 넘치고 젊은데도 그 뭐랄까, 경험이라고 할 만한 것이 있다는 인상을 주더군요. 노부인들의 과거라고 부르는 그런 것 말입니다."

"노부인들이 다들 갓 태어난 아기처럼 순진한가 보군요. 그러니까 부인이 교구목사의 아들을 홀렸다는 얘긴가요."

"맞습니다, 가엾은 늙은 목사에게는 끔찍한 문젯거리인 모양입니다. 부인은 과부처럼 보이니까요."

브라운 신부는 그답지않게 버럭 성을 내며 얼굴을 찡그렸다.

"맬트라버스 부인은 과부로 보이겠지요. 목사의 아들이 목사의 아들로 보이고, 변호사 양반을 변호사인 것으로 추측하고, 선생이 의사인 듯싶은 것과 마찬가지로. 도대체 미망인이면 안될 이유가 있나요? 부인이 말한 자기 신분을 의심할 만한 표면적 증거라도 있나요?"

멀버러 박사는 돌연 떡 벌어진 어깨를 펴며 자세를 바로 했다.

"그것 역시 신부님 말씀이 옳습니다. 하지만 아직 얘기는 스캔들까지 도달하지 못했습니다. 뭐랄까, 그 스캔들이라는 게 부인이 미망인이라는 사실이거든요."

"아……."

브라운 신부의 얼굴이 변하더니 '신이시여!' 비슷한 말을 들
릴락말락하게 내뱉었다.

"우선 그들은 맬트라버스 부인에 대해 한 가지 사실을 알아
냈습니다. 부인은 여배우랍니다."

"그럴 거라고 생각했습니다. 이유는 신경쓰지 마십시오. 나
는 다른 것도 짐작했지만, 그건 더 상관없는 얘기일 듯하군요."

"뭐, 일단은 부인이 배우라는 것만으로도 충분한 스캔들감이
었지요. 친애하는 늙은 목사 양반은 물론 비탄에 빠졌습니다.
자신의 순진무구한 후계자가 여배우와 불장난 때문에 무덤에
라도 들어갈 거라고 생각했나 봅니다. 노처녀들은 일제히 째진
소리를 질러댔지요. 제독은 자기도 시내에 있는 극장에 몇 번
가봤다는 사실은 시인하지만, 소위 '우리들 중에' 그런 것을 받
아들이는 데에는 반대합니다. 물론 나는 그런 면에 특별한 반
대는 하지 않았습니다. 이 여배우는 틀림없는 숙녀니까요. 뭐
소네트에 나오는 '다크 레이디' 같은 면도 좀 있기는 하지만 어
쨌든 숙녀입니다. 그 청년은 부인에게 푹 빠져 있고, 나야 소위
'해자에 둘러싸인 그레인지 성' 주변을 슬금슬금 엿보고 다니
는 빗나간 젊은이에게 몰래 동정을 보내는 감상적인 늙은 바
보일 뿐이지요. 갑자기 벼락이 떨어지기 전까지만 해도 난 이
목가시에 전원적인 기분까지 느끼고 있었거든요. 그런데 이 사

람들에게 동정심을 지녔던 유일한 사람인 내가 파멸의 사자로 파견되다니요."

"무엇 때문에 파견되었다는 건가요?"

"맬트라버스 부인은 그냥 미망인이 아니라, 맬트라버스 씨의 미망인입니다."

의사는 신음하듯 대답했다.

"그렇게 말하니 뭐 대단히 충격적인 거라도 발견한 것 같군요."

신부는 진지하게 수긍했고, 그의 의사 친구는 계속해서 말했다.

"맬트라버스 씨는 사오 년 전 이 마을에서 살해된 바로 그 남자란 말이지요. 무지한 촌사람들에게 머리를 얻어맞아 죽은 것으로 추정된 바로 그 사람입니다."

"당신에게 들은 기억이 나는군요. 어떤 의사 양반인지가 곤봉으로 머리를 맞아 죽은 것 같다고 말했지요."

멀버러 박사는 당혹스러운 듯 얼굴을 찌푸린 채 잠시 입을 다물고 있다가, 무뚝뚝하게 말했다.

"개는 개를 잡아먹지 않고 의사는 같은 의사를 물지 않는 법입니다. 아무리 형편없는 의사라고 해도 말이지요. 저도 피할 수만 있다면 포터스 폰드에 있었던 전임자를 비난할 생각도 하지 말아야 마땅하지만, 신부님은 입이 무거운 사람이니 괜찮 겠지요. 자신 있게 말하건대 내 전임자는 형편없는 머저리였습 니다. 주정뱅이 돌팔이였고 무능력 그 자체였지요. 주 경찰청 장은 내게 공술서와 검시 보고서 등을 조사해달라고 했습니다. 내가 그 마을에 들어간 거야 최근 일이지만 이 지역에서는 오 래 살아왔으니까 말이지요. 의문의 여지가 없습니다. 맬트라버 스 씨가 머리를 얻어맞았을 가능성은 있습니다. 그는 마을을 지나가던 떠돌이 배우였고, 포터스 폰드 사람들이라면 그런 작 자는 머리를 얻어맞는 것도 당연하다고 생각할 법도 하지요. 하지만 누가 그 사람 머리를 내리쳤든 간에, 그 사람이 그를 죽 이지는 않았다는 게 문제지요. 서술된 바대로의 상처라면 몇 시간쯤 기절은 시켰을지 몰라도 죽이는 것은 불가능했거든요. 그 뒤에 나는 다른 요소들을 몇 가지 발견해냈는데, 그 결과가 상당히 암울했습니다."

그는 침울하게 앉아 창 밖으로 스쳐 지나가는 풍경을 내다 보다가, 한층 더 퉁명스럽게 말했다.

"내가 여기까지 내려와서 신부님의 도움을 청한 것은, 묘지 발굴이 있을 예정이기 때문입니다. 독살 혐의가 상당히 짙거든 요."

"자 이제 역에 다 왔군요. 박사님은 그 가엾은 남자가 독살당했다면 혐의는 자연스럽게 부인에게 돌아간다고 생각하는 모양이군요."

브라운 신부가 쾌활하게 말했다.

"글쎄요, 이곳에 그 외에는 그 사람과 특별한 관련이 있었던 사람이 없는 것 같으니까요."

멀버러는 열차에서 내리면서 대꾸했다.

"그 사람의 옛 친구라는 타락한 배우 한 사람이 주변을 맴돌고 있기는 하지만, 경찰과 지역 변호사는 그자가 정신나간 참견꾼일 뿐이라고 확신하고 있는 것 같습니다. 그자는 예전에 자기 적이었던 어느 배우와의 싸움에 대해 강박관념을 가지고 있거든요. 물론 그 적수란 맬트라버스 씨가 아닙니다. 종잡을 수 없는 우연일 뿐, 독살과는 아무 관계가 없다고 해야겠지요."

브라운 신부는 이야기를 전부 들었다. 하지만 그는 이야기 속의 인물들을 실제로 알기 전까지는 이야기를 안다고 할 수 없음을 잘 알고 있었다.

신부는 다음 이삼 일간 이런저런 정중한 핑계를 대고 돌아다니며 드라마의 주연배우들을 방문했다. 신비스러운 미망인과의 첫 대담은 짧지만 전도가 밝은 것이었다. 그는 그 대담에서 적어도 두 가지 사실을 끌어냈다. 하나는 맬트라버스 부인이 때로 빅토리아식 마을에서는 냉소적이라고 부를 법한 말투로 이야기한다는 것, 두번째는 대개의 여배우들과 달리 그녀가 그의 종파, 즉 가톨릭 교회에 속해 있다는 사실이었다.

신부는 이 사실 하나만 가지고 부인이 결백하다고 생각할 만큼 비논리적이지는, 또한 그렇게 비정통적이지도 않았다. 그는 자신이 속해 있는 오래된 종파에 내로라 하는 독살자가 몇 사람 있었음을 잘 알고 있었다. 그러나 이런 경우에 그는 별로 어렵지 않게 그것을, 청교도들은 방종으로, 교구의 구식 잉글랜드 바보들에게는 세계주의로 보일 법한 지적 자유와 연계해서 이해할 수 있었다. 어쨌든 좋은 쪽으로든 나쁜 쪽으로든, 부인은 상당한 가치가 있었다. 그녀의 갈색 눈은 전투적이라 해도 좋을 정도로 당찼고, 유머러스하고 환한, 수수께끼 같은 미소는 목사의 아들을 건드린 목적이 무엇이건 간에 상당히 깊은 곳에 뿌리를 내리고 있음을 시사해주었다.

온 마을이 스캔들에 휩싸인 와중에 '푸른 사자' 주점 밖 벤치에서 만나본 목사의 시인 아들은 뿌루퉁함 그 자체라는 인상을 주었다. 사무엘 호너 목사의 아들 휴렐 호너는 옅은 회색 양복에 약간 예술적인 끼가 엿보이는 연녹색 넥타이를 맨 건장한 젊은이로, 갈기처럼 흩어진 다갈색 머리카락과 늘상 찌푸린 표정이 유난히 두드러졌다.

브라운 신부에게는 사람들이, 왜 한마디도 하기 싫은지에 대해 길게 설명하도록 만드는 수완이 있었다. 청년은 남의 험담을 일삼는 마을 사람들에 대해 기탄없이 욕설을 뱉기 시작했다. 심지어 거기에 자신이 직접 사소한 추문을 덧붙이기도 했다. 그는 청교도인 카스테어스 케루 양과 변호사 카버 사이에 있었던 옛날 연애담에 대해 통렬하게 빈정거리며, 그 법조인이 맬트라버스 부인과 어떻게든 친해져보려고 했었다는 비난도 서슴지 않았다. 그러나 정작 아버지에 대해 이야기하게 되자 그는 체면 때문인지 아니면 효심 탓인지, 그것도 아니면 너무 화가 나서 말을 제대로 할 수가 없어서였는지 몇 마디만 하고 말았다.

"그렇죠 뭐. 아버지는 낮이고 밤이고 그 사람을 겉치레한 사기꾼이라고 비난해요. 금발 염색을 한 술집 종업원쯤으로 말씀하시죠. 전 그 사람은 그런 여자가 아니라고 말씀드렸어요. 신부님도 만나보셨으니 아시겠죠. 하지만 아버지는 만나보려고도 하지 않아요. 거리에서 보는 것도, 심지어는 창 밖으로 내다보는 것조차 안 하시겠대요. 여배우라는 건 아버지의 집은 물론이고 독실한 자신의 존재까지 오염시킨다는 겁니다. 누가 청교도라고 하면 그렇게 불러줘서 뿌듯하다고 하실걸요."

"댁의 부친에게는 자기 의견을 존중받을 만한 권리가 있지요. 어떤 견해든 말이지요. 내가 잘 이해할 수 있는 견해는 아니지만…… 하지만 본 적도 없는 숙녀에 대해 결론을 내리고 그 결정이 옳은지 확인하기 위해 한번 보는 것까지 거부하다니 심하군요. 비논리적이에요."

"그게 아버지의 가장 완고한 점이죠. 절대 안 된답니다. 물론 아버진 그 외에 저의 연극 취향에 대해서도 불호령을 내리셨어요."

브라운 신부는 잽싸게 새로운 이야기를 따라가며 알고 싶었던 부분을 많이 알아냈다. 그 젊은이의 인격상 오점이라 할 수 있는 시에 대해 말하자면, 그는 거의 전적으로 극시만 썼다. 운문으로 비극을 몇 편 써서 좋은 평가를 받은 것이다. 그는 단순히 무대에 늘어붙어 있는 바보가 아니었다. 사실 전혀 바보라고 할 수 없었다. 그는 셰익스피어를 연기하는 데 대해서도 정말 독창적인 생각을 가지고 있었다. 그레인지 저택의 눈부신 숙녀를 찾아내고 그렇게 기뻐하고 감탄한 것도 이해할 만했다. 포터스 폰드 마을의 반역자는 브라운 신부가 보여주는 지적 공감에도 금세 말랑말랑해졌다. 헤어질 때쯤 얼굴에 미소가 떠올라 있을 정도였다.

브라운 신부가 문득 이 젊은이가 참으로 비참한 상태에 있다는 것을 깨닫게 된 것도 바로 그 미소 탓이었다. 얼굴을 찌푸리고 있는 동안에는 그저 부루퉁해 있는 것뿐일 수도 있었다.

하지만 미소는 진정한 비탄을 드러내 보이고 말았다.

시인과의 대담에서 있었던 무엇인가가 계속 신부의 머릿속을 떠나지 않았다. 내적인 본능으로 그는, 저 튼튼한 젊은이가 진정한 사랑에 이르는 길을 가로막는 인습적인 부모에 대한 판에 박힌 이야기보다 훨씬 거대한 어떤 비탄으로 인해 안에서부터 좀먹어들어가 있다는 것을 알 수 있었다. 달리 마땅한 이유가 없는 게 더욱 이상했다. 그 청년은 이미 문학적으로나 연극적으로 성공을 거두었고, 그의 저작은 붐을 일으켰다고 해도 좋을 정도였다. 술을 마시거나 재산을 탕진하지도 않았다. '푸른 사자'에서 보여준 악명 높은 반항이라는 것도 가벼운 맥주 한잔 마신 것에 지나지 않았으며, 돈을 쓰는 데도 조심스러워 보였다. 브라운 신부는, 휴렐이 번 돈은 많고 쓰는 돈은 적다는 데 얽힐 만한 복잡한 문제가 또 있을지 생각해보았다. 그의 이마가 어두워졌다.

다음에 방문한 카스테어스 케루 양과의 대화는 목사의 아들을 가장 음울하게 묘사했다고 할 만한 것이었다. 그가 보기에는 그 젊은이가 저질렀을 성싶지 않은 온갖 악덕에 대한 비난으로 점철된 대화가 진행되는 동안, 브라운 신부는 그것을 청교도주의와 가십 사이의 통속적인 결합 탓으로 돌릴 수밖에 없었다. 숙녀분은 거만하면서도 상당히 우아했고, 방문객이 일반적인 도덕과 예절의 타락에 대한 장광설에서 벗어나려고 하기 전에 모든 이의 제일 나이 많은 대고모님 같은 태도로 포트와인 한 잔과 시드 케이크 한 조각을 내밀었다.

다음으로 방문한 곳은 아주 상반된 곳이었다. 신부는, 케루양은 따라갈 생각조차 하지 않을 어둡고 지저분한 골목길 아래로 들어갔다. 그리고는 다락방에서 울리는 높은 낭독조의 목소리 탓에 한층 시끄러운 공동주택 안으로 들어갔다. 곧, 그는 멍한 표정으로 다시 나타나서, 한 남자 뒤를 쫓아 건물 밖 포장도로로 향했다. 그 남자는 푸르스름한 턱에 암녹색으로 바랜 검정 프록코트를 입고 흥분해서 따져묻는 것처럼 고함을 쳐댔다.

"그는 사라지지 않았어! 맬트라버스는 절대로 사라지지 않았다고! 나타났지. 그는 죽어서 나타났고 난 살아서 나타났어. 그런데 나머지 친구들은 다 어디 있지? 그놈, 그 괴물, 고의로 내 대사를 가로채고 내 최고의 장면을 망쳐놓고 내 경력을 무뜨린 그놈은 어딨어? 난 무대 위를 뛴 중에 가장 훌륭한 튜발*이었지. 놈은 샤일록을 연기했어. 원래 악독한 놈이니 그다지 연기를 할 필요도 없었지! 내 모든 경력에 있어 가장 큰 기회

---

* 셰익스피어의 희곡 『베니스의 상인』에 나오는 유대인 고리대금업자 샤일록의 친구.

때도 그랬어. 내가 포틴브라스*를 연기했을 때 신문에 난 기사를 오려놓은 것도 보여줄 수……."

"더할 나위 없이 근사했겠지요."

자그마한 신부는 숨을 헐떡이며 말했다.

"맬트라버스 씨가 죽기 전에 동료들이 마을을 떠났다는 건 이해했습니다. 됐어요. 됐어."

신부는 서둘러 다시 큰길로 내려가기 시작했다. 그 뒤에서 어떻게 막아볼 수 없는 웅변가는 계속 말했다.

"그놈은 폴로니우스**를 하기로 되어 있었지."

그 순간 브라운 신부의 걸음이 딱 멈췄다. 그는 느릿느릿 말했다.

"그가 폴로니우스를 하기로 되어 있었다……."

배우는 소리를 높였다.

"그놈의 악당 핸킨! 그놈의 자취를 찾아. 지구 끝까지라도 그놈을 따라가! 물론 마을을 떠났겠지. 그랬을 거야. 그놈을 쫓아가…… 그놈을 찾아내. 그리고……."

하지만 신부는 이미 다시 서둘러 큰길로 내려가고 있었다.

이 멜로드라마적인 장면 다음으로는 더 지루하지만 아마 더

* 셰익스피어의 희곡 『햄릿』의 등장인물로 햄릿의 친구.
**『햄릿』의 등장인물로, 오필리아의 아버지.

실제적일 수 있는 면담 두 건을 했다. 우선 신부는 은행에 들어가서 10분 정도 지배인과 밀담을 나누었다. 그런 다음에는 온화한 노 목사를 방문했다. 이곳은 변하지도 않고 변할 수도 없을 듯했다. 벽에 걸린 기다란 그리스도 수난상, 서가에 놓인 커다란 성경책, 안식일을 지키지 않는 사람들이 늘어가는 것에 대한 한탄으로 시작하는 대화에 이르기까지, 모든 부분에서 한층 금욕적인 전통에서 나온 신앙심의 흔적이 역력했다. 하지만 점잔 빼는 분위기가 드러나 있는 그 모든 요소에는 약간은 세련된 장식과 낡기는 했어도 사치스러운 느낌이 없지 않았다.

목사도 손님에게 포트 와인 한 잔을 내놓았지만, 시드 케이크 대신 고풍스러운 영국식 비스킷을 곁들였다. 브라운 신부는 다시 한번 모든 것이 지나치리만큼 완벽하다는, 마치 한 세기 전에 살고 있는 것 같은 기묘한 느낌을 받았다. 온화한 노 목사는 오직 한 가지 부분에서만 더이상 온후하지 못했다. 그는 부드럽지만 단호하게, 자신의 도덕심이 무대의 딴따라 따위와 만나는 것을 허락치 않는다는 자세를 고수했다. 그러나 브라운 신부는 별말 없이 고맙다는 표정으로 와인 잔을 내려놓고, 약속한 친구를 만나러 큰 길 모퉁이로 나갔을 뿐이었다. 그곳에서 그들은 함께 변호사 카버의 사무실로 향했다.

"따분하게 한 바퀴 돌아봤으니 이 마을이 아주 지루하다는 사실을 알았겠지요."

의사가 말을 꺼냈다.

"당신이 사는 마을을 지루하다고 하지 마세요. 단언하건대 여긴 굉장히 별난 마을입니다."

브라운 신부의 답변은 날카로웠다.

"내가 보기에는 이 마을에서 일어난 별난 일이라곤 내가 다루고 있는 일 하나뿐일걸요. 게다가 그것도 외부인에게 일어난 일이고 말입니다. 어젯밤에 조용히 무덤을 열어본 걸 얘기하겠습니다. 오늘 아침 내가 해부를 집도했습니다. 간단히 말해서 우린 독약에 절은 시체를 파냈다고 할 수 있습니다."

"독에 절은 시체라……."

브라운 신부는 멍하니 그 말을 되풀이했다.

"나를 믿으세요. 이 마을에는 그보다 훨씬 괴상한 것이 있습니다."

돌연 침묵이 흐르고, 뒤따라 그만큼이나 갑작스럽게, 변호사 건물 현관에 있는 고풍스러운 초인종이 울렸다. 그들은 곧 변호사가 있는 방으로 들어갔다. 변호사는, 얼굴이 노랗고 흉터가 있는 제독으로 보이는 백발 남자와 자신을 소개했다.

이때까지 자그마한 신부도 이 마을의 분위기에 자기도 모르게 젖어 있었지만, 그 상태에서도 그는 그 변호사가 정말로 카스테어스 케루 양 같은 사람들이 조언을 구할 만한 변호사라는 사실을 자각했다. 그는 예스러운 노친네였지만 구시대의 화석이라고만은 할 수 없는 무엇인가가 있어 보였다. 배경이 너무나 한결같아서일지도 모른다. 신부는 다시 한번, 그 변호사가 20세기 초까지 살아남았다기보다는 자신이 19세기 초로 되돌아간 듯한 기묘한 느낌을 받았다. 긴 턱이 묻히자 그의 칼라와 넥타이도 그럭저럭 폭 넓은 띠 모양의 옷깃 장식처럼 보였다. 옷은 재단도 깔끔했고 깨끗했다. 그렇다 하더라도 그에게는 무미건조한 멋쟁이 노인 이상의 무엇인가가 있었다. 요컨대 그는 곤드레만드레 취하더라도 나이보다 젊게 보인다는 소리를 들을 사람이었다.

변호사와 제독, 심지어 의사까지도, 브라운 신부가 목사 편에 서서, 슬퍼하고 있는 마을 주민들의 경향과는 달리 목사의 아들을 옹호하는 태세에 놀라움을 표했다.

"난 우리 젊은 친구가 꽤 매력적이라고 생각합니다. 말주변도 좋고 아마 괜찮은 시인이기도 하겠지요. 그리고 진지한 맬트라버스 부인이 그 부분만큼은 인정하던데, 정말로 뛰어난 배우이기도 하다더군요."

브라운 신부가 말했다.

"사실 맬트라버스 부인을 제외한 포터스 폰드 사람들은 그가 좋은 아들인가 하는 점을 더 따지지요."

변호사가 말했다.

"그는 좋은 아들이에요. 그게 별난 점이지만요."

브라운 신부가 말했다.

"이런 젠장. 그놈이 정말로 아버지를 좋아한다는 말이오?"

제독이 말했다.

"그 점은 확실치 않군요. 그건 또 한 가지 기이한 점이기도 하니깐요."

신부는 머뭇거리다가 말했다.

"도대체 뭔 말을 하는 거요?"

바다 사나이는 항해중에 하던 불경스러운 언사를 입에 담았다.

"그 아들이 아버지에 대해 용서할 수 없다는 투로 이야기하기는 해도 결과적으로는 자신의 의무 이상을 해왔다는 말입니다. 은행 지점장과 이야기를 해봤지요. 경찰의 권위하에서 중대한 범죄에 대해 조사중이었던 관계로 사실대로 말해주더군요. 늙은 목사 양반은 교구에서 은퇴했어요. 사실은 여기가 교구였던 적도 없지요. 종교도 없으면서 교회에 나가는 저 대중들은 이 킬로미터도 떨어지지 않은 더튼 애봇으로 갑니다. 노인에게는 사유 재산이 없지만, 아들은 돈을 잘 벌어요. 그리고 노인은 아주 좋은 대우를 받고 있지요. 내게도 어딜 보나 최상급인 포트 와인을 내놓더군요. 또, 오래된 병이 줄지어 서 있는 것을 봤습니다. 그리고 난 그가 고풍스러운 스타일로 공을 들인 간소한 점심식사를 하게 놔두고 나왔고요. 그건 젊은이의 돈이 분명해요."

"그야말로 모범적인 아들이군요."

카버가 약간 냉소적으로 말했다.

브라운 신부는 자신만의 수수께끼를 생각하는 것처럼 얼굴을 찌푸린 채 고개를 끄덕였다.

"모범적인 아들이지요. 하지만 조금 자발성이 결여된 본보기랄까요."

그때 서기가 들어와서 변호사에게 우표가 없는 편지 한 통을 전했다. 변호사는 편지를 훑어보더니 성가시다는 듯 찢어버렸다. 종이가 떨어질 때 신부는 빽빽하게 가늘고 길게 흘려쓴 필체와 '피닉스 피츠제럴드'라는 서명을 보았다.

변호사는 무뚝뚝한 말투로 그의 추측을 확인해주었다.

"언제나 우리를 들볶아대는 멜로드라마 배우입니다. 그자는 죽었는지 사라졌는지 모를 배우와의 숙원에 매달려 있는데, 이 일과는 상관없지요. 의사 선생만 빼고는 아무도 그를 만나보지 않았습니다. 의사 선생은 그자가 미쳤다고 하더군요."

"그래요. 아마 그 사람은 미쳤겠지요. 하지만 물론 그가 옳다는 것도 의심할 여지가 없어요."

브라운 신부는 생각에 잠겨 입술을 우물거리며 말했다.

"옳다니요? 무엇에 대해 옳다는 겁니까?"

카버가 날카롭게 외쳤다.

"오래된 극단 동료들과 연관된 이 사람에 대해서요. 내가 이 이야기를 듣고 제일 먼저 난처하게 느낀 게 뭔지 아십니까? 맬 트라버스 씨가 마을을 욕했기 때문에 마을 사람 손에 죽은 거라는 그 생각이었어요. 검시관이 배심원들을 설득할 수 있었다는 게 참 별난 일이지. 게다가 기자들도 믿을 수 없으리만큼 쉽게 넘어갔고 말이지요. 그들은 영국의 시골 사람에 대해 잘 알지 못한 모양입니다. 나도 에식스에서 자란 영국 시골뜨기랍니다. 영국 농촌의 일꾼이 고대 그리스 시민처럼 자기 마을을 이상화하고 인격화한다니 상상이나 할 수 있겠습니까? 중세 이탈리아의 작은 공화국 사람처럼 신성한 기치를 위해 검을 뽑는 걸 상상할 수나 있나요? 유쾌한 시골 영감이 '포터스 폰드의 방패에 묻은 얼룩은 오직 피로써만 씻을 수 있도다'라고 말하는 걸 들을 수 있을까요? 성 조지*와 용의 이름으로, 그랬으면 좋겠군요! 하지만 사실 난 좀더 실제적이라고 할 만한 다른 생각을 갖고 있습니다."

신부는 잠시 생각을 정리하는 듯 입을 다물었다가 말을 이었다.

"사람들은 가엾은 맬트라버스 씨가 했다는 마지막 말의 의미를 오해했습니다. 그는 마을 사람에게 이 마을이 촌구석**이라고 말하고 있었던 게 아니에요. 그는 배우와 대화하고 있었을 뿐입니다. 그들은 피츠제럴드가 포틴브라스 역을, 알려지지 않은 배우 핸킨이 폴로니우스 역을, 그리고 의심할 여지없이 맬트라버스가 덴마크의 왕자 햄릿 역을 맡아 공연을 하곤 했어요. 아마 누군가 다른 사람이 그 역할을 원했거나 그 역할에 대해 어떤 견해를 내보였겠지요. 그래서 맬트라버스는 격분해서 '비참하고 시시껄렁한 햄릿이로군'이라고 말한 거요. 그게 끝이지요."

멀버러 박사는 그를 빤히 바라보고 있었다. 그는 그 가정을 천천히, 그러나 어렵지 않게 소화하고 있는 듯했다. 마침내 그

---

* 성 조지는 전통적으로 영국을 대표하는 성인이다. 사악한 용을 물리치고 왕의 딸을 구한 그의 모험담은 여러 가지 버전으로 전해지는 인기 있는 전설인데, 이는 기독교의 승리를 나타내는 알레고리이다.
** hamlet.

는 다른 사람보다 먼저 말했다.

"그럼 이제 우린 어떻게 해야 할까요?"

브라운 신부는 불쑥 몸을 일으키고, 행동과는 달리 정중하게 말했다.

"여기 신사분들께서 잠시 양해해주신다면, 박사님과 나 둘이서 즉시 호너 가에 가봐야겠습니다. 지금 목사 양반과 아들 모두 집에 있을 겁니다. 내가 원하는 거지요. 아마 아직은 마을 안에 선생이 시체를 해부했다는 사실과 그 결과를 아는 사람이 없습니다. 성직자와 아들이 같이 있을 때, 박사님이 두 사람에게 있는 그대로의 사실을 말해줬으면 합니다. 맬트라버스 씨는 얻어맞아서 죽은 게 아니라 독살당했다는 사실을 말이지요."

곧 멀버러 박사에게는 이 마을이 별나다는 말을 들었을 때 자신이 보였던 불신에 대해 재고할 만한 이유가 생겼다. 신부가 바라는 대로 소식을 전달하자 뒤따라 벌어진 장면은 자신의 눈을 믿기 힘든 것이었다.

사무엘 호너 목사는 그 존귀한 은빛 머리가 한층 두드러져 보이는 검은색 카속*을 입고, 우연히도 그 순간 종종 성서를 공

---

* 성직자가 입는 검은색 평상복.

부하던 독서대에 손을 올리고 있어 상당한 권위를 드러내 보였다. 그 맞은편에는 반항적인 아들이 팔다리를 쭉 뻗고 앉아 유난히도 얼굴을 찌푸린 채 싸구려 담배를 피우고 있었다. 불손한 젊은이의 표상이라 할 만한 그림이었다.

노인은 정중하게 브라운 신부에게 앉으시라는 시늉을 했고, 브라운 신부는 말없이 앉아서 온화하게 천장만 올려다보았다. 그러나 멀버러는, 왠지 중대한 소식을 전하려면 일어서서 말하는 편이 더 인상적일 것 같았다.

"목사님께선 어떤 면에서 이 공동체의 영적인 아버지시니, 이 마을에 기록된 끔찍한 비극 하나가 새로운 전기를 맞았다는 사실을 아셔야 할 것 같습니다. 전에 생각했던 것보다 더 끔찍한 이야기일지도 모릅니다. 맬트라버스 씨의 죽음이라는 슬픈 사건을 떠올려주십시오. 그는 몽둥이에 얻어맞아서 죽었다는 판결을 받았지요, 아마도 시골뜨기인 적의 손에 말입니다."

성직자는 손을 내저으며 말했다.

"이 경우에는 내가 살인과 폭력을 변명하는 것 같은 말을 하더라도 주께서 용서하실 겁니다. 배우가 이 순수한 마을에 사악함을 몰고 들어왔으니 주의 심판을 불러일으킬 만하지요."

"그럴지도 모르지요."

의사가 음울하게 말했다.

"하지만 어쨌든 주의 심판이 떨어진 것은 아니었습니다. 막시체 부검을 집도하고 오는 길입니다. 우선 머리를 얻어맞은 상처는 사람을 죽일 수 있는 정도가 아니었습니다. 그리고 시체는 독약에 절어 있었습니다. 이쪽이 사인이라는 데 의심의 여지가 없습니다."

순간 젊은 휴렐 호너는 담배를 날려버리고 고양이처럼 가볍고 빠르게 몸을 움직였다. 그는 훌쩍 뛰어서 독서대에서 1미터 정도 떨어진 곳에 섰다. 그는 숨을 몰아쉬며 말했다.

"확실합니까? 그 타격으로는 죽일 수 없었다는 게 정말 확실합니까?"

"절대적으로 확실해요."

의사가 대답하자 휴렐은 말했다.

"이런, 이럴 수 있길 진작부터 바랐어!"

눈 깜짝할 사이, 누군가가 손가락 하나 까딱하기도 전에 그는 목사의 입에 퍽 소리나게 일격을 날렸다. 목사는 실 끊어진 인형처럼 뒤로 날아가 문에 부딪쳤다.

"이게 무슨 짓이오? 브라운 신부님, 대체 이 미치광이가 뭘 하고 있는 건가요?"

멀버러는 충격으로 온몸을 떨며 외쳤다.

브라운 신부는 몸을 일으키지도 않고 평온한 얼굴로 천장만 올려다보고 있었다. 그가 차분하게 말했다.

"난 저 친구가 저러기를 기다리고 있었습니다. 예전에 하지 않은 게 이상할 정도지요."

"맙소사, 그가 어떤 면에서 엇나갔다고들 생각하는 줄은 알았지만, 아버지를 치다니요! 성직자에, 싸울 생각도 없는 사람을 때리다니……."

"그는 아버지를 치지 않았고 성직자를 때리지도 않았습니다. 그는 몇 년간 그에게 거머리처럼 달라붙어 살아온 성직자 복장의 협박꾼 깡패를 때린 데 불과하지요. 이제 자신이 협박에서 벗어난 것을 알았으니 날려버린 겁니다. 그다지 비난할 데가 없는 일입니다. 특히나 저 협박자가 독살자이기도 하다는 의심이 상당히 짙으니 말이지요. 멀버러 씨, 경찰을 부르는 게 좋겠군요."

그들은 다른 두 사람의 제지 없이 방을 빠져나갔다. 그들 한쪽은 정신을 못 차리고 비틀거리고 있었고, 다른 한쪽은 안도와 분노로 눈이 멀어 콧김을 내뿜으며 숨을 몰아쉬고 있었다.

브라운 신부는 지나치면서 젊은이에게 한번 얼굴을 돌렸다. 청년은 브라운 신부의 얼굴이 그렇게 준엄할 수도 있다는 것을 본 몇 안 되는 사람 중 하나가 되었다. 브라운 신부가 말했다.

"저 사람이 한 말 중에 그 말은 옳았군요. 이 순수한 마을에 사악함을 끌고 들어온 배우는 주의 심판을 불러일으킨다는 부분 말입니다."

브라운 신부는 의사와 함께 다시 포터스 폰드 역에 서 있는 열차에 오르면서 말했다.

"박사님 말마따나 이상한 이야기이긴 했지만, 더이상 미스터리는 아닌 것 같군요. 어쨌든 대충 말하자면 이야기는 이렇습니다. 맬트라버스 씨는 순회 극단과 함께 이곳에 왔습니다. 동료들 중 일부는 곧장 더튼 애봇으로 갔고, 그곳에서 그들은 모두 19세기를 배경으로 한 멜로드라마를 공연할 예정이었지요. 맬트라버스 씨도 무대 의상을 걸치고 있었습니다. 그 시대 특유의 멋쟁이 차림이었지요. 같은 극에 구식 목사도 나왔는데, 이 역은 그렇게 특이하지도 않았고 해서 그저 구식이구나 정도로 넘어갈 만한 검은 옷을 입었습니다. 이 역은 주로 노인 역을 연기하던 인물 차지였습니다. 전에는 샤일록을 했고 나중에는 폴로니우스 역을 하기로 되어 있던 그 사람이요.

세번째 등장인물은 우리의 각본가 시인입니다. 그는 연기자이기도 했고, 맬트라버스 씨와는 햄릿을 어떻게 연기하는가에 대한 문제를 두고도 싸웠겠지요. 하지만 사적인 문제에 대한 게 더 컸습니다. 내 생각에는 그때도 이미 그는 맬트라버스 부인과 사랑하는 사이였던 것 같습니다. 그렇다고 해서 무슨 잘못된 일을 벌였을 것 같지는 않지만요. 이젠 잘됐으면 좋겠고…… 그가 맬트라버스 씨의 부부관계에 대해 분개했을 법도 하지요. 맬트라버스 씨는 폭력적인데다가 소동을 잘 일으키는 사람이었으니까요. 그렇게 입씨름을 벌이던 중에 그들은 지팡이를 들고 싸웠고, 시인은 맬트라버스 씨의 머리를 세게 때렸습니다. 그리고 검시 결과를 볼 때는 그게 맬트라버스의 사인 같았지요.

사건 현장에 있었는지 엿보고 있었는지는 모르지만, 그 사건을 목격한 사람이 있었습니다. 나이 많은 목사를 연기하고 있던 사람이었지요. 그는 살인자가 된 사람을 협박해서 자신이 은퇴한 성직자 행세를 하며 어느 정도의 사치를 유지할 만한 비용을 대게 했습니다. 그런 작자니 이런 곳에서 은퇴한 성직자라는 무대복을 입고 연극을 계속하려 한 것도 알 만한 일이지 않습니까. 맬트라버스 씨의 죽음을 제대로 이야기하자면 이렇습니다. 그는 깊은 덤불 속에 굴러들어갔다가, 서서히 정신을 차리고 집을 향해 걸어가려 했습니다. 그러다가 마침내 타격이 아니라 자애로운 성직자 양반이 한 시간 전에 먹인 독약에 쓰러지고 말았던 거지요. 아마 포트 와인 잔에 넣었을 겁니다. 목사 양반에게서 받은 포트 와인을 마시면서 그런 생각이 들었거든요. 그 생각 때문에 약간 신경이 곤두섰지요. 지금 경찰이 이 이론을 따라 작업하고 있습니다만, 그 부분을 증명할 수 있을지는 모르겠군요. 정확한 동기는 밝혀내야겠지만 이 배우 패거리들이 요란하게 싸워댔다는 것과 맬트라버스가 상당한 미움을 받고 있었음은 분명합니다."

멀버러 박사가 말했다.

"경찰이야 의심하고 있는 데가 있으니 증명해내겠지요. 내가 이해할 수 없는 건 애초에 신부님이 왜 의심을 품기 시작했나 하는 겁니다. 대체 무엇 때문에 저 결백해 보이는 검은 옷의 신사를 의심하게 된 건가요?"

브라운 신부는 희미하게 웃어 보였다.

"어떤 면에서 보면 특별한 지식의 문제인 것 같군요. 거의 직업적인 지식이라고 해야겠지요. 박사님도 논쟁가들이 종종 우리 종교가 진정 어떤 것인가에 대해 너무들 무지하다고 불평하는 건 잘 알고 있을 겁니다. 정말은 그보다 더 묘하답니다. 영국이 로마 교회에 대해 잘 알지 못한다는 것은 사실이고, 그리 부자연스러운 일도 아닙니다. 하지만 영국은 영국 국교회에 대해서도 그리 잘 알지를 못해요. 나만큼도 모른다니까요. 일반 대중이 영국 국교회의 논쟁에 대해서 얼마나 모르는지 알면 놀랄걸요. 대개는 고교회파나 저교회파*라는 게 무슨 뜻인지도 잘 모릅니다. 그 두 파의 바탕에 깔린 역사나 철학은 관두고서라도 각 파가 실제로 드러내는 관습에 대해서도 모른단 말이지요. 신문에서나, 대중 소설이나 연극에서 이런 무지함을 쉽게 볼 수 있습니다.

처음 내가 충격을 받은 건 이 고결한 성직자 양반이 모든 것을 믿을 수 없을 정도로 뒤섞어놓았다는 점이었습니다. 영국 국교회 목사라면 영국 국교회의 문제에 대해 그렇게 모조리 틀릴 수는 없습니다. 그자는 나이 많은 토리당 고교회파로 여겨졌는데, 청교도적이라는 것을 자랑스러워했습니다. 개인적으로 청교도에 더 쏠린다고 할 수도 있었겠지만 청교도라는 말은 입 밖에도 내지 않았지요. 그는 무대에 대한 공포심을 공공연히 드러냈지만, 저교회파라면 모를까 고교회파 사람은 보통 그런 특별한 공포심을 가지고 있지 않다는 사실도 몰랐습니다. 그는 안식일에 대해 청교도인처럼 이야기하면서, 방에는 수난상**을 걸어두었습니다. 그자는 진짜 독실한 목사가 어때야 하는지에 대해 아무것도 모르고 있었습니다. 아주 근엄하고

---

* Low Church. 고교회파에 반대하여 교회의 권위나 의식 면에서 비교적 자유로운 종파.
** 수난상은 가톨릭에서만 존재한다.

고결하며 세상의 쾌락에 대해서는 얼굴을 찌푸려야 한다는 것만 빼면 아무것도 몰랐지요.

계속 내 머릿속에서는 어렴풋한 생각이 흐르고 있었어요. 뭔가가 있는데, 기억 속에서 딱 잡아내지를 못하고 있었지요. 그러다가 갑자기 깨달았습니다. 이건 무대용 목사다! 딱 대중적인 극작가나 구식 연극배우들이 종교인에 대해 가지고 있는 단편적인 개념에 들어맞는 얼빠지고 온화한 늙은 바보다, 하고 말이지요."

"종교인이라는 게 어떤 건지 잘 모른다는 점에서야 구식 의사도 말할 것도 없지요."

멀버러는 기분 좋게 농을 쳤다.

브라운 신부는 말을 이었다.

"사실 의심을 일으킬 만한 더 분명하고 확실한 면이 있긴 했습니다. 마을의 흡혈귀라고 여겨지던 그레인지 저택의 다크 레이디에 대한 거지요. 난 일찍이 이 다크 레이디가 오점은커녕 오히려 마을의 장점이라는 인상을 받았습니다. 부인은 수수께끼로 다루어졌지만, 그녀에게는 미스터리라고 할 만한 점이 전혀 없었어요. 그녀는 최근에, 아주 공공연히, 본인의 이름을 당당히 내걸고 자기 남편의 죽음에 대해 새로운 조사를 하려고 여기에 내려왔습니다. 남편이 그녀에게 잘해주지는 않았지만 그녀에게는 결혼한 이름과 정의를 위해 행동을 해야 한다는 원칙이 있었거든요. 같은 이유로 그녀는 남편이 죽은 채 발견된 곳 부근에 있는 집으로 들어갔지요. '마을의 흡혈귀'말고도 '마을의 추문'인 목사의 품행 나쁜 아들도 결백하고 솔직했습니다. 그 역시 자기 직업이나 연극계와 과거 연관이 있었다는 걸 감추지 않았습니다. 내가 목사를 의심한 것처럼 그를 의심하지 않은 것도 그래서였지요. 내가 목사를 의심한 진짜 적절한 이유는 이미 짐작이 가겠지요?"

"그렇군요. 그런 것 같군요. 그래서 그 여배우의 이름을 끌어낸 거군요."

"그렇지요. 절대 여배우를 보지 않겠다던 광신적인 고집 말입니다. 사실은 그녀를 보지 않으려 한 게 아니었지요. 그녀가 자신을 봐서는 안 됐던 게지요."

"그렇군요, 알 만하군요."

"사무엘 호너 목사를 봤다면 그녀는 즉시 조금도 거룩하지 않은 배우 핸킨을 알아봤겠지요. 가장 뒤편에 정말 끔찍한 성격을 숨기고 있는 가짜 목사를 말입니다. 자, 이 단순한 마을의 목가는 이게 전부인 것 같군요. 하지만 내가 약속을 지켰다는 점은 인정하겠지요? 마을에서 시체보다, 심지어 독약에 절은 시체보다 더 괴상한 뭔가를 보여주지 않았습니까. 협박으로 가득 찬 목사 양반의 검은 코트는 주목할 만한 것이고, 내가 내놓은 산 사람이 의사 선생의 죽은 사람보다 훨씬 치명적이라는 것에선요."

"맞습니다. 나도 작고 편한 친구와 철도 여행을 하는 것보다는 시체 쪽을 선호해야겠는걸요."

의사는 편안하게 쿠션에 기대앉으며 말했다.

핀 끝이 가리킨 것

모든 살인사건에서는 시체가
가장 중요한 목격자예요. 시체 숨기기야말로
십중팔구 해결해야 할 실제적인 문제지요.

On Reading a Book of Modern Verse

The poet, exquisite
Weighed the seven heavens in a scale
The streaming seraphs
And joined their plumage side by side
Knocked down like toys the eternal towers
And plucked the stars like pretty flowers
And cried, before the fearful face
" I fear you not, my world's race
Before you, and a man like me
You dreamed a dream in Galilee
You that were for that are now?"
The Insulter reared his thunderous brows
And said at last "Thou sayest true
" I was a man. But

　브라운 신부는 늘 이 문제를 꿈 속에서 해결했다고 단언하 곤 했다. 다소 묘한 방식이기는 했지만 그 말은 사실이었다. 언 뜻 잠에서 깨어났을 때 일어난 일이니까 말이다.

　그 무렵에는 이른 아침마다 그의 방 맞은편에 건축중인 거 대한 건물, 그러니까 반쯤 완성된 건물에서 울려퍼지는 망치질 소리가 그의 잠을 방해했다. 어마어마한 고층 아파트는 아직 대부분이, 건설업자이자 소유주인 '스윈든과 샌드'의 이름이 새겨진 판자와 조립식 발판에 뒤덮여 있었다. 규칙적으로 계속 되는 망치질 소리는 선명하게 들려왔다. '스윈든과 샌드'는 미 국에서 개발된 새로운 시멘트 바닥 시스템을 전문으로 했다. 그들이 광고하는 것처럼 거의 영구적인 바닥을 만들기 위해,

육중한 도구로 바닥을 때려 견고하게 만드는 시공이었다.

브라운 신부는 그 소리가 늘 새벽 미사 시간에 맞춰서 잠을 깨워주니, 종소리 비슷한 면도 있다고 생각하면서 나름대로 스스로를 위로하려 했다. 기독교인이 망치 소리에 깨어난다는 것도 종소리에 깨는 것만큼이나 시적이지 않은가 하고 말이다. 사실 그 건물 공사가 신부의 신경에 거슬리는 것은 다른 이유에서였다. 반쯤 지어진 고층건물 위에 걸린 구름처럼, 인부들의 쟁의에 대한 위기감이 늘 드리워져 있었기 때문이었다. 신문들이 끈덕지게 파업이라고 묘사하는 것 말이다. 실상을 말하자면, 일어날 일은 파업이 아니라 록 아웃*이 될 터였다. 브라운 신부가 그 망치질 소리에 신경을 곤두세우게 되는 것도 그 소리가 계속 될지, 아니면 어느 순간에 멈춰버릴지 알 수 없는 상황이었기 때문이다.

브라운 신부는 올빼미 안경 너머로 건물을 올려다보며 말했다.

"내 마음 같아서는 여기에서 그쳤으면 좋겠군. 모든 집에 아직 발판이 매달려 있는 이 상태 그대로 끝났으면 좋겠어. 건물이 언젠가는 완성되어야 한다니 애석한 일이지. 섬세하고 우아

---

* 경영자에 의한 공장 폐쇄와 노동자 축출.

한 흰 나무로만 세공되어 있을 때는 햇살 아래 밝고 환한 모습이 그렇게나 신선하고 희망찬데. 사람은 너무나 자주, 집을 완성하고서 그 집을 무덤으로 바꾸어버린단 말이야."

그는 물끄러미 올려다보던 건물에서 몸을 돌리다가 막 길을 건너 그를 향해 돌진해오던 남자와 부딪칠 뻔했다. 겨우 안면 정도 있는 남자였는데, 그 상황에서는 흥조로 여겨질 만도 했다. 마스티크는 각진 머리에 땅딸막해서 유럽 사람 같아 보이지가 않았다. 복장은 또 지나치게 유럽인 티를 내는 게 아닌가 싶을 만큼 격식을 갖춰 차려입는 편이었다. 브라운은 최근, 그가 건설 합자회사의 헨리 샌드와 이야기를 나누는 모습을 보았는데, 영 꺼림칙했다. 이 마스티크라는 사내는 잉글랜드의 산업정책에 맞춰 새로 생긴 조직의 책임자였다. 그 조직이란, 노동조합에 속하지 않은 사람들과 딱히 어디 소속되어 있지 않은 일용직 노무자들까지, 양극단의 입장을 아우르는 성격의 것이었다. 그가 여기서 직원이나 좀 구해볼까 하고 어슬렁거리고 있다는 것은 너무도 뻔했다. 간단히 말해서 그는 온갖 술책으로 노동조합을 교란시키고 파업 방해자들을 작업장에 풀어버리는 방식으로 협상을 진행하는 식이었다. 한때 브라운 신부는 이 양쪽 진영 모두에게 붙들려 열띤 논쟁에 참여하기도 했다. 자본주의자들은 그를 볼셰비키라고 단언했고, 볼셰비키들은 그가 반동적이며 부르주아 이데올로기에 완고하게 매달려 있다고 말했다. 미루어 짐작건대 마스티크는 누구에게도 거슬리지 않게 요령껏 의견을 펼치는 듯했다. 하지만 그가 가져오는 소식은 모든 이가 틀에 박힌 분쟁에서 벗어나 동요하게끔 의도한 것들이었다.

마스티크는 억양이 어색한 영어로 말했다.

"신부님께서 즉시 그쪽으로 가주셨으면 합니다. 살인 위협이 있습니다."

브라운 신부는 말없이 안내자 뒤를 따라갔다. 몇 개의 계단과 사다리를 올라가보니, 아직 완공되지 않은 건물 층계에 어느 정도 안면이 있는 건설업계 사장들이 모여 있었다. 그 중에는 한동안 구름 속에 가려져 있긴 했지만 한때 지도자였던 인물도 있었다. 구름처럼 모습을 감추긴 했지만 그는 거물이었다. 요컨대 스테인스 공(公)은 사업에서만 은퇴한 게 아니라 '신들의 집'으로 올라가 사라졌던 것이다. 간혹 모습을 드러내긴 했지만 열의 없고 심지어 따분해하기까지 했다. 하지만 이번 마스티크와 관련해서는 그래도 역시 위협적인 등장이었다.

스테인스 공은 마른 몸에 긴 얼굴, 드문드문한 옅은 금발, 움푹 패인 눈을 지닌 남자로, 브라운 신부가 만나본 사람 중에서 속을 가장 알기 힘든 사람이었다. '자네가 옳다는 거야 분명하지'라고 말하면서 '자네 스스로가 옳다고 여기는 거야 틀림없는 일이지'처럼 들리게 하고, '그렇게 생각하나?'라고 말하면서 신랄하게 '그럴 테지'라는 말을 덧붙인 듯한 느낌을 주는, 그런 타고난 말재간에 있어서는 그를 따라잡을 사람이 없었다. 그는 단순히 지겨워하는 것이 아니라 기분이 좀 상한 것 같기도 했다. 천상에서 놀다가 그런 하찮은 싸움질에 중재나 하러 억지로 불려 내려와서 그런 것인지, 아니면 더이상 자신이 그들을 관리하는 입장이 아니라서 그런 것인지는 모르겠지만 말이다.

여러 가지 면에서 브라운 신부는 스테인스 공보다는 부르주아적인 동업자 허버트 샌드 경과 조카 헨리 쪽이 더 마음에 들었다. 부르주아적이라고는 해도 그들이 정말 이데올로기를 가지고 있는지는 사실 의심스러웠다. 허버트 샌드 경은 신문지상에서, 운동경기의 후원자로서 그리고 제1차 세계대전 동안 활약한 애국자로서 상당한 명성을 얻고 있었다. 그는 군복무중 프랑스에서 주목할 만한 공훈을 세웠고, 그 후에는 군수품 노동자들 사이에 일어난 산업적인 난국을 잘 처리한 승장으로 대서특필되었다. 그는 '강한 남자'로 불렸지만, 그게 그의 잘못은 아니었다. 그는 진지하고 열렬한 잉글랜드인이었으며, 뛰어난 수영선수이자 훌륭한 지주요, 존경할 만한 퇴역 대령이었다. 기실 그의 외모에는 군인적 기질이라고밖에 할 수 없는 분위기가 넘쳐났다. 살이 붙고는 있었지만 어깨만큼은 예전 그대로 유지했고, 안색은 이미 어느 정도 바래고 시들었어도 곱슬머리와 콧수염은 아직 갈색이었다.

그의 조카는 의욕적이라고 할지 책임감이 강하다고 할지 애매한 건장한 젊은이로, 무슨 일에나 머리부터 들이밀고 달려들 것처럼 두꺼운 목에 상대적으로 머리가 작았다. 그는 싸움을 좋아하게 생긴 사자코 위에 아슬아슬 얹혀 있는 코안경 때문에 기괴하고도 천진난만해 보였다.

이런 점들은 브라운 신부가 전에도 보았던 것들이었다. 그런데 그 순간 모든 이들은 완전히 새로운 무엇인가를 보고 있었다. 문맹이거나 문맹을 흉내내려는 사람이 대문자만으로 비뚤비뚤 휘갈겨 쓴 큼지막한 종이조각이 목조 건조물 한가운데에 못박혀 휘날리고 있었다.

허버트 샌드는 위험을 무릅쓰고 봉급을 깎거나 노동자들을 축출하지 말 것을 노동자 의회는 경고한다. 경고를 무시하면 당신은 정의의 심판을 받아 죽을 것이다.

스테인스 공은 그 종이를 유심히 보다가 물러서면서 동업자를 건너다보고 약간 묘한 억양으로 말했다.

"흐흠, 그들이 죽이고 싶어하는 건 자네로구만. 나는 살해할 가치도 없나 보네."

바로 그 순간, 아무 뜻도 없이 간혹 브라운 신부를 뒤흔들었던 전율이 다시 그를 뚫고 지나갔다. 말하고 있는 사람이 이미 죽어 있으니까 살해당할 수 없는 거라는 괴상한 생각이 그것이었다. 도무지 말이 안 되는 생각이었다. 하지만 이 나이 든 귀족적인 동업자의 냉정한 초연함에는 어딘지 섬뜩한 데가 있었다. 시체처럼 창백한 안색하며 쌀쌀맞은 눈. 그는 변함없이 삐딱한 심사로 생각했다.

'저 친구는 눈만 녹색인 게 아니라 피도 녹색인 것 같아 보이는걸.'

어쨌든 허버트 샌드 경의 피가 녹색이 아닌 것만은 확실했다. 본래 온후한 인물이 정당한 이유로 순수하게 분노했다는 것을 드러내 보이듯, 어디로 보나 붉은색이 분명한 피가, 풍상에 시든 뺨에 따뜻한 생명력으로 넘쳐흘렀다.

"이제껏 살면서 이런 말이나 이런 짓은 한 번도 당해보지 못했소. 나와 의견이 맞지 않을 수는 있지만……."

샌드 경이 강하지만 떨리는 목소리로 말했다.

"이 문제에서는 의견이 다를 수가 없어요. 전 그들과 일을 재개하려고 노력해왔지만, 이건 좀 심합니다."

그의 조카가 격하게 끼어들었다.

"정말로 당신 노동자들이 저런…….'

브라운 신부가 입을 열었다.

"의견은 다를 수도 있다니까. 주께서는, 내가 더 싼 노동력으로 잉글랜드 일꾼들을 위협하려는 것을 좋아하지 않았다는 것을 아실 거다."

샌드 경의 음성은 여전히 약간 흥분으로 떨리고 있었다.

"우리 중에 그런 걸 좋아하는 사람은 없지만 삼촌, 이 일은 처리해야 해요."

젊은이가 말했다. 그리고 그는 잠시 주저하다가 덧붙였다.

"말씀하시다시피, 우리가 세부적인 부분에는 의견이 안 맞을 수도 있겠죠. 하지만 주요 정책에 대해서는…….'

"사랑하는 조카야, 난 심한 의견 차이는 없길 바란다."

그의 삼촌은 평온히 말했다.

영국이라는 나라를 이해하는 사람이라면 이쯤에서 상당히 심한 의견차가 있었음을 추측할 수 있을 것이다. 삼촌과 조카는 거의 영국인과 미국인만큼이나 달랐다. 삼촌은 사업을 외부에서 이해하고 시골 신사다운 명목을 찾는 영국적인 이상의 소유자였다. 조카는 사업을 내부에서 이해하고, 기계공처럼 구조에 파고드는 미국적인 이상의 소유자였다. 게다가 그는 사실 기계공들과 함께 일했고 그 일의 과정과 요령에 익숙했다. 그리고 어느 정도는 자기 일꾼들이 제대로 일을 하는지 지키는 고용주의 입장이었지만 또 어느 정도는 막연하게나마 동등한 사람으로, 혹은 적어도 자신 또한 노동자라는 것을 자랑스레 보여주면서 그렇게 행동한다는 점에서 역시 그는 미국적이었다. 이런 이유로, 정치나 스포츠 면에서 명성을 쌓은 삼촌과는 전혀 다르게 기술적인 면에만 집중하는 그는 거의 노동자들의 대변인처럼 보일 때가 잦았다. 이전의 많은 경우를 떠올려보면 조카 헨리는 작업 조건에 대해 어느 정도 양보를 얻으려고 옷소매를 걷어올리고 작업장에 나와서, 응급조치로 해결사를 부르거나 폭력까지도 행사하곤 했다.

그는 외쳤다.

"이번엔 업장 폐쇄를 해도 싸요! 저런 협박을 하다니, 다 쳐내는 것말고는 다른 방법이 없어요. 이제 저놈들을 다 잘라버리는 수밖에 없다구요. 지금 당장요. 그렇지 않으면 세상의 웃음거리가 될 거예요."

삼촌 샌드도 화가 나서 얼굴을 찌푸리는 것은 마찬가지였지만, 이내 찬찬히 말하기 시작했다.

"난 상당한 비난을 받을 거야……."

"비난이라구요! 살인 위협을 물리치면 비난받을 거라구요! 그걸 물리치지 않으면 얼마나 비방을 당할지 모르시겠어요? '위대한 자본가 공포에 질리다', '고용자, 살인 위협에 굴복하다' 같은 헤드라인을 보고 싶으세요?"

젊은이는 날카롭게 소리쳤다.

"특히나 '강철 건물의 강한 남자'라고 묘사한 기사들이 수도 없이 많았으니 말이지."

스테인스 공은 희미한 불쾌감을 실어 덧붙였다.

샌드의 얼굴은 시뻘겋게 물들었고 목소리는 무성한 콧수염에 막혀 똑똑히 들리지 않았다.

"물론 그 부분은 옳아요. 그 망나니들이 내가 무서워할 거라고 생각한다면…….."

그때 뭔가가 끼어들어 대화를 방해했다. 늘씬한 젊은이 하나가 급히 그들 쪽으로 다가온 것이다. 그에게서 처음으로 눈에 띈 것은 그의 외모였다. 여자든 남자든 모두가, 그저 잘생겼다고 하기엔 부족하다고 생각할 정도로 굉장한 미남이었다. 그는 아름다운 검정 곱슬머리에 비단결 같은 콧수염을 길렀고, 말은 신사처럼 했는데 지나치리만큼 세련되고 정확하게 다듬은 억양을 구사했다. 브라운 신부는 즉시 그가 허버트 경의 저택에서 종종 어슬렁거리던 비서 루퍼트 레이라는 것을 알아보았다.

그러나 신부는, 그가 지금처럼 허둥대거나 잔뜩 이맛살을 찌푸린 모습은 본 적이 없었다.

그가 고용주에게 말했다.

"죄송합니다만, 주변을 서성이는 사람이 있어서요. 쫓아내보려고 최선을 다해봤습니다만 역부족이었습니다. 편지를 하나 들고 왔는데, 그걸 꼭 사장님께 직접 드려야 한다고 우기는군요."

샌드는 재빨리 비서를 흘긋 보며 말했다.

"그자가 우리 집부터 찾아갔다는 소린가? 자네는 아침 내내 집에 있었을 텐데."

"예, 그렇습니다."

짧은 침묵이 감돌았다. 잠시 후 허버트 샌드 경은 무뚝뚝하게 그 남자를 들여보내라는 뜻을 표했다. 장본인은 때맞춰 나타났다.

귀는 엄청나게 컸고 얼굴은 개구리 같았으며, 무서울 정도로 눈도 전혀 깜빡이지 않고 앞만 응시하고 있었다. 브라운 신부는 저 사람이 유리눈을 가진 게 아닌가 생각했다. 일행을 뚫어지게 바라보는 그 남자의 눈은 그만큼 비정상적이었다. 하지만 그런 상상과는 별개로, 신부는 경험상 저렇게 부자연스러운 밀랍인형 같은 눈이 될 만한 자연스러운 이유를 몇 가지 생각해

볼 수 있었다. 그 중 하나는 신이 내린 선물, 발효주를 남용했기 때문일 수도 있었다.

그 남자는 작달막하고 초라했으며, 한 손에는 큼지막한 중산모자를 들고 다른 손에는 봉인이 된 커다란 편지를 쥐고 있었다.

허버트 샌드 경은 그를 쳐다보더니, 조용히, 그러나 그 정도 체구에 비해서 이상하리만치 작은 목소리로 말했다.

"아, 자네였군."

그는 편지에 손을 내밀더니, 잠깐 손을 멈추고 사과하듯 주위를 둘러보고서 봉인을 뜯었다. 그는 내용물을 읽은 다음 안주머니에 쑤셔넣고서 조급하고 약간은 거칠게 말했다.

"네 말마따나 이 일은 다 끝난 것 같구나. 이제 더이상 협상은 불가능해. 어차피 그들이 바라는 만큼 지불할 수는 없었어. 하지만 헨리, 전체적으로 다 해산시키는 데 대해서는, 다시 보고 얘기했으면 싶구나."

"좋아요. 점심식사 후에 188번에 올라가 있을게요. 얼마나 일이 진척되었는지 봐야죠."

헨리는 직접 그들을 끝장내고 싶었던 것처럼, 약간은 퉁명스럽게 말했다.

유리눈을 지닌, 아니 지닌 듯한 남자는 뻣뻣하게 발을 끌며 사라졌다. 그리고 유리눈 같은 면이라곤 전혀 없는 브라운 신부의 눈은 생각에 잠긴 채, 사다리 사이를 누비고 건물을 빠져나가 거리로 사라져가는 그의 뒷모습을 좇았다.

그 다음날 아침, 브라운 신부는 평소와 다르게 늦잠을 잤다는 생각이 들어 화들짝 놀라서 깨어났다. 그런 기분이 든 건, 아마도 사람들이 꿈을 기억할 때처럼, 평소 일어나던 시간에 반쯤 깨었다가 다시 잠든 사실을 기억하고 있기 때문인지도 몰랐다. 대부분의 사람들에게야 아주 흔한 일이지만 브라운 신부에게는 아주 드문 사건이었다. 그는 나중에, 묘하게도 두 번 깨어난 사이에 꿈꾸었던 그 어두운 외딴 섬에 이 이야기의 진실을 알려주는 보물이 묻혀 있다고 확신하게 되었다.

그가 재빨리 일어나서 옷을 꿰어입고 큼지막한 박쥐 우산을 쥐고 거리에 뛰쳐나와 보니 마주 보이는 거대한 검은 건축물 주위로 을씨년스러운 백색 아침이 얼음처럼 퍼져가고 있었다. 그는 텅 빈 거리에, 수정처럼 차고 투명한 빛이 비치는 것을 보고 놀라고 말았다. 그 광경으로 보아서는 생각했던 것만큼 늦지 않은 시간이었으니 말이다.

그때 갑자기 기다란 회색 차가 정적을 깨고 화살처럼 빠르게 달려와 아무도 없는 커다란 아파트 앞에 멈춰 섰다. 차 안에서 스테인스 공이 커다란 짐가방 두 개를 들고 내리더니 아파트 문으로 다가갔다. 같은 순간 그 문이 열렸는데, 누군가가 밖으로 나오지는 않고 오히려 뒤로 물러서는 것 같았다. 스테인스가 안에 있는 사람을 두 번인가 부르자, 그제서야 그는 완전히 현관으로 나왔다. 그 다음 두 사람은 짧게 대화를 나누더니, 귀족은 짐가방을 위층으로 올려놓는 일을 마무리짓고 반대편 사람은 환한 햇살 아래로 나왔다. 그러자, 젊은 헨리 샌드의 건장한 어깨와 귀족적인 머리가 드러났다.

브라운 신부는 그 이상 이 이상한 만남에 대해 신경쓰지 않았다. 이틀 후 그 젊은이가 자기 차를 몰고 와서 타라고 간청할 때까지만 해도 그랬다.

헨리 샌드가 말했다.

"끔찍한 일이 일어났어요. 스테인스보다는 신부님께 얘기하는 게 나을 것 같아서요. 왜 지난번에 스테인스가 지금 막 공사가 끝난 아파트에 캠프를 치겠다는 정신없는 생각을 가지고 왔던 거 아시죠. 그래서 제가 일찍부터 거기 가서 문을 열어줘야 했거든요. 뭐 그건 당장 중요한 게 아니고, 지금 바로 저희 삼촌 댁으로 가주셨으면 좋겠습니다."

"그분이 편찮으시기라도?"

신부가 급히 물었다.

"돌아가신 것 같습니다."

조카가 대답했다.

"죽은 것 같다는 건 또 무슨 말이오? 의사에게는 보였나요?"

브라운 신부는 약간 무뚝뚝하게 물었다.

"아니오. 의사도 환자도 없습니다…… 본인이 사라져버렸으니, 살펴보라고 의사를 부를 수도 없었죠. 하지만 어디로 갔을지 알 것 같은 생각이 듭니다. 저희가 이틀간 쉬쉬하고 있었는데요, 삼촌이 실종됐거든요."

"처음부터 차근차근 무슨 일이 일어났는지 말해주는 게 낫지 않겠소?"

브라운 신부가 온화하게 말했다.

"압니다. 가엾은 노친네에 대해 이렇게 막 말하다니 정말 부끄러운 일입니다만, 사람들은 당황했을 때 두서 없이 마구잡이로 말하곤 하죠. 전 뭔가 숨기는 데 능숙하지가 못해요. 길게 얘기하든 짧게 얘기하든…… 음, 지금 자세한 얘기는 하지 않겠습니다. 마구잡이로 의심을 늘어놓아 억측만 늘기 십상이니까요. 짧게 말씀드리자면, 불운하신 저희 삼촌이 자살하셨습니다."

그들은 차에 탄 채 시 외곽을 벗어나 숲과 공원 어귀를 스쳐지나가고 있었다. 허버트 샌드 경의 작은 영지를 지키는 수위문은 빽빽한 너도밤나무숲 가운데로 800미터 정도 더 들어가서 있었다. 영지는 작은 공원과 커다란 장식정원으로 이루어져 있었는데, 고전적으로 꾸민 화려한 정원은 이 지역을 관통하는 강 어귀까지 계단식으로 이어졌다.

헨리는 집에 도착하자마자 초조하게 신부를 안내해서 조지 왕조풍의 방들을 지나 반대편으로 나섰다. 그들은 새의 눈동자를 통해 보는 것처럼 평탄하게 펼쳐진 흰 강을 내려다보며 말 없이 경사를 따라 내려갔다. 꽃이 만발한 경사는 조금 가파른 편이었다. 눈에 띄는 제라늄 화관을 얹은 고전적인 납골당 아래로 이어진 오솔길 모퉁이를 돌았을 때, 브라운 신부는 바로 밑 관목과 가느다란 나무들 사이에서, 깜짝 놀라 날아오르는 새처럼 뭔가가 잽싸게 움직이는 것을 보았다.

강을 따라 가느다란 나무들이 얽힌 숲속에서, 헤어지는 것인지 놀라서 흩어지는지 두 형체가 떨어지는 게 보였다. 한 사람은 잽싸게 그늘 속으로 숨었고, 다른 한 사람은 곧장 그들 쪽으로 다가왔다. 덕분에 그들은 걸음을 멈추고 갑작스럽고 설명할 수 없는 침묵에 휩싸여야 했다.

잠시 후 헨리 샌드가 엄숙하게 말했다.

"브라운 신부님을 아시리라 믿습니다만…… 샌드 부인."

브라운 신부는 그녀를 알고 있었다. 하지만 그 순간에는 모르는 사람이라고 할 뻔했다. 창백하고 바짝 쭈그러든 것 같은 그녀의 얼굴은 흡사 비극의 가면 같았다. 그녀는 남편보다 훨씬 젊었으나, 그 순간에는 그 오래된 집과 정원 안에 있는 그 무엇보다도 나이 들어 보였다.

신부는 자기도 모르게 전율을 느끼며, 핏줄이나 가계라는 면에서는 그녀 가문이 더 오래되었으며 그녀가 본래 이 장원의 주인이었다는 것이 생각났다. 그녀가 성공한 사업가와 결혼하여 그 부를 되찾기 전까지, 그녀의 집안은 빈곤한 귀족으로서 이 땅을 소유하고 있었다.

그 자리에 서 있는 그녀의 모습은 가문의 초상화, 아니 가문의 유령 같았다. 창백하고 갸름한 달걀꼴 얼굴은 스코틀랜드의 여왕 메리*시대 그림에서나 볼 수 있는 것이었고, 그 표정에는 남편의 실종, 혹은 자살의혹으로 복잡해진 심정말고도 뭔가 설명할 수 없는 부자연스러운 데가 있었다. 브라운 신부는 은연중에, 나무 사이에서 그녀와 이야기 나누던 사람이 누굴까 하는 생각에 빠져들었다.

그녀는 쓸쓸히 평정을 유지하며 말했다.

"이 끔찍한 일에 대해서는 다 아시겠지요. 가엾은 허버트는 혁명이니 뭐니 하는 무리의 박해를 받고 정신이 어지러워져

---

* 1542~1567년 재위. 신구교파의 갈등에 휘말려 파란만장한 일생을 보냈다.

자기 목숨을 내던질 정도로 미쳐버린 게 분명해요. 신부님께서 무슨 일을 하실 수 있을지, 끔찍한 볼셰비키들에게 그를 죽음까지 몰고 간 책임을 지우실 수 있을지 모르겠네요."

"정말 유감스러운 일입니다, 샌드 부인. 그렇지만 약간 당혹스럽기도 하군요. 박해라고 말씀하셨는데, 벽에다 종이를 꽂아놓는 것만으로 그를 죽음으로 몰고 갈 수 있다고 생각하나요?"

"그 종이말고도 다른 박해가 있었겠죠."

부인이 이마를 찡그리며 대답했다.

"사람이 어떤 실수를 저지를 수 있는가를 보여주는 예로군요. 그 사람이 죽음을 피하려고 죽을 정도로 비논리적인 사람일 줄은 생각지도 못했는데."

신부가 서글프게 말했다.

"알아요. 저도 그 사람 자필 유서가 없었다면 믿지 않았을 거예요."

그녀가 음울하게 그를 쏘아보며 대꾸했다.

"뭐라고요?"

브라운 신부는 총에 맞을 뻔한 토끼처럼 펄쩍 뛰어오르며 외쳤다. 그러나 샌드 부인은 차분히 말했다.

"네. 유서를 남겼어요. 그러니 의심할 부분은 없는 것 같군요."

그리고서 그녀는 가문의 유령이나 지닐 듯한 범접할 수 없는 고독한 분위기를 풍기며 홀로 경사면을 따라 올라갔다.

안경 너머 브라운 신부의 두 눈이 외알 안경을 낀 헨리 샌드를 향해 무언의 질문을 던졌다. 헨리 샌드는 잠시 주저하는가 싶더니 예의 저돌적인 말투로 이야기했다.

"그렇습니다. 삼촌이 무슨 짓을 하셨는지는 분명합니다. 삼촌은 훌륭한 수영선수였고 아침마다 실내복을 입고 강에 헤엄치러 내려가곤 하셨죠. 그러니까, 그날도 평소처럼 내려가셨고 실내복은 강둑에 남겨졌는데, 그 옷이 아직도 거기 있는 거예요. 마지막으로 헤엄치러 간다, 그 다음엔 죽을 거다, 뭐 그런 비슷한 말을 남겨놓으셨죠."

"그 메시지를 어디에 남겼소?"

"물 위에 늘어진 나무에 휘갈겨 썼어요. 마지막으로 그 나무를 잡고 있었나 봅니다. 바로 그 아래에 실내복이 놓여 있었죠. 가서 직접 보시죠."

브라운 신부는 강변으로 이어진 내리막길을 내려가 물에 잠기다시피 잔가지를 늘어뜨린 나무 밑을 들여다보았다. 부드러운 나무줄기에, 보지 않고는 지나칠 수 없도록 눈에 띄게 긁혀 있는 글자가 보였다.

한 번 더 헤엄치고 나면 가라앉겠지. 안녕히. 허버트 샌드.

브라운 신부의 시선은 천천히 강둑을 따라 올라가 금박 술이 달린 화려한 적황색 옷뭉치에 이르렀다. 실내복이었다. 신부는 그 옷을 그대로 들어올려 뒤집어보았다. 그러면서도 그는 한 사람이 시야를 스쳐 지나가는 것을 의식하고 있었다. 사라져버린 부인의 자취를 쫓는 듯, 이 덤불에서 저 덤불로 숨어드는 훤칠하고 거무스름한 인물이었다. 신부는 그 인물이 아까 그녀와 헤어진 사람일 거라고 확신했고, 또 그 인물이 바로 죽은 사람의 비서인 루퍼트 레이일 거라는 점에 대해서도 의심하지 않았다.

"물론 메시지를 남기겠다는 생각이 마지막에야 들었을 수도 있겠죠. 하지만 나무에 사랑의 메시지를 쓴다는 말은 들어봤어도 죽음의 메시지를 남긴다는 건 금시초문이오."

브라운 신부는 고개를 들지 않고 적황색 의복에 눈을 고정시킨 채 말했다.

"실내복 주머니에 아무것도 없었나 보죠. 펜도 잉크도 종이도 없다면 나무에 메시지를 쓰는 것도 자연스럽지 않겠습니까."

헨리 샌드가 말했다.

"프랑스어 연습문제 같은 얘기구만. 내가 생각하고 있던 건 그게 아니에요."

신부는 음울하게 뇌까렸다.

그리고 나서 그는 잠깐 입을 다물었다가 약간 어조를 바꾸어 말했다.

"솔직히 말해서 난, 사람이 산더미 같은 펜과, 몇 리터의 잉크와, 몇 다발의 종이를 가지고 있다면 자연스럽게 나무에 메시지를 남기지 않을까 생각하고 있었는걸."

헨리는 조금 놀란 듯, 사자코 위에 얹힌 안경을 기울이며 그를 바라보다가 날카롭게 물었다.

"그게 대체 무슨 말씀이십니까?"

브라운 신부가 느릿느릿 말했다.

"뭐, 우체부가 통나무에 쓴 편지를 배달한다거나 댁이 소나무에 우표를 붙여서 친구에게 부칠 거라는 말은 아니오. 특이한 조건 하에서나, 정말로 이런 식의 나무 편지를 쓰는 걸 좋아하는 특이한 사람이라야 그럴 게요. 하지만 그런 조건과 사람이 있었다 해도 난 아까의 말을 되풀이하겠소. 노래에도 있듯이 온 세상이 종이이고 온 바다가 잉크라면, 강이 다하지 않는 잉크로 넘치고 이 모든 나무들이 깃펜과 만년필로 이루어진 숲이라면, 그 사람은 나무에 편지를 쓰겠지요."

샌드가 브라운 신부의 풍부한 상상력에 뭔가 섬뜩한 느낌을 받은 것은 분명했다. 그게 이해가 가지 않아서였는지, 아니면 비로소 이해되기 시작해서인지는 모를 일이었지만 말이다.

브라운 신부는 천천히 실내복을 뒤집으며 말했다.

"알다시피 나무를 긁어서 쓸 때는 아무도 본인의 필적이 나타날 거라고 기대하지 않습니다. 그러니까 그 사람이 그 사람 장본인이 아니라면 확실히…… 이런!"

그는 붉은색 실내복을 내려다보았고, 그 순간 그 붉은색이 일부분 그의 손가락에 묻어나온 듯 보였다. 그러나 두 사람의 얼굴이 그쪽으로 향했을 때에는 이미 색깔이 흐려져 있었다.

"피로군!"

브라운 신부가 그렇게 말하고 나서 잠시 동안, 졸졸거리는 음악적인 강물 소리만 빼면 죽음 같은 정적이 흘렀다.

헨리 샌드는 도저히 음악적이라 할 수 없는 큼큼 소리를 내어 목과 코를 가다듬었다. 쉰 목소리가 나왔다.

"누구 핍니까?"

"아, 내 피예요."

브라운 신부는 가볍게 말했지만, 얼굴에는 웃음기가 없었다. 잠시 후에 신부가 말했다.

"여기 핀이 하나 꽂혀 있네요. 그걸 모르고 그만 손가락을 찔렸어요. 그게 뭘 의미하는지 눈치챘나요? 핀 끝이 가리키는 것 말이오."

신부는 어린아이처럼 손가락을 빨았다. 그는 또 다시 잠시 입을 다물었다가 말했다.

"가운은 접혀 있었고, 핀도 같이 꽂혀 있었어요. 손이라도 찔리지 않고서는 아무도 옷을 펼칠 수가 없었다는 말이지요. 간단히 말해서 허버트 샌드는 이 실내복을 입은 적이 없다는 거예요. 저 나무에 편지를 쓴 것도 허버트 샌드가 아닐 테고. 어쩌면 강에 뛰어든 것도 본인이 아닐지도 모르죠."

묻는 듯 내민 헨리의 코에서 기울어져 있던 코안경이 짤깍 소리를 내며 떨어졌다. 잠시 바람도 멈춘 듯했다. 놀라움에 모든 것이 굳어져버린 것 같았다.

브라운 신부는 활발하게 말을 이었다.

"이렇게 되면 히아와타*가 쓴 그림문자처럼 사적인 편지를 나무에 쓰는 취향에 대한 문제로 돌아가야겠군요. 샌드는 익사하기 전까지 내내 저곳에 있었습니다. 왜 정상적인 남자처럼

---

* 1550년경에 출생한 것으로 여겨지는 전설적인 인물로 북미의 오논다가 인디언의 추장이었으며, 1570년 모호크와 세네카 족을 포함한 다섯 개 인디언 부족이 연합하여 이루어진 이로쿼이 연맹의 주도자였다. 1955년 워즈워스가 쓴 유명한 시 「Wildness Messiah」의 주인공이다.

아내에게 한마디 남기지 않았을까요? 아니면, 이렇게 말해봅시다…… 왜 그 다른 사람은 정상적인 남자처럼 아내에게 편지를 남기지 않았을까요? 그러려면 그자가 남편의 필적을 위조해야 했기 때문이겠죠. 전문가들이 늘 참견하기 좋아하는 기술적인 부분이니까요. 하지만 나무 껍질에 대문자를 새길 때는, 다른 사람은 물론이고 자기 글씨체조차 흉내낼 필요가 없지요. 이건 자살이 아닙니다, 샌드 씨. 바로 살인입니다."

덩치 좋은 젊은이가 리바이어던*처럼 몸을 일으켜 굵은 목을 앞으로 내밀고 험악하게 버티고 서자 발밑에 있던 양치식물이며 낮은 관목들이 탁탁 부러져나갔다.

"전 뭔가 숨기는 데 능하지 못해요. 반쯤은 이런 사태를 의심했었죠. 어쩌면 오랫동안 예상했는지도 모르겠습니다. 솔직히 말하자면 그 문제에 있어서는 그 친구들 둘 중 어느 쪽에 대해서도 호의적일 수가 없군요."

"정확히 말해봐요."

신부는 엄숙하게 그를 똑바로 바라보며 말했다.

"그러니까 신부님은 제게 살인을 알려주셨고 전 살인자를 알려드릴 수 있을 것 같다는 겁니다."

---

* 성서 욥기에 나오는, 물 속에 산다는 거대한 짐승.

브라운 신부는 침묵했고 상대방 젊은이는 약간 더듬거리며 말을 이었다.

"사람들은 때로 나무에 사랑의 메시지를 쓴다고 하셨죠. 사실 저 나무에 그런 것들이 있습니다. 잎사귀 아래로 한데 엉킨 모노그램*이 두 개 있어요. 샌드 부인이 결혼하기 한참 전부터 이곳의 상속녀였다는 건 아실 겁니다. 그리고 그녀는 그때도 저 재수 없는 멋쟁이 비서를 알고 있었어요. 아마 여기서 만나서 밀회의 나무에 서약을 적어놓곤 했겠죠. 나중에는 그 밀회의 나무를 다른 목적으로 사용한 겁니다. 분명 감정 때문이건 경제적인 이유건……."

"그렇다면 아주 끔찍한 사람들임에 분명하군요."

브라운 신부의 말에 샌드는 약간 흥분해서 따져물었다.

"역사상으로나 경찰 기록상에나 그런 끔찍한 사람들이 있지 않습니까? 사랑을 증오보다 더 끔찍하게 만든 연인들이 있지 않습니까? 보스월**이나 저 피로 물든 연인들의 모든 전설을

---

* 사람 머리글자를 도안화한 결합문자.
** Bothwell. 보스월 백작 4세인 제임스 헵번을 가리킨다. 스코틀랜드의 귀족으로 여러 번의 음모 사건으로 망명 생활을 하고 돌아와, 메리 여왕의 두번째 남편이 살해된 사건에 연루되는 등의 우여곡절을 겪었으나, 이후 아내와 이혼하고 여왕의 세번째 남편이 되었다. 그러나 그후 또다시 스코틀랜드 귀족들의 반발로 쫓겨나 덴마크에서 투옥되어 미쳐 죽었다.

모르십니까?"

"보스윌 이야기야 알지요. 그게 진짜 전설적인 이야기일 뿐이라는 것도 알고 말이오. 그렇기는 해도 남편들이 때로 그런 일로 죽는 것은 사실이오. 그런데 그가 어디서 죽었을까요? 그러니까, 그들이 어디에 시체를 숨겼을까요?"

"익사시켰거나 죽인 후에 물에 던져넣었겠지요."

젊은이는 초조하게 코웃음을 쳤다.

브라운 신부는 생각에 잠겨 눈을 깜박이다가 말했다.

"강이라는 곳은 상상 속의 시체를 숨기기에는 좋은 장소지만, 진짜 시체를 숨기는 데는 별로 좋지 않은 곳이에요. 시체를 던져넣었다고 말하기는 쉽겠죠, 바다로 쓸려내려갈 것 같아 보이니까요. 하지만 정말로 시체를 강에 던져넣으면, 바다로 흘러갈 가능성은 백에 하나입니다. 어딘가 기슭으로 떠밀려갈 가능성이 엄청 높지요. 분명 시체를 숨기는 데 그보다 나은 방법이 있었을 거요. 그렇지 않다면 지금쯤은 시체가 발견되었어야 마땅하니까 말이오. 그리고 폭력의 흔적이 있다면……."

"아, 시체 숨기는 문제가 뭐 중요합니까. 저 작자들의 흉악무도한 나무에 뭐가 쓰여 있는지 목격한 것만으로 충분하지 않습니까?"

헨리가 짜증스럽게 말했다.

"모든 살인사건에서는 시체가 가장 중요한 목격자예요. 시체 숨기기야말로 십중팔구 해결해야 할 실제적인 문제지요."

침묵이 감돌았다. 브라운 신부는 계속 붉은색 실내복을 뒤적이다가 햇빛에 반짝이는 강가 풀밭 위에 펼쳤다. 고개는 들지 않았지만 그는 잠시 후 세번째 사람의 등장으로 인해 풍경이 전체적으로 바뀐 것을 느꼈다. 정원에 서 있는 조각상처럼 움직임 없이 서 있는 인물이었다.

그는 목소리를 낮춰 말했다.

"그나저나 일전에 댁의 가엾은 삼촌에게 편지 한 통을 가져왔던, 유리눈을 한 작은 친구에 대해서는 어떻게 설명하겠소? 내가 보기에는 그 편지를 읽고 사람이 확 바뀐 것 같았거든요. 그래서 자살이라고 생각했을 때 그리 놀라지 않았고 말이오. 내가 잘못 봤을 수도 있지만 그 친구는 기밀정보를 다루는 사설 탐정 같았어요."

"글쎄요, 뭐 그럴 수도 있겠지요. 남편들은 때로 이런 가정의 비극에 탐정을 고용하지 않습니까? 그들의 불륜에 대한 증거를 잡았던 건지도 몰라요. 그래서 그들이……."

헨리가 망설이며 말했다.

"나라면 그렇게 크게 말하지 않겠어요."

브라운 신부가 말했다.

"그 탐정 친구가 지금 저 덤불 너머 몇백 미터쯤 떨어진 곳에서 우리를 보고 있으니까 말이오."

그들은 눈을 들어, 고전적인 정원에 만발한 희고 생기 없는 꽃들 사이에 서 있으니 한층 기괴해 보이는 유리눈의 도깨비가 기분 나쁜 시선으로 그들을 응시하고 있는 것을 확인했다.

헨리 샌드는 그 덩치에 어울리지 않게 잰걸음으로 달려들어, 분노를 뿜어내며 그에게 뭘 하고 있었는지 즉시 밝히라고 다그쳤다.

정원의 도깨비가 말했다.

"스테인스 공께서, 브라운 신부님이 오셔서 이야기를 나누셨으면 하십니다."

헨리 샌드는 분노하며 돌아섰다.

신부는 그가 그처럼 분노하는 이유가 사람들이 말하는 대로 헨리와 그 귀족이 서로 싫어하기 때문이라고 생각했다. 브라운 신부는 경사를 따라 올라가다 말고 잠깐 멈춰 서서, 부드러운 나무 줄기에 나 있는 무늬를 어루만지듯, 사랑 얘기를 적어놓았다고 하는 더 흐릿하고 숨겨진 그림문자를 흘긋 올려다보더니 다음에는 더 크게 휘갈겨 쓴 유서, 혹은 위조된 유서를 응시했다.

"저 글자를 보고 뭐 생각나는 게 없소?"

무뚝뚝한 그의 일행이 머리를 흔들자, 그는 덧붙여 말했다.

"나는 파업 참가자들이 복수할 거란 말로 그를 위협하던 게 시문이 떠오르는구려."

"이건 내가 부딪친 문제 중에서 가장 힘든 수수께끼이며 가장 이상한 이야기예요."

한 달이 지난 뒤 브라운 신부는 최근 완성된 188번 아파트에서 스테인스 공 맞은편에 앉아 그렇게 말했다.

산업 분쟁으로 인해 일이 중지되고 산업 노동조합에 의해 작업이 교체되기 전에 겨우 완공된 마지막 아파트였다. 내부는 편안하게 꾸며져 있었고, 신부가 얼굴을 찌푸리고 고백하는 동안 스테인스 공은 물 탄 럼주와 시가를 내놓으며 주인 노릇을 하고 있었다. 스테인스 공은 침착하고 격의 없이, 놀라울 정도로 우호적으로 행동했다.

"신부님의 설명에 대해서 말들이 많다는 건 알지요. 하지만, 분명 우리의 매력적인 유리눈 친구를 포함한 수사관들도 해결책은 알아내지 못할 것 같은데요."

브라운 신부는 시가를 내려놓고 주의깊게 말했다.

"그들은 해결방법을 모르는 게 아닙니다. 문제가 뭔지를 보지 못하는 거지요."

"실은 나도 문제가 뭔지 모르겠소만."

"이번 사건의 색다른 점은 이겁니다. 범죄자는 고의로 두 가지 다른 일을 저지른 것 같지만, 그 중 하나만 했다면 성공했을 수도 있었을 겁니다. 그런데 둘 다 했을 때는 오히려 서로를 망칠 수 있지요. 물론 이건 내 추측일 뿐이지만 나는 볼셰비키적으로 살인 위협을 한 성명서를 붙이고, 나무에 평범한 유서를 쓴 것이 같은 살인자가 한 일이라고 가정하고 있습니다. 자 그러면 그 성명서가 사실 프롤레타리아의 성명서이며, 과격파 노동자가 고용자를 죽이고 싶어했고 실제로 죽였다고 할 수도 있겠지요. 하지만 그게 사실이라 치더라도 왜 개인적인 자살처럼 보이게 했느냐는 수수께끼는 남아 있습니다. 게다가 그건 사실도 아니지요. 아무리 적의를 품었다 해도 이 노동자들 중에 그런 짓을 저지를 인물은 없어요. 나는 그들을 아주 잘 알지요. 그들의 우두머리도 잘 알고 말입니다. 탐 브루스나 호건 같은 사람이 누군가를 암살하려 한다면 그들은 그 사실을 신문에 내보내고 갖가지 방법으로 손해를 감수할 겁니다. 양식 있는 사람들은 광기라고 부르는 그런 심리 탓에 말이에요. 아니, 분개한 노동자가 아닌 누군가가 처음에는 분개한 노동자 역을 연기하고 다음에는 자살하는 고용자 역을 연기한 거죠. 하지만 대체 왜? 만일 그자가 그 문제를 자살로 얼버무릴 수 있다고 생각했다면, 왜 처음에 살인 위협을 공고해서 그걸 망쳤을까요? 자살이 살인보다야 덜 자극적인 이야기니까, 나중에서야 지어낼 생각이 든 거라고 할 수도 있겠죠. 하지만 그것도 살인 이야기 다음에 오면 자극적이긴 마찬가지입니다. 분명 이미 자신이 우리 생각을 살인 쪽으로 가게 한 것을 알고 있을 텐데, 그때 가서 우리의 생각을 거기서 다시 돌려놓는 게 궁극적인 목적이었다, 이렇게 되는 겁니다. 그게 나중에 떠오른 생각이었다면 아주 생각 없는 사람이라고 봐야겠죠. 무슨 말인지 아시겠습니까?"

"아니오. 하지만 내가 문제가 무엇인지조차 모르고 있다는 말은 알 것 같소. 단순히 누가 샌드를 죽였는가가 아니로군요. 누군가가 샌드 살인 죄를 다른 사람에게 뒤집어씌웠다가, 그 다음에 샌드를 자살죄로 몰아붙인 이유가 뭘까 하는 문제란 말이지요."

브라운 신부는 얼굴을 찡그리고 시가를 깨물었다. 뇌파의 진동을 드러내 보이듯 규칙적으로 시가 끄트머리가 밝아졌다 어두워졌다를 반복했다.

그는 혼잣말하듯 뇌까렸다.

"아주 면밀하고도 정확하게 따라가봅시다. 생각의 실을 가닥가닥 떼어내는 것같이, 이렇게 말이오. 살인자는 정말은 자살 쪽에 혐의를 돌리려 했으므로, 정상적으로라면 살인 혐의는 꾸미지 않았을 겁니다. 그런데 그자는 그렇게 했지요. 그러니 그런 짓을 한 데에는 다른 이유가 있었던 걸 거예요. 자살이라고 하는 다른 쪽 방어노선을 약화시키는 한이 있어도 감행해야 할 만큼 강력한 이유가 있었던 거죠. 다시 말해, 살인 누명은 사실은 살인 누명이 아니었다는 것이죠. 그러니까 그자는 살인에 혐의를 돌리려고 성명서를 사용한 게 아니라는 겁니다. 다른 사람에게 살인죄를 뒤집어씌우려고 그런 게 아니라, 뭔가 자신만의 특별한 이유가 있어서 한 일이었던 겁니다. 그자의 계획 자체가 샌드가 살해될 수도 있다는 성명서를 포함해야만 했던 거요. 그게 다른 사람에게 혐의를 돌리든 말든 그 점과는 무관하게. 어쨌거나 그 별것 아닌 성명서 자체가 필요했던 거라고요. 왜 그랬을까요?"

그는 5분 정도, 변함없이 활화산 같은 집중력으로 담배를 피우다가 다시 말했다.

"파업 참가자들이 살인자라고 암시하는 것말고 그 살인 공고가 무슨 일을 할 수 있었을까요? 실제로 무슨 일을 했을까요? 한 가지는 분명하죠. 거기 씌어 있던 내용의 정반대 결과를 끌어냈다는 것입니다. 성명서는 샌드에게 노동자들을 쫓아내지 말라고 말했는데, 어쩌면 그것만이 그 사람이 정말로 노동자들을 쫓아내게 할 수 있는 유일한 일이었을 거예요. 남자다움과 명성이라는 문제를 생각해봅시다. 우리 멍청한 감상적 신문이 '강한 남자'라고 부르는 사내, 잉글랜드의 가장 뛰어난 멍청이들이 스포츠맨이라고 떠받드는 사내가 권총의 위협을 받고 순순히 물러설 수는 없는 법이죠. 그건 새하얀 모자에 흰 깃털을 달고 애스컷*에 있는 경마장을 걷는 일이나 다름없어요. 그건 뼛속까지 겁쟁이가 아닌 한 누구나 목숨보다 중하게 여길, 내면의 우상 내지 이상을 깨뜨리는 짓이죠. 그런데 샌드는 겁쟁이도 아니고, 용감한데다가 충동적이기까지 했소. 그 협박은 즉시 주문처럼 작용했지요. 어느 정도는 노동자들과 얽혀 있던 그의 조카가 바로 그런 위협은 철저히 즉각적으로 거부되어야 한다고 소리쳤단 말이에요."

스테인스 공이 말했다.

"그렇지. 기억 나요."

그들은 잠시 서로를 마주보았고, 스테인스는 무심코 덧붙였다.

"그럼 신부님 생각에는 범죄자가 정말로 원했던 게⋯⋯."

---

* Ascot. 영국 잉글랜드 버크스 주에 있는 마을. 1711년 앤 여왕이 창설한 로열 애스컷 대회가 열리는 곳이다. 폭이 넓은 스카프 모양의 애스컷 타이는 패션을 주도한 상류층의 주요 사교장이었던 이 경마대회에서 이름을 따왔다.

"작업장 문을 닫는 것이었지요!"

신부는 열정적으로 외쳤다.

"파업이라고 부르건 뭐라고 부르건, 작업이 중단되는 일 말입니다. 그자는 즉시 작업을 멈추고 싶어했어요. 어쩌면 즉시 파업 방해자들이 개입하길 바랐는지도 모르지요. 어느 쪽이건 산업 노동조합이 쫓겨나길 바란 건 분명합니다. 그게 그자가 정말로 바란 거예요. 이유는 신께서나 아실 테지. 그리고 그 일은 볼셰비키 암살자들이 존재한다는 암시를 더 남기지 않고서도 성공할 수 있었겠지요. 하지만 그 다음…… 그 다음에 내 생각에는 뭔가가 틀어졌어요. 지금은 아주 천천히 추측하면서 가닥을 잡아갈 뿐입니다만, 내가 생각할 수 있는 유일한 설명은 뭔가가 진짜 문제가 있는 쪽으로 주의를 돌리기 시작했다는 거예요. 무엇인지는 모르지만 그자가 공사를 멈추게 하려고 했던 바로 그 이유 쪽으로 말이오. 그제서야 뒤늦게, 필사적으로, 그리고 다소 모순되게, 그자는 강 쪽에 주의를 끌 만한 다른 흔적을 남기려 시도한 것이지요. 단지 그래야만 아파트에서 관심을 떨어뜨릴 수 있다는 이유 때문이었지요."

그는 둥그런 안경 너머로 시선을 들고 넋을 잃은 듯 배경과 가구 배치를 살펴보았다. 이 은둔자의 방은 간결하면서도 고급스럽게 꾸며져 있어, 최근 막 공사를 끝내고 아직 가구도 들여

놓지 않은 건물에 두 개의 짐가방을 들고 도착했던 거주자와는 사뭇 대조가 되었다.

신부가 불쑥 말했다.

"즉, 살인자는 아파트에 있는 무엇인가 혹은 누군가에게 겁이 났던 겁니다. 그런데 당신은 왜 아파트로 왔지요? ……그리고 헨리는 당신이 이사해 들어왔을 때 일찌감치 자기와 만날 약속을 했었다고 하던데, 그게 사실입니까?"

"말도 안 됩니다."

스테인스가 말했다.

"그 전날 밤에 삼촌 쪽에게서 열쇠를 받았어요. 그날 아침에 헨리가 왜 여기 왔었는지는 감이 잡히지 않는군요."

"아하……그렇다면 왜 그 친구가 왔었는지 알 것 같군요……그 친구가 막 나오는데 당신이 들어가서 꽤나 놀랐겠습니다."

스테인스는 회녹색 눈을 빛내며 브라운 신부를 건너다보았다.

"하지만 신부님은 저 역시 수상하다고 생각하고 계시지요."

"당신에 대해서는 두 가지 수상한 점이 있습니다. 첫째는 왜 샌드의 사업에서 손을 뗐는가 하는 것이고, 두번째는 왜 그런 다음에 샌드의 건물에 들어와서 사는 건가 하는 점이지요."

스테인스는 생각에 잠겨 담배를 피고 재를 털고 나서 앞 탁자에 놓여 있던 종을 울렸다.

"실례지만 두 사람을 더 소환해야겠군요. 신부님도 아시는 그 작은 탐정, 잭슨이 종소리를 듣고 올 겁니다. 그리고 조금 후에 헨리 샌드도 오라고 불렀소이다."

브라운 신부는 앉은 자리에서 일어나 방 안을 거닐다가 얼굴을 찌푸리고 벽난로 안을 내려다보았다.

스테인스는 계속해서 말했다.

"그 사이에 두 가지 의문에 모두 대답해드리지요. 내가 샌드의 사업에서 빠진 것은 협잡이 벌어지고 있고 누군가가 돈을 다 빼돌리고 있다는 확신이 있었기 때문입니다. 그런 후에 돌아와서 이 아파트에 들어선 것은, 허버트 샌드의 죽음에 대한 진실을 지켜보고 싶었기 때문이었어요. 바로 현장에서 말이오."

탐정이 방 안에 들어서자 브라운 신부는 고개를 돌렸다. 그는 벽난로 앞 깔개를 뚫어지게 보면서 그 말을 되뇌었다.

"현장에서라······."

"잭슨 군은 허버트 경이 회사 돈을 훔치고 있는 도둑이 누구인지 찾아내기 위해 자신을 고용했다는 사실을 말씀드릴 겁니다. 그리고 허버트가 사라지기 전날 찾아낸, 사실을 적은 편지를 가지고 왔었다는 것도."

"그렇군. 이제 그 사람이 어디로 사라졌는지 알겠소. 시체가
어디 있는지 알겠어요."

브라운 신부가 말했다.

"그 말은······?"

집주인은 급히 입을 떼었다.

"여기요."

브라운 신부는 벽난로 깔개를 짚었다.

"여기, 이 아늑하고 편안한 방에 깔린 우아한 페르시아 양탄
자 밑이에요."

"대체 그걸 어떻게 알아냈소?"

"내가 자면서 그 사실을 알아냈다는 게 막 기억났어요."

그는 꿈이라도 그려내려는 듯 눈을 감고 몽롱하게 말을 이
었다.

"이 살인사건은 어떻게 시체를 숨기느냐 하는 문제에 달려
있습니다. 그런데 난 자다가 그걸 알아냈지요. 난 아침마다 이
건물에서 나오는 망치질 소리에 잠을 깼었어요. 그날 아침에는
반쯤 깨어났다가, 다시 잠들었다가 늦은 줄 알고 다시 일어났
지요. 하지만 늦잠을 잔 건 아니더군요. 왜 그랬을까요? 그날
아침, 보통 작업은 다 멈춘 상태였는데도 망치질 소리가 났기

때문입니다! 해 뜨기 전에 잠깐 동안, 서두르는 듯한 짧은 망치 소리가 났지요. 자고 있던 나는 익숙한 소리에 자동적으로 반응했지만, 그 익숙한 소리가 평소 같은 시간에 나지 않았기 때문에 다시 잠이 들었어요. 이제 왜 그 비밀을 감춘 범죄자가 모든 작업이 갑자기 멈추기를 원했는지, 그리고 왜 새로운 일꾼들이 들어오길 바랐는지 알겠습니다. 다음날 예전에 일하던 사람들이 돌아오면 밤 사이에 새로운 작업이 되어 있는 것을 발견하겠지요. 예전 일꾼들은 자기들이 어디까지 하고 떴는지 알고 있었을 테니, 이 방 바닥 전체가 마무리되어 있는 것을 알아차렸을 겁니다. 어떻게 작업하는지 알고 있는 사람이 자기 손으로 못질을 한 거지요. 노동자들과 많이 어울리고 그들의 방식을 배운 사람의 손이 말입니다."

그가 말하는 사이, 문이 열리더니 누군가가 머리를 들이밀었다. 두꺼운 목 위에 달린 작은 머리, 그리고 안경알 너머로 그들을 향해 눈을 깜박이고 있는 얼굴을 한 사람이었다.

"헨리 샌드는 자신이 뭔가를 숨기는 데 능하지 못하다고 했었지요. 하지만 나는 그가 횡령을 숨겼다고 생각하오."

브라운 신부가 천장을 올려다보며 말하자, 헨리 샌드는 돌아서서 잽싸게 복도를 달려갔다.

신부는 멍하니 말을 이었다.

"몇 년 동안 회사 돈을 빼돌린 것만 성공적으로 숨긴 게 아니라, 자기 삼촌의 시체도 새롭고 독창적인 방식으로 숨겼지요."

동시에 스테인스는 다시 종을 울렸다. 귀에 거슬리는 종소리가 길게 이어졌다. 유리눈의 작은 남자는 만화경 속에 나오는 기계 인형처럼 빙그르르 돌아 도망자를 쫓아 복도로 뛰쳐나갔다. 같은 순간에 브라운 신부는 작은 발코니로 몸을 기울이고 창 밖을 내다보았다. 대여섯 명 정도 되는 사람들이 숲 뒤에서 뒤쪽 거리로 뛰쳐나와, 부채나 그물처럼 흩어지는 모습이 보였다. 그들은 총알처럼 정문으로 튀어나온 도망자 뒤를 쫓아서 그물망을 펼쳤다.

브라운 신부는 계속 그 방 안에서만 반복해서 맴돌던 것에 주목했었다. 헨리는 건설 작업을 중단시켜놓고서, 그곳에서 허버트를 목졸라 죽이고 뚫을 수 없는 바닥 밑에 그 시체를 숨긴 것이었다. 핀에 찔린 일이 그의 의심의 출발점이었지만, 그것은 결과적으로 그가 긴 거짓말의 고리에 빠져 있다는 사실을 알려주었다. 핀 끝이 가리킨 것은 그것이 아무것도 가리키지 않는다는 것이었다.

그는 마침내 스테인스를 이해할 것 같았다. 그는 이해하기 힘든 묘한 사람을 알아가는 것이 좋았다. 그는, 한때 녹색 피를 가진 게 아닌가 의심했던 이 지친 모습의 신사가 사실은 양심이나 관습적 명예라는 차가운 녹색 불꽃의 소유자임을 깨달았다. 그 때문에 처음에는 지저분한 일에서 빠져나왔다가, 그 일을 다른 사람에게 떠넘긴 데 대해 부끄러워했던 것이다. 그리고 지루하고 귀찮은 탐정 노릇을 하러 돌아와, 시체가 묻힌 바로 그 현장에 캠프를 친 것도 그 때문이었다. 그래서 살인자는 그 사람이 시체에서 그렇게 가까운 곳에서 냄새를 맡고 있는 것을 알고는 어쩔 수 없이 조잡하게나마 실내복과 익사에 관한 드라마를 꾸몄던 것이다. 모든 일이 아주 명백했다. 그렇지만 브라운 신부는 밤공기와 별들에게서 머리를 돌리기 전, 밤의 어둠 속으로 까마득히 치솟은 외눈박이 거인 같은 건물의 그림자를 올려다보았다. 그리고, 이집트와 바빌론을, 인간의 손에 만들어져 한때는 영원했다가 덧없어진 모든 것을 기억했다.

"맨 처음에 했던 말이 옳았군."

그는 중얼거렸다.

"파라오와 피라미드에 대한 코페*의 시가 떠오르는걸. 이 집은 백 개의 집이 되겠지만, 거대한 산 같은 건물은 한 인간의 무덤일 뿐이니."

---

* Coppée, François(1842~1908). 프랑스의 시인이자 극작가.

공산주의자

몇백 가지 견해를 갖되 독선에는 빠지지 말 것.

만약 사람들이 독선에 빠진다면,

그건 그들의 사상 때문이 아니라,

그들의 됨됨이 때문입니다.

　맨더빌 칼리지의 근사한 정문에 낮게 들어선 튜더식 아치
아래로 세 남자가 걸어나오고 있었다. 햇살이 영원히 쨍쨍 내
리쬘 것만 같은 여름날 저녁이었다. 그 햇살 속에서 그들은 날
벼락 같은 일을 겪게 되었다. 숨이 멎을 것 같은 충격이라 할
만한 일이었다.

　재난의 징조를 예감하기 직전까지 그들은 오히려 정반대의
상태에 있었다. 그들은 약간 기묘하기는 하지만, 주변 환경과
잘 조화되어 있었다. 회랑처럼 교정을 감싸고 뻗어 있는 튜더
식 아치는 사백 년 전에 지어진 것으로, 하늘 높이 치솟은 고딕
양식이 쇠락하여 휴머니즘과 학문이 융성하던 르네상스 시대
의 더 아늑한 건축 양식에 경의를 표한, 아니 무릎을 꿇은 바로

그 시대에 지어진 것이었다. 그 사람들도 옷은 현대식으로 차려입고 있었다. 비록 지난 4세기 동안 살아온 누구라도 놀랄 만큼 추레한 옷이기는 했으나 그 장소의 정신에 깃든 무엇인가와 일맥상통하는 점이 있었다. 정원은 세심하게 손질되어 꾸미지 않은 듯 지극히 자연스럽게 보였고, 꽃들이 만발한 모습은 우연히 잡초가 우아하게 우거진 듯했다. 현대적인 옷차림에서조차도 어수선하게 연출된 그림 같은 아름다움이 있었다.

세 남자 중에서 첫번째 사람은 키가 크고 머리가 벗겨졌으며 탐스러운 턱수염을 기르고 있었다. 그는 모자와 가운을 걸치고 대학 뜨락을 거니는 모습이 익숙한 듯했지만 그의 처진 어깨 한쪽으로 가운이 흘러내리고 있었다. 두번째는 작달막하면서 체격이 단단한 인물로, 떡 벌어진 어깨에 평범한 재킷을 입고 가운은 팔에 걸친 채 쾌활한 웃음을 띠고 있었다. 세번째는 그보다 더 키가 작았고, 상당히 남루한 검정색 수도사복을 입고 있었다. 하지만 그들 모두가 맨더빌 칼리지, 그리고 오래되고 독특한 영국의 두 대학* 특유의 형언할 수 없는 분위기에 어울렸다. 그들은 그 안에 녹아든 것처럼 잘 맞았다. 그곳에서는 이런 것이 가장 잘 어울린다고 할 수 있었다.

---

* 옥스퍼드와 캠브리지를 말한다.

정원에 놓인 작은 탁자 옆 의자에 앉아 있는 두 남자는 이 회록색 풍경에서 눈에 번쩍 띄는 한 점의 얼룩 같았다. 그들은 거의 검은색으로만 차려입었는데, 머리끝의 반들거리는 높은 모자에서부터 발끝의 반짝이는 부츠까지 호화로웠다.

맨더빌 칼리지의 점잖고 자유로운 기풍 안에서는 그렇게 잘 차려입은 것 자체가 가히 폭력적인 침해였다. 그들이 외국인이라는 사실만이 유일한 변명이 되어줄 뿐이었다. 헤이크라는 미국인 백만장자는, 뉴욕 부유층에서 유행하는 티끌 하나 없는 신사 차림새를 하고 있었다. 화려하게 늘어진 양쪽 구레나룻에다가 아스트라한 코트까지 입은 다른 사람은 대단한 재산을 소유한 독일의 백작으로, 그 이름 중에 가장 짧은 부분이 폰 짐머른이었다. 그러나 이 이야기의 수수께끼는 왜 그들이 그곳에 있는가 하는 문제가 아니다. 그들은 보통 어울리지 않는 사람들끼리의 만남을 설명할 수 있는 단 한 가지 이유인 바로 돈 때문에 그곳에 있었다. 그들은 학교에 기부를 하겠다는 제안을 했던 것이다. 그들은 몇몇 재력가와 사업가들이 지원하는 계획의 후원으로, 맨더빌 칼리지의 경제학과에 새로운 교수 자리를 하나 만들고자 이곳에 왔다. 그들은 미국인과 독일인 외에는 어떤 이브의 자손도 갖지 못했을 성싶은 지칠 줄 모르는 끈기를 가지고 학교 안을 꼼꼼이 시찰했다. 그리고 이제야 일을 끝내고 쉬면서 대학 교정을 엄숙히 굽어보고 있던 것이었다. 여기까지는 그런대로 좋았다.

이미 그들을 만나보았던 세 남자는 흐릿한 인사말을 던지며 지나쳐 가고 있었다. 그런데 그 중 한 사람이 그들 앞을 조금 지나 멈춰 섰다. 셋 중에 가장 키가 작은, 검은 수도사복의 신부였다.

그는 놀란 토끼같이 불안한 표정으로 말했다.

"저 사람들 모습이 마음에 안 드는군요."

"이런 맙소사! 누군들 마음에 들겠나?"

훤칠한 남자가 부르짖었다. 그가 바로 맨더빌의 학장이었다.

"최소한 이 나라엔 양복점 마네킹처럼 차려입지 않은 부자들도 몇 사람 있는데 말이야!"

작달막한 신부가 쉿 소리를 냈다.

"그래, 내 말이 그 말입니다. 양복점 마네킹······."

"무슨 말씀이십니까?"

또 한 사람이 날카롭게 물었다.

"저 사람들이 밀랍인형 같다는 말이지요. 전혀 꼼짝을 하지 않잖아요. 왜 저러고 있는 걸까요?"

신부는 들릴락말락한 소리로 말했다.

그는 갑자기 정신이 멍한 상태에서 빠져나와 곧장 정원을 가로질러 걸어가서 독일 귀족의 팔꿈치를 건드렸다. 독일 귀족은 의자와 함께 우당탕 넘어졌고, 다리는 의자 다리와 마찬가지로 뻣뻣하게 공중에 솟구쳤다.

그 와중에도 기드온 헤이크는 유리알 같은 눈으로 정원만 응시하고 있었다. 밀랍인형 같은 분위기 탓에 그 눈은 더더욱 유리로 만든 것 같았다. 햇살이 가득한 생기 있는 정원 속에서 딱딱하게 차려입은 인형 같은 인상은 한층 섬뜩했다. 마치 이탈리아의 꼭두각시 극 무대에 선 인형 같았다. 검은 옷을 입은 작달막한, 브라운이라는 이름의 신부는 망설이며 백만장자의 어깨를 건드렸다. 그 사람 역시 그대로 옆으로 쓰러졌다. 끔찍하게도 무슨 나무조각이 산산이 무너져내리는 것 같았다.

"사후강직이로군요. 게다가 아주 빠릅니다. 하지만 경직 속도는 상황에 따라 아주 다양하니까요."

처음 나온 세 사람이 그렇게 늦게, 너무 늦게는 아닐지라도, 다른 두 남자와 마주치게 된 이유를 제대로 이해하려면 그들이 밖으로 나오기 직전, 튜더식 아치 길 뒤편 건물 안에서 무슨 일이 일어났는지를 먼저 서술해야 할 것이다. 그들은 홀의 하이 테이블*에서 모두 함께 저녁식사를 했다. 하지만 두 외국인

---

* High Table. 대학 식당에서 한 단 높은 교수 자리.

자선가는 모든 것을 둘러봐야 한다는 의무감에 사로잡혀, 아직 살펴보지 못한 회랑 하나와 계단을 보러 예배당으로 갔다. 그러나 그들은 후에 다른 일행들하고는 교정에서 다시 만나 대학 교정에서 피우는 담배맛이 어떤지 한번 보자는 약속을 한 것이었다.

다른 일행은 보다 건전하고 남을 존중하는 태도를 가진 사람들로 여느 때처럼 길고 좁은 참나무 탁자로 자리를 옮겨 식후 와인을 한 잔씩 돌렸다. 이 관습은 중세 시대 존 맨더빌 경*이 이 학교를 설립한 이래로 이야기의 흥을 돋우기 위해 계속 이어져온 것이었다. 탐스러운 턱수염을 기르고 이마가 벗겨진 학장이 상석을 차지했고, 떡 벌어진 어깨에 양복을 입은 작달막한 남자가 그 왼쪽에 앉았다. 그는 대학의 회계사로 대학의 경영을 맡고 있었다. 그 옆에는 얼굴이 비뚤어졌다고밖에 할 수 없는 기묘한 외모의 사내가 앉아 있었다. 얼굴 반쪽이 일그러져 마비되었는지, 콧수염과 눈썹이 반대 방향으로 기울어져 지그재그 형태를 이루었다. 그의 이름은 바일즈였고 로마사를 가르쳤다. 그의 정치적인 견해는 타르퀴니우스

---

* Sir John Mandeville. 14세기 영국의 학자로 예루살렘, 투르키스탄, 인도, 중국 등에 대한 전 세계 여행자들의 이야기를 수집하여 『기사 존 맨더빌 경의 여행기』를 펴냈다.

수페르부스*의 신랄한 왕당주의와 코리올라누스**의 과격한 반동주의를 바탕으로 하고 있었다. 이러한 견해는 고리타분한 귀족들에게서 찾아볼 수 있는 것이었다. 그러나 바일즈의 경우, 그의 신랄함이 이러한 정치적 견해를 빚게 했다고 보는 사람들도 있었다. 그를 날카롭게 관찰한 사람들은 바일즈에게서 정말로 뭔가 잘못된 것이 있다는 인상을 받았다. 태풍의 피해를 입은 나무가 말라죽듯, 그가 어떤 비밀 내지는 크나큰 불운에 상처를 입어 태풍의 피해를 입은 나무가 말라죽듯 반쯤 시든 얼굴이 되었다고 생각했다. 그 너머에는 브라운 신부가 앉아 있었고, 탁자 끝에는 졸린 것 같기도 하고 약간은 교활한 것 같기도 한 눈을 지닌, 온화해 보이는 덩치 큰 금발의 화학 교수가 앉았다. 이 자연 철학자가 더 고전적인 전통에 입각해 있는 다른 철학자들을 곰팡내 나는 구닥다리쯤으로 여긴다는 것은 잘 알려진 바였다. 브라운 신부 맞은편에는 상당히 거무스름한 얼굴에 검은색 턱수염을 기른 조용한 젊은이가 앉아 있었다. 그는 누군가가 페르시아어 교수직이 있어야 한다고 주장해서

---

* Tarquinius Superbus. 기원전 6세기 후반 로마를 다스렸던 왕으로 전제정치를 확립하였다. 그가 펼친 공포정치는 원로원 의원들의 반발을 샀다.
** Coriolanus. 로마의 전설적인 영웅. 로마에서 추방당한 뒤, 로마와 적대관계에 있던 볼스키족 군대를 동원해 로마로 쳐들어오던 중, 그의 어머니와 아내가 탄원하자 돌아섰다.

소개된 사람이었다. 기분 나쁜 바일즈 맞은편에는 대머리에 아주 온화해 보이는 자그마한 교목이 앉았다. 회계사의 맞은편, 즉 학장 오른쪽 자리는 공석이었다. 많은 사람들이 그 자리가 비어 있다는 사실에 기뻐했다.

"크라켄이 오는지 어떤지 모르겠군요."

학장은 평소의 느긋하고 거리낌 없는 태도와는 달리 신경질적으로 그 의자를 쳐다보며 말했다.

"나는 사람들을 꽤 자유롭게 놔두는 편이라고 생각하지만, 그가 여기 앉아 있는 편이 더 안심이라고 실토하지 않을 수 없군요. 어디 다른 곳에 있지 않다는 뜻이니까요."

"그 사람이 다음에 어디로 튈지는 아무도 모르죠. 특히나 젊은이들을 가르칠 때는요."

회계사가 쾌활하게 말했다.

"빛나는 친구요, 뜨겁기는 하지만."

학장이 돌연 태도를 바꾸자 늙은 바일즈가 으르렁거리듯 말했다.

"원래 불꽃은 뜨겁기도 하고 빛나기도 하는 거죠. 하지만 난 침대에 누운 채 불타오르고 싶진 않소이다. 그러면 크라켄이 진짜 가이 포크스*로 사람들한테 통할 것 아니오."

* Guy Fawkes. 영국 화약 음모사건의 주동자 중 한 사람.

"그 사람이 정말로 물리적인 폭력혁명에 가담하리라 생각하십니까? 뭐 그런 게 있다면 말이지만요."

회계사는 미소지으며 물었다.

"본인이 그렇게 생각하잖나. 지난번에는 홀에 꽉 들어찬 학부생 전체에게 이젠 아무것도 계급투쟁이 도시에서 살인이 벌어지는 진짜 전쟁으로 이행해가는 것을 막을 수 없다고 했다지. 그리고 공산주의와 노동계급의 승리로 끝나기만 한다면 다른 건 중요하지 않다고 말이야."

바일즈가 날카롭게 대꾸했다.

"계급투쟁이라……."

학장은 막연한 혐오감을 담아 중얼거렸다. 그는 오래 전에 윌리엄 모리스*와 친분이 있었고, 좀더 예술적이고 느긋한 사회주의에 친숙해져 있었다.

"난 그 계급투쟁이라는 것을 도통 이해할 수가 없어요. 내 젊은 시절에 사회주의는 계급 같은 것은 없다는 걸 의미했지요."

"사회주의자들은 계층이라고 할 수 없다는 뜻이로군요."

바일즈가 모질게 말했다.

---

* Morris, William(1834~1896). 영국의 시인이자 디자이너. 출판사를 경영하기도 했다. 사회문제와 예술에 대한 강연가로 활동, 미술공예운동의 주도적인 역할을 했다.

"물론 선생이 나보다 그들에게 적대적이긴 해요. 하지만 내가 말하는 사회주의라는 것도 선생의 보수주의만큼이나 구닥다리인 것 같소. 우리 젊은 친구들은 어떻게 생각하는지 정말 궁금한데. 어떤가, 베이커?"

학장은 돌연 왼쪽에 앉은 회계사 베이커에게 질문을 넘겼다.

"아, 보통 사람들이 말하듯이 별 생각 없습니다."

회계사는 웃음을 터뜨리며 말했다.

"제가 진짜 보통 사람이라는 걸 기억하셔야지요. 전 사색가가 아닙니다. 그저 사업가일 뿐이지요. 그리고 사업가 입장에서 보기에는 다 허튼소립니다. 사람들을 동등하게 만들 수도 없는 일이고, 모두에게 똑같이 돈을 준다는 것도 황당한 짓거리예요. 특히 그 중엔 아예 돈을 받을 자격이 없는 놈들도 많으니까요. 뭐든 뚫고 나가려면 실용적인 길을 취해야지요, 방법은 그것뿐입니다. 약육강식이 자연법칙인 게 우리 잘못은 아니잖습니까."

"그 점에는 동의합니다. 공산주의는 아주 현대적 사상인 척하지만 그렇지가 않아요. 수도사와 원시인의 미신으로 되돌아갈 뿐이지요. 자손에 대해 진정 윤리적인 책임을 지고 있는 과학적인 정부라면 전부 진흙탕으로 되돌아가기보다는 늘상 밝은 전망과 진보의 길을 찾을걸요. 사회주의는 감상주의이고,

역병보다 더 위험하죠. 최소한 역병에서는 적자생존 법칙이 적용되잖습니까."

화학 교수가 그 덩치에 어울리지 않게 어린아이 같은 혀 짧은 소리로 말했다.

학장은 약간 슬픈 미소를 지었다.

"선생도 내가 같은 생각이라는 걸 알 겁니다. 누군가 친구와 강가를 걸으면서 했다는 얘기를 모르십니까? '그렇게 다르지도 않아, 의견만 빼면'이라는 농담이지요. 그게 대학의 모토가 아니던가요? 몇백 가지 견해를 갖되 독선에는 빠지지 말 것. 만약 사람들이 독선에 빠진다면, 그건 그들의 사상 때문이 아니라, 그들의 됨됨이 때문입니다. 그들이 무엇을 말하는가가 아니라 그들이 무엇인가에 의해서입니다. 난 18세기의 유물 같은 사람이라 오래된 감상적 이단 사상 쪽에 마음이 기우는구려. '믿음의 형태를 두고 죄 많은 광신자들이 싸우게 놔두라. 그의 삶이 옳은 곳에 있는 한 잘못될 리 없느니.'* 어떻게 생각하나요, 브라운 신부님?"

학장은 장난스럽게 신부를 건너다보다가 약간 놀라고 말았다. 그는 늘 명랑하고 상냥하며 누구와도 곧잘 어울리는 브라

* 영국의 시인 알렉산더 포프의 『Essay on Man』에서 인용한 구절이다.

운 신부의 모습만 보아왔고, 그 둥근 얼굴은 대개 훌륭한 유머 감각으로 가득차 있었던 것이다. 그런데 무슨 이유에선가 이 순간, 신부의 얼굴은 잔뜩 음울한 기색이 서려 찌푸려져 있었다. 신부의 이런 모습은 처음이었다. 그래서 그 순간 그 평범한 얼굴이 바일즈의 사나운 얼굴보다 더 어둡고 불길해 보였다. 잠시 후 구름은 걷힌 듯했지만, 브라운 신부는 여전히 엄숙하고 단호한 태도로 입을 열었다.

"아무래도 난 그 말을 믿을 수가 없군요. 인생관 자체가 잘못되었는데 어떻게 그 사람의 삶이 옳을 수 있단 말입니까? 그건 인생관이 얼마나 다를 수 있는지 몰라서 생긴 현대적인 혼란입니다. 침례교도와 감리교도는 자신들이 도덕성 면에서는 그리 다르지 않다는 것을 알고 있지요. 그렇게 치면 종교나 철학 면에서도 별 차이가 없을 겁니다. 침례교도였다가 비침례교도가 된다는 것은 아주 다르지요. 신지학자(神知學子)였다가 인도의 종교 암살단이 되는 것도 전혀 다른 일이고요. 잘못된 이단 사상은 늘 도덕성에 영향을 끼칩니다. 한 남자가 도둑질은 나쁜 게 아니라고 정직하게 믿는다 치죠. 하지만 그가 부정을 정직하게 믿는다고 말해봐야 무슨 쓸모가 있습니까?"

"끝내주게 좋은 말씀이오."

바일즈는 얼굴을 흉폭하게 일그러뜨리며 말했다. 아마 온화한 미소를 지으려던 것이리라.

"그래서 내가 이 대학에 있는 '이론 도둑질' 교수 자리를 반대하는 것이올시다."

그러자 학장은 한숨을 내쉬며 말했다.

"이런, 다들 공산주의를 몹시도 깎아내리는군. 하지만 정말로 그렇게 깎아내릴 게 있다고 생각하는 건가? 정말로 그렇게 위험하다고 생각하나?"

브라운 신부가 엄숙하게 말했다.

"난 그게 너무 거대해졌다고 생각합니다. 어떤 모임에서는 이미 그걸 당연하게 받아들이고 있더군요. 사실 무의식적으로, 그러니까 아무 생각도 없이 말이지요."

"그리고 그 끝은 이 나라의 붕괴일 테지요."

바일즈가 말했다.

"끝은 그보다 더 나쁠 겁니다."

브라운 신부가 말했다.

그때 벽에 검은 그림자가 확 비치더니, 곧바로 그림자 주인이 나타났다. 전체적으로 막연하게 맹금류 같은 느낌을 주는, 훤칠하지만 구부정한 사람이었다. 갑작스럽게 등장하여 재빨리 움직이는 모습이, 숲속에 있다 깜짝 놀라 푸드덕 날아오르는 새 같아서 더욱 그런 느낌을 주는 것일 수도 있었다. 길게 늘어진 콧수염에 팔다리가 길고, 어깨가 치켜 올라간 그 사람은 그들 모두에게 익숙한 인물이었다. 그러나 황혼과 촛불 빛, 날아오르는 듯한 그림자에 깃든 무엇인가가 신부가 내뱉은 무의식적인 예언의 말과 묘하게 연결되었다. 그의 말은 고대 로마식으로 말하면 점(占)과 같았고, 그 징조가 새가 날아다니는 모습 같았다.* 아마도 바일즈는 그런 로마식 점복에 대해, 특히 나쁜 징조를 나타내는 새에 대해서 강의한 적이 있었을 것이다.

그 키 큰 사람은 벽에 비친 그림자처럼 미끄러지듯 들어와서 학장 오른쪽의 빈 의자에 털썩 앉더니 움푹 들어간 퀭한 눈으로 회계사와 나머지 사람들을 건너보았다. 늘어진 머리카락과 콧수염은 금빛이었지만 푸른 눈은 너무 깊이 패여서 거의 검은 빛으로 보일 지경이었다. 새로 등장한 사람이 누구인지는 모두가 알고 있었다. 잘 몰랐던 사람이라도 바로 뒤따른 사건 때문에 상황을 알아차렸을 것이다. 로마사 교수가 소위 이론 도둑질 교수, 즉 공산주의자 크라켄과는 한 식탁에 앉을 수 없다는 티를 노골적으로 내며 딱딱하게 일어서서 나가버렸던 것이다.

맨더빌 학장은 신경질적인 우아한 태도로 어색한 상황을 무

---

* 고대 로마에서는 중요한 일을 점치는 데 새를 사용했다.

마했다. 그는 미소를 지으며 말했다.

"친애하는 크라켄, 막 내가 자네를, 혹은 자네의 어떤 면을 변호하던 중이었네. 그러나 자네가 나를 변호하기란 상당히 어렵겠지. 난 젊은 시절 사회주의자 친구들이 갖고 있던 훌륭한 형제애와 동료애의 이상을 정말이지 잊을 수가 없거든. 윌리엄 모리스는 그 모든 걸 한 문장으로 표현했지. '협력은 천국이요, 협동심의 결여는 지옥'이라고."

크라켄은 동의하지 않는다는 듯 말했다.

"'사회 자유민주당원이 된 교수들'이라는 신문 머릿기사 같군요. 그럼 윌리엄 모리스를 기리기 위해 저 구제불능 헤이크가 새 경영학 교수 자리 하나 바치겠다 이겁니까?"

학장은 여전히 필사적으로 상냥한 척하며 말했다.

"글쎄, 어쨌든 난 우리 교수들 모두가 좋은 동료 관계에 있었으면 좋겠다고 희망하네."

"그래요. 모리스 좌우명의 학문적인 버전이군요. 연구비는 천국이요, 연구비의 결여는 지옥이나니."

크라켄이 으르렁거리자 회계사가 잽싸게 끼어들었다.

"너무 앞지르지 마세요, 크라켄. 포트 와인이나 좀 드시죠."

"아, 그럼 한잔 마시죠. 사실은 정원에서 한 대 피우려고 이리 내려왔지요. 그런데 창 밖을 내다보고 귀한 백만장자 둘이 정원의 꽃처럼 피어 있는 것을 봤습니다. 신선하고 순수한 새싹들이더군요. 아무튼 그자들에게 잔소리를 좀 해주는 것도 가치 있는 일일지 모르겠군.”

공산주의자 교수는 무례한 태도를 약간 누그러뜨리며 말했다.

학장은 마침내 의례적으로 대충 체면치레하고 자리에서 일어났고, 기쁜 마음으로 회계사가 저 ‘야만인’을 상대로 최선을 다하게 내버려두었다. 다른 사람들도 일어나 흩어지기 시작했다. 회계사와 크라켄은 긴 탁자 끄트머리에 남았고, 브라운 신부가 수심 어린 표정으로 허공을 응시하며 자리에 앉아 있을 뿐이었다.

“아, 그 문제에 대해서라면 솔직히 나도 정말 지쳤습니다. 그 사람들과 온종일 쏘다니며 이 새 교수직에 관한 온갖 사무를 의논했거든요. 하지만 이봐요, 크라켄 씨.”

그는 탁자 위로 몸을 내밀며 부드럽게 강조했다.

“이 새로운 교수직에 대해 그렇게 함부로 깎아내릴 필요는 없습니다. 교수님 전공에 전혀 간섭하지 않을 테니까요. 맨더빌에 유일한 정치경제학 교수시고, 저는 선생님의 관념에 찬성하지 못하겠습니다만 어쨌든 선생이 유럽에서 명성을 떨치고 있다는 건 누구나 알잖습니까. 이건 소위 응용경제학이라고 하는 특별한 과목입니다. 뭐, 말했다시피 오늘만 해도 산더미 같은 응용경제를 다뤘는걸요. 다시 말해 두 사업가와 사업 이야기를 해야 했던 거죠. 그런 걸 하고 싶으십니까? 그런 걸 질투하십니까? 참아내실 수 있겠어요? 이게 완전히 분리된 학과이고 상관없는 교수직이라는 건 그 정도면 충분히 알 만하지 않습니까?"

크라켄은 무신론자다운 격앙된 억양으로 외쳤다.

"이런 맙소사. 내가 경제학을 응용하려 하지 않는다고 생각하는 거요? 하긴 우리가 경제를 응용하면 당신네는 그걸 붉은 페허니 무정부니 하고 부르지. 댁이 경제를 응용하면 난 그걸 내 맘대로 착취라고 부르고 말이오. 당신네 친구들만 경제학을 써먹는다면 사람들이 먹을 것을 얻을지 모르겠군. 우리는 실제적인 사람들이오. 그래서 당신들이 우리를 두려워하는 것이고. 그래서 두 명의 기름진 자본가들이 다른 강의를 시작하게 해야 하는 거겠지요. 내가 가방에서 고양이를 꺼내니까* 말이오."

"선생 가방에서 꺼내는 건 좀 흉폭한 고양이 아닌가요?"

회계사가 웃으며 말했다.

"그러면 당신은 그 고양이를 금가방에 다시 가둬두려는 건 아니오?"

---

* 비밀을 누설한다는 뜻, 속담을 가지고 말장난을 하고 있다.

"뭐, 우리가 그 문제에 대해 동의하게 될 것 같진 않군요. 하지만 저 친구들은 예배당을 나와서 정원에 가 있습니다. 담배를 태우시려거든 그리로 가보시는 게 좋겠는데요."

그는 이야기 상대가 주머니란 주머니는 다 뒤진 끝에 겨우 파이프를 꺼내, 멍한 눈으로 파이프를 응시하며 다시 온몸을 뒤질 태세로 서 있는 모습을 재미있어하며 지켜보았다. 결국 회계사 베이커는 화해의 웃음으로 언쟁을 끝냈다.

"당신네는 실리적인 사람들이니, 다이너마이트로 시내를 날려버리겠지요. 그런데 어쩌면 다이너마이트를 깜빡할지도 모르겠군요. 담배를 잊은 것처럼 말입니다. 아니, 신경쓰지 말고 제 걸로 채우세요. 성냥은요?"

그는 담배 쌈지와 성냥을 탁자 너머로 휙 던졌다. 크라켄은 크리켓 선수도 절대 잊을 수 없을 듯한 민첩한 동작으로 그것을 잡아챘다. 두 사람은 같이 일어섰다. 하지만 베이커는 한마디 던지지 않을 수 없었다.

"정말 실리적인 사람들 맞습니까? 응용경제학에서는 잊지 말고 담뱃대만이 아니라 담배 쌈지도 가지고 다니라는 말은 없나요?"

크라켄은 뭔가 마음에 감추고 있는 듯한 눈으로 그를 바라보다가, 마침내 천천히 와인을 끝까지 마시고 말했다.

"다른 종류의 실용성이 있다고 칩시다. 내가 세세한 일을 잊어버리는 것은 사실이오. 당신이 이해했으면 싶은 건……."

그는 기계적인 동작으로 담배 쌈지를 돌려주었지만, 그 눈은 아득한 곳을 헤매며 타는 듯했다. 무서울 정도였다.

"우리 지성의 내부가 변했고, 정말로 새로운 권리 개념을 가지고 있기 때문에, 우리는 당신이 잘못이라고 생각하는 일들을 행할 것이오. 그리고 그 일들은 아주 실질적일 거요."

"그래요. 바로 그겁니다."

갑자기 무아지경에서 빠져나온 브라운 신부가 끼어들었다.

그는 잔잔하고 약간은 오싹한 미소를 지으며 크라켄을 건너다보고 말했다.

"크라켄 씨와 난 전적으로 같은 의견이군요."

베이커가 말했다.

"자, 크라켄 씨는 부호들과 담배를 피우러 나가겠군요. 하지만 그게 인디언들이 피우는 것 같은 평화의 담배일지는 의심스러운데요."

그는 돌연 몸을 돌리더니 눈에 띄지 않게 서 있던 나이 든 급사를 불렀다. 맨더빌은 마지막으로 남은 구식 대학들 중 하나였다. 사실 크라켄조차도 오늘날의 볼셰비키 이전의, 초창기 공산주의자였다.

회계사가 말했다.

"그러고 보니 생각났는데, 당신은 평화의 담뱃대를 돌리지 않을 테니 우리 귀한 손님들께 시가를 보내드려야겠군요. 그 사람들이 흡연가라면 분명 지금쯤 담배를 피우고 싶어 죽을 지경일 겁니다. 식사 시간까지 예배당을 쑤시고 다녔으니."

크라켄은 귀에 거슬리는 거친 웃음을 터뜨렸다.

"아, 내가 그 사람들에게 시가를 가져다주리다. 나야 프롤레타리아일 뿐이니 말이오."

베이커와 브라운 신부와 급사, 모두가 그 공산주의자가 백만장자들을 대면하러 맹렬한 기세로 정원을 향해 성큼성큼 걸어가는 모습을 목격했다.

그러나 이미 기록한 바대로 브라운 신부가 그들이 의자에 앉은 채 죽은 것을 발견할 때까지, 그들은 그 이상 어떤 것도 보거나 듣지 못했다.

학장과 신부가 남아서 비극의 현장을 지키고, 개중 젊고 동작이 빠른 회계사가 달려나가 의사와 경찰을 데리고 오기로 합의가 되었다. 브라운 신부는 2, 3센티미터 정도만 탄 시가가 놓여 있는 탁자 가까이 다가갔다. 다른 한 대는 들고 있던 사람의 손에서 떨어져, 울퉁불퉁한 포장도로 위에서 사그라지는 불똥을 튀기고 있었다. 맨더빌 학장은 멀찍이 떨어진 의자에 앉아 떨면서 반들거리는 이마를 손 안에 묻고 있었다. 처음에는 그는 지친 듯 고개를 들었다가 화들짝 놀라더니 다음에는 공포에 사로잡힌 비명으로 정원의 경적을 깨뜨렸다.

브라운 신부에게는 때로 간담을 서늘케 하는 면이 있었다. 그는 항상 지금 무엇을 하고 있나는 생각했지만, 그 일이 해야만 하는 건지 아닌지에 대해서는 생각하지 않았다. 그는 외과 의사와도 같은 침착성을 지니고서 가장 추악하고 끔찍하고 품위 없으며 지저분한 일을 하곤 했다. 그의 단순한 정신에는 미신적이라거나 감상적이라고 할 만한 부분이 존재하지 않았다. 그는 시체가 굴러 떨어진 의자에 앉아, 시체가 피우다 만 시가를 집어들어 조심스레 재를 떨어내고 남은 부분을 살피더니 입에 물고 불을 붙였다. 그 행동은 사자(死者)를 조롱하는 기괴한 익살처럼 보이기도 했으나 그에게는 가장 상식적인, 평범한 일이었다. 담배 연기는 야만적인 우상 숭배와 희생 의식에서 피어오르는 연기처럼 위쪽으로 흘러갔다. 브라운 신부에게는 시가가 어떤지 알아보는 유일한 방법은 피워보는 것뿐이었다. 그러나 오랜 친구인 맨더빌 학장이 보기에 브라운 신부가 사건에 대한 책임감 때문에 위험을 무릅쓰는 것 같아 공포감을 느꼈다.

"아닙니다. 괜찮은 것 같은데요. 아주 좋은 시가로군요. 영국 시가예요. 미국산도 독일산도 아닙니다. 시가 자체에 이상한 점이 있을 거라고는 생각지 않습니다만, 재는 조심하는 게 좋겠지요. 이 사람들은 몸을 빨리 경직시키는 물질에 중독되었어요…… 이 문제에 대해서라면 우리보다 잘 아는 사람이 있군요."

신부는 남은 부분을 다시 눌러 끄면서 말했다.

학장은 화들짝 놀라 벌떡 일어섰다. 때맞춰 길에 커다란 그림자를 드리우며 육중하지만 그림자처럼 발걸음 소리를 내지 않는 한 인물이 나타났던 것이다. 타의 추종을 불허하는 화학과 교수 와드햄이었다. 그는 늘 자기 덩치에 걸맞지 않게 소리 없이 움직였고, 정원에 산책을 나왔다 해서 이상할 것도 없었다. 그러나 화학에 대한 이야기가 나오는 바로 그 순간에 등장했다는 것은 어딘가 부자연스러운 면이 있었다.

와드햄 교수는 자신이 조용한 것을 자랑으로 여겼는데, 혹자는 자신의 무감각을 자랑스러워하는 게 아니냐고 말하기도 했다. 그는 가지런한 아마빛 머리카락 한 올 움직이지 않고 서서, 커다란 개구리 같은 얼굴에 무관심 비슷한 것을 드리운 채 시체를 내려다보았다. 그는 신부가 보존해둔 담뱃재를 보고서야 겨우 손가락을 뻗어 재를 만져보았다. 그런 후에는 전보다도 더 꼼짝하지 않았다. 하지만 그의 눈이 잠시 현미경 같은 먼 시선을 던진 것으로 보아, 무엇인가를 알아차린 것은 분명했다. 그러나 그는 아무 말도 하지 않았다.

"이 일을 누가 시작해야 할지 모르겠군."

학장이 말했다.

"내가 시작해야겠지요. 우선 이 불운한 사람들이 오늘 어디 있었는지부터 물어보기로 합시다."

신부의 질문에 와드햄이 처음으로 입을 열었다.

"제 실험실에서 한동안 꾸물거렸습니다. 원래 베이커가 종종 잡담을 하러 오곤 했는데, 이번에는 두 손님을 데리고 우리 학과를 시찰하러 온 거지요. 하지만 그 사람들은 여기저기 다 다녔을 겁니다. 영락없는 관광객이더군요. 예배당은 물론이고 촛불을 켜고 교회당 지하 터널 속까지 간 걸로 알고 있습니다. 보통의 경우처럼 식사를 하는 대신에 말입니다. 베이커가 여기저기 다 데리고 다녔을걸요."

"당신 학과에서 뭔가 특별한 데 관심을 보이던가요? 그때 당신은 뭘 하고 있었습니까?"

신부가 물었다.

화학 교수는 '황'으로 시작해서 '실레늄'처럼 들리는 말로 끝나는, 듣고 있는 사람이 알지 못하는 화학 공식을 중얼거렸다. 그런 다음 그는 싫증이 난 듯 어슬렁어슬렁 걸어가서 멀찍이 떨어진 벤치에 가 앉았다. 눈은 감았지만 커다란 얼굴에는 무언가를 참고 있는 기색이 역력했다.

이때 그와 뚜렷이 대조되게 활기찬 인물이 일직선으로 잔디밭을 가로질러 총알처럼 빨리 걸어왔다. 브라운 신부는 시내 빈민가에서 만난 적이 있는 검시관의 깔끔한 검은 옷과 똘똘한 개 같은 얼굴을 알아보았다. 그가 공식적으로는 첫번째 도착한 사람이었다.

학장은 의사가 오기 전에 조용히 말했다.

"신부님, 꼭 알아야 할 게 있어요. 공산주의에 대해 말할 때 말인데, 공산주의가 진짜 위험하고 범죄를 일으킬 거라는 뜻이었나요?"

"그래요. 난 정말로 일부 공산주의적인 방식과 영향이 퍼지는 데 주목해왔습니다. 그리고 이 사건은 어떤 면에서 공산주의적인 범죄지요."

브라운 신부는 다소 우울한 미소를 지으며 말했다.

"그러면 즉시 가서 해야 할 일이 있어요. 경찰에게는 내가 십분 후면 돌아온다고 말해주시죠."

검시관이 탁자 옆에 도착해서 쾌활하게 브라운 신부에게 인사를 건네는 순간 학장은 그와 엇갈려 튜더식 아치 길 안으로 사라졌다. 검시관 블레이크 박사는 신부가 권하는 대로 비극이 일어난 탁자에 앉아, 멀찍이 떨어진 의자에 조는 듯이 앉아 있는 덩치 크고 온화한 화학자에게 날카롭고 의심스러운 시선을 던졌다. 당연히 브라운 신부는 그 교수의 신분과 현재까지 그에게서 들은 증언을 들려주었다. 그는 우선 시체부터 조사하면서 말없이 귀를 기울였다. 그가 증언보다 실제 사체에 더 주의를 기울이는 것은 당연한 일이었다. 그러던 중 그는 한 가지 사소한 얘기를 듣고서는 갑자기 검사하던 데서 손을 멈추었다.

"그 교수가 뭘 하고 있었다고요?"

브라운 신부는 자신이 들었던 이해하지 못한 화학 공식을 인내심을 갖고 되풀이했다. 블레이크 박사는 총알처럼 반응했다.

"뭐라구요? 젠장! 소름끼치는군요."

"그게 독약이라서 그러나요?"

브라운 신부가 묻자 블레이크 박사가 대답했다.

"헛소리라서 그럽니다. 그 공식은 말도 안 돼요. 저 교수님은 저명한 화학자입니다. 유명한 화학자가 무엇 때문에 일부러 말도 안 되는 소리를 해댄 거지요?"

"글쎄, 그 이유를 알 것도 같구만. 거짓말을 하고 있으니 말이 안 되는 소리를 하는 거겠지요. 뭔가를 감추고 있어서요. 특히나 이 두 사람과 그 대리인에게 뭔가 숨기고 싶었던 거겠지요."

의사는 두 남자에게서 눈을 들어 거의 부자연스러울 정도로 꼼짝하지 않는 위대한 화학자를 건너다보았다. 그는 거의 잠이 든 것처럼 보였다. 정원의 나비가 내려앉자 평온한 분위기가 돌로 만든 우상처럼 변했다. 의사는 그 개구리 같은 얼굴에 진 커다란 주름을 보고 늘어진 코뿔소 가죽을 연상했다.

브라운 신부는 들릴락말락한 목소리로 말했다.

"그렇소. 그는 사악한 인간입니다."

"그런 망할! 저렇게 위대한 과학자가 살인에 연루되어 있단 말씀이십니까?"

의사도 목소리를 한껏 낮추어 외쳤다.

"까다로운 비평가들은 그가 살인에 연루되어 있다면 불평을 터뜨리겠지요. 나 자신도 그런 식으로 살인을 다루는 사람을 그리 좋아한다고는 안 합니다. 하지만 그보다 훨씬 중요한 점은…… 이 가엾은 친구들이 분명 저 사람을 까다롭게 비판할 사람들 중에 끼어 있었다는 거지요."

신부는 냉정하게 대꾸했다.

"저 사람들이 그의 비밀을 알아냈기 때문에 입을 막은 거란 말씀이신가요? 하지만 대체 무슨 비밀 말입니까? 어떻게 이런 곳에서 이렇게 큰 살인을 감행할 수 있단 말입니까?"

블레이크는 얼굴을 찌푸렸다.

"내가 그의 비밀을 말해드리지요. 그의 영혼이 간직한 비밀 말입니다. 그는 악인입니다. 그가 나와 정반대의 학파나 전통에 속해 있어서 이런 말을 한다고는 꿈에라도 생각지 마십시오. 내게도 과학자 친구는 많이 있으니까요. 그들은 대부분 사심이라곤 없는 사람들이지요. 그 중에서 가장 회의적인 무신론자라 해도 비합리적이라고 할 정도로 공평합니다. 하지만 때때로 우리는 짐승 같은 측면에서 유물론자라고 할 수 있는 인간을 보게 됩니다. 다시 말하거니와 그는 악인이지요. 말하자면……."

브라운 신부는 다음 말을 꺼내기를 주저하는 듯했다. 블레이크 박사가 앞질러 말했다.

"공산주의자보다 훨씬 나쁜가요?"

"아니오. 살인자보다 훨씬 나쁘다고 말하려 했습니다."

브라운 신부는 그렇게 말하고, 멍하니 발을 내려다보았다. 말상대가 뚫어져라 쳐다보고 있다는 것도 깨닫지 못할 정도였다.

블레이크가 마침내 물었다.

"그럼 와드햄이 살인자라는 말씀이 아니었습니까?"

"아, 아니지요. 살인자는 훨씬 더 동정이 가고 이해도 가는 사람입니다. 그는 적어도 절망적인 상태에 있기는 했거든요.

갑작스러운 분노와 절망이라는 변명거리를 가지고 있었으니까요."

브라운 신부는 좀더 쾌활하게 말했다.

"아니 그럼 결국 공산주의자라는 말씀이십니까?"

의사가 외쳤다.

바로 이 순간이었다. 너무나 절묘하게도 때맞춰 경찰이 나타나서, 단호하고 만족스러운 말투로 사건이 종결되었다는 내용을 발표했다. 그들이 범죄 현장에 늦게 도착한 것은 이미 범죄자를 체포했기 때문이었다. 사실 그들은 경찰서 코앞에서 그자를 잡았다고 했다. 그들에게는 이미 시내에서 다양한 소동을 일으킨 공산주의자 크라켄의 행동을 의심할 만한 이유가 있었다. 그들은 사건에 대해 듣자마자 그를 잡아놓는 게 안전하겠다고 느꼈고, 정당하게 합법적으로 구속했다. 맨더빌 칼리지 잔디밭에서 쿡 경감이 신사들과 박사들에게 자랑스레 설명한 대로, 악명 높은 공산주의자의 몸을 수색하자마자 독이 묻은 성냥갑이 발견되었던 것이다.

브라운 신부는 '성냥'이라는 말을 들은 순간 엉덩이 밑에 불이 붙기라도 한 듯 펄쩍 뛰어올랐다. 그는 환하게 빛나는 얼굴로 외쳤다.

"아하, 이제 모든 게 분명해졌군요."

"모든 게 분명해지다니, 무슨 말인가요?"

맨더빌 학장이 물었다.

그는 이제 개선한 군대처럼 칼리지를 점거한 경찰관들의 허세에 걸맞게 관료주의적 허세를 다시 일으키고 있었다.

"이제 크라켄이 범인이라는 것을 납득했다는 말인가요?"

"크라켄 씨는 결백하다는 뜻입니다. 그리고 크라켄 씨의 혐의도 사라졌습니다. 학장님은 정말로 크라켄 씨가 성냥으로 사람을 독살할 만한 인물이라고 믿으신 겁니까?"

브라운 신부가 단호하게 말했다.

학장은 처음 충격을 받은 이후로 떨치지 못하고 있던 당혹스러운 표정 그대로 대답했다.

"그렇다면 다행이지만, 잘못된 이론에 경도된 광신자는 사악한 일을 저지를 수 있다고 말한 건 신부님 아닌가요. 어디에서나 공산주의가 성행하고 공산주의적인 습관이 퍼지고 있다고 말한 것도 바로 신부님이었고."

브라운 신부는 약간 부끄러운 듯 웃었다.

"그 마지막 부분에 대해서는 모두에게 사과해야겠군요. 난 늘상 바보 같은 농담을 해서 일을 뒤죽박죽으로 만드는 것 같단 말이지요."

"농담이라고요!"

학장은 분개해서 친구를 노려보며 그 말을 되풀이했다. 신부는 머리를 긁적이며 설명했다.

"그러니까, 공산주의적인 관습이 퍼지고 있다고 말했을 때난 오늘만 해도 두세 번쯤 본 관습을 의미했던 것뿐입니다. 결코 공산주의자들에게만 국한된 관습이 아니었지요. 정말 많은 사람들, 특히 잉글랜드인들은 다른 사람의 성냥갑을 돌려주는 걸 잊고 자기 주머니에 집어넣는 괴상한 습관을 갖고 있거든요. 물론 얘깃거리도 못 되는 시시한 일로 보이겠지만요. 하지만 그게 범죄가 저질러진 방법이었습니다."

"미친 소리처럼 들리는데요."

의사가 말했다.

"자, 거의 대부분의 사람이 성냥 돌려주는 것을 잊는다고 하면, 크라켄 씨도 성냥 돌려주는 것을 잊었다고 생각해볼 수 있겠지요. 그러면 성냥을 준비한 독살자는 그저 성냥을 빌려주고 돌려받지 않는다는 단순한 방법으로 크라켄 씨에게 성냥을 넘겨버리게 됩니다. 책임감을 벗어던지기에는 더할 나위 없는 방법이지요. 크라켄 씨 자신은 자기가 어디에서 그걸 가지고 왔는지 기억도 못 할 겁니다. 하지만 그는 아무것도 모른 채로 두명의 방문객의 시가에 불을 붙여주고 완전히 함정에 빠져버리게 되지요. 너무나 분명한 함정입니다. 그는 두 사람의 백만장자를 살해한 사악한 혁명론자가 되어버리는 겁니다."

"그럼 달리 누가 그들을 살해하려 했겠습니까?"

의사가 딱딱거리며 물었다.

"아, 누구냐고요? 내가 말했던 다른 이야기에 주의를 돌려보지요. 그건 농담이 아니었습니다. 이단적 사상이나 잘못된 교리가 일반적이고 스스럼없는 것이 되었다고 말했지요. 모두가, 아무도 제대로 알아차리지 못하면서 익숙해져버렸다고 말입니다. 내가 그때 공산주의 이야기를 하는 줄 알았습니까? 완전히 반대였지요. 하나같이 공산주의에 대해 고양이처럼 예민해져서 크라켄 씨를 늑대 보듯 했으니 그렇게 여긴 거지요. 물론 공산주의는 이단적인 사상입니다. 하지만 사람들이 당연하게 여기는 이단적인 사상은 아닙니다. 사람들이 당연하게 여기는 건 자본주의지요. 혹은 사멸한 다원주의로 가장한 자본주의 악덕이라고나 할까요. 식당에서 나눴던 이야기 기억나십니까? 자연에서는 약육강식, 적자생존이 법칙이라는 말, 가난한 사람들이 정당하게 봉급을 받든 말든 상관없다는 얘기들 말입니다. 아, 그거야말로 사람들이 익숙해져버린 이단적인 사상입니다. 그거야말로 공산주의만큼이나 사악한 소리지요. 너무나 당연스럽게 받아들여진 반기독교적인 도덕, 아니면 부도덕이라고 해야 할까요. 오늘 한 사내를 살인자로 만든 것도 그 부도덕입니다."

신부의 목소리가 훨씬 진지해졌다.

"그러니까 누구?"

학장은 소리를 질렀다. 그런데 그의 음성은 갑작스레 꺾여 약해졌다.

"다른 식으로 접근해보지요. 모두 크라켄 씨가 달아났던 것처럼 말하는데, 그는 달아나지 않았습니다. 두 사람이 쓰러지자 그는 거리로 달려내려가 창문 너머로 소리를 질러서 의사를 부른 다음, 바로 경찰을 부르러 갔습니다. 그렇게 해서 경찰서 바로 앞에서 구속된 거지요. 그런데 회계사 베이커 씨가 경찰을 부르러 가서 너무 오래 걸린다는 생각은 아무도 안 하나요?"

"그럼 그 사람이 뭘 하고 있었다는 거지요?"

학장이 날카롭게 말했다.

"내 생각에는 서류를 없애고 있을 것 같군요. 아니면 이 사람들이 편지라도 한 통 남기지 않았나 방을 뒤지고 있든가요. 아니면 우리 친구 와드햄 교수와 관련이 있을지도 모르지요. 그가 어디서 끼어들었을까요? 그것도 정말 단순하고, 농담 같은 일입니다. 와드햄 씨는 다음 전쟁을 위한 독약을 실험하고 있

거든요. 한 모금만 빨아도 사람을 죽일 수 있지요. 물론 그는
이 일과는 관련이 없어요. 그는 아주 단순한 이유 때문에 자신
의 화학적인 비밀을 감췄어요. 저 손님들은 한 사람은 청교도
미국인이고 또 한 사람은 국제적인 유대인이잖습니까. 저 두
유형은 종종 광신적인 반전론자거든요. 그들이 와드햄의 살인
과 실험하고 있는 대량 살상 계획을 알았으면 칼리지 지원을
거절했을지도 모릅니다. 하지만 베이커는 와드햄 씨의 친구였
고 그러니 성냥에 그 새로운 물질을 묻히는 것도 쉬운 일이었
겠지요."

　자그마한 신부가 지닌 또 한 가지 특징은 정신에 일관성이
있으며, 많은 모순을 의식하지 못한다는 점이었다. 그는 별로
당황하지도 않고서 대화의 어조를 상당히 공적인 어투에서 상
당히 사적인 어투로 돌렸다. 이번에는 그가 막 열 사람에게 말
하고 있는 듯하다가 갑자기 한 사람을 상대로 이야기를 시작
해서, 사람들은 어리둥절해서 그를 바라보았다. 그가 무슨 말
을 하고 있는지 감을 잡을 수 있었던 그 한 사람마저도 무관심
했다.

　신부는 사죄하듯 말했다.

　"사악한 인간에 대한 형이상학적인 여담으로 갈피를 못 잡

게 해서 미안합니다. 검시관 선생. 물론 그건 살인과 아무 상관이 없어요. 하지만 사실 그 순간에 난 살인에 대해서는 새까맣게 잊어버리고 있었거든요. 저 친구가 석기 시대의 눈먼 괴물처럼 비인간적인 얼굴로 꽃들 사이에 웅크리고 있는 모습말고 다른 것은 다 잊어버렸습니다. 그리고 어떤 사람들은 정말로 석기 시대 인간들처럼 잔인하다는 생각을 하고 있었지요. 하지만 다 무관한 얘기입니다. 내면이 악하다는 것이 외부적으로 범죄를 저지르는 것과는 별 상관이 없거든요. 최악의 범죄자는 범죄를 저지르지 않아요. 실제적인 부분은 범죄자가 왜 이 범죄를 저질렀느냐 하는 것이겠지요. 회계사 베이커 씨는 대체 왜 이 사람들을 죽이고 싶었을까요? 그게 지금 우리 관심사입니다. 그 답은 내가 두 번이나 물어본 질문에 대한 답이기도 하지요. 이 사람들이 대부분 시간을 보낸 곳이 어디인가요? 예배당이나 실험실에 코를 들이민 것말고요? 회계사 본인의 말에 따르면 그들은 회계사와 사업에 대해 이야기를 하고 있었습니다.

자, 아무리 죽은 자에게는 존경심을 가져야 한다고 해도, 이 두 재력가가 썩 지적이었다고 말할 수는 없을 것 같습니다. 경제와 윤리에 대한 그들의 견해는 교양이 없는 데다가 무정합니다. 평화에 대한 의견이라고 해봐야 허튼소리고요. 포트 와인에 대한 식견은 개탄스러울 지경이지요. 하지만 그들이 진짜 이해하는 게 한 가지 있습니다. 바로 사업입니다. 그들은 정말 짧은 시간 안에 이 대학의 자금을 관리해주고 있는 관리인이 사기꾼이라는 점을 알아차렸습니다. 사기꾼이라는 말이 좀 그렇다면 삶은 무한한 투쟁이고 가장 강한 자가 살아남는다는 교리의 진정한 신봉자라고 해둘까요."

"그러니까 저 사람들이 그가 사기꾼이라는 사실을 폭로하려 했고 그는 그들이 입을 열기 전에 살해한 거란 말씀이군요. 세세한 부분은 이해가 안 가는 게 많습니다만."

의사가 얼굴을 찡그리며 말했다.

"어떤 부분은 나도 확신할 수 없어요. 지하실에서 초를 켜야 했던 일은 백만장자들이 지니고 있던 성냥을 모두 없애려는 일이었을 수도 있고, 그들에게 성냥이 없다는 것을 확인하려는 작업이었을지도 모릅니다. 하지만 베이커 씨가 부주의한 크라켄 씨에게 성냥을 던지던 유쾌하고 경솔한 태도야말로 중요한 몸짓이었다는 것은 장담할 수 있습니다. 그 몸짓이야말로 살인에 있어 결정타였던 거지요."

신부는 솔직하게 말했다.

"한 가지 이해가 안 가는 게 있습니다. 크라켄 씨가 자기 담뱃불을 붙여서 예기치 않게 죽어버렸을 수도 있을 텐데, 베이커 씨는 어떻게 그렇지 않으리라는 걸 알았을까요?"

경감이 말했다.

브라운 신부는 엄하게 꾸짖을 듯한 얼굴이 되었지만, 애도하는 듯 관대한 따스함을 담아 말했다.

"탁 까놓고 말해서, 그는 무신론자일 뿐입니다."

"무슨 말씀이신지 모르겠는데요."

경감이 정중하게 말했다.

"그는 그저 신을 폐기하고 싶어하는 것뿐이라는 말이지요. 그 사람은 그저 십계명을 파괴하고, 자신을 만든 종교와 문명 모두를 뒤집어엎고 싶어할 따름입니다. 소유와 정직함에 대한 상식을 다 내던져버리고 싶어하고, 자신의 나라와 자신의 문화가 세상 끝에서 온 야만인들에게 짓밟히길 바랄 뿐이지요. 그가 바라는 건 그것뿐입니다. 그 이상의 다른 일을 가지고 그를 비난할 수는 없습니다. 그렇지만 누구나 어딘가에는 한계를 두는 법! 그런데 경감님은 지금 여기에서, 구세대 맨더빌 사람이, 견해야 어떻든 간에 크라켄 씨는 구세대거든요, 1908년산 칼리지 포트 와인을 마시던 도중에 담배를 피우거나 성냥이라도 켤 생각을 하다니…… 아니지요, 아니에요. 그 정도로 법칙을 무시하는 사람은 없습니다! 난 그 자리에 있었고, 그를 보았지요. 와인이 남아 있는 사람에게 담배를 피우겠냐고 묻는다는 건가요?* 그리고 그는 정원에서 손님에게 먼저 불을 붙여줬겠지요. 너무나 당연한 것 아닙니까. 그렇게 권위를 무시한 질문이 맨더빌 칼리지의 아치를 뒤흔든 적이 있었던가…… 맨더빌 칼리지! 재미있는 곳입니다. 옥스퍼드! 우스꽝스러운 곳이에요. 잉글랜드! 재미있는 곳이지요."

"옥스퍼드와는 관계 없잖습니까?"

의사가 이상한 듯 물었다.

"나는 잉글랜드와는 관계가 있거든요. 나도 잉글랜드 출신이잖습니까. 그리고 무엇보다도 재미있는 것은, 당신들이 아무리 애정을 갖고 그 안에 속해 있더라도 여전히 그곳에 대해서는 눈곱만치도 모른다는 사실입니다."

---

* 와인을 마실 때는 담배를 피우지 않는다.

이상적인 추리소설

사람들이 추리소설을 이야기할 때 꼭 잊어버리는 부분이 있다. 추리소설은 대개 가볍고 감각적이며 깊이가 없는 것이 보통이라고들 생각한다. 물론 나 자신도 추리소설을 써왔기에 이러한 점들은 누구보다도 잘 알고 있다. 하지만 나는 이 시점에서 이론적으로는 뭔가 좀 다른 것이 있다는 것을 말하고자 한다. '이상적인 추리소설'이라고나 할까. 물론 내가 그런 소설을 쓸 수 있다고 말하는 것은 아니다. 오히려 내가 그런 소설을 쓸 수 없기 때문에 '이상적인 추리소설'이라고 부르는 것이다. 어쨌든, 소설이라는 것이 어느 정도 감각적이긴 해야겠지만, 그렇다고 해서 깊이 없이 천박할 필요는 없다고 생각한다. 실제로 그런 소설을 써내기란 쉽지 않지만, 이론적으로는 철학의 깊이와 심리학의 미묘함을 녹여낸 섬세하고 독창적인 소설을 쓰는 것이 가능한 일이다. 감각적인 재미는 간직한 채로 말이다.

추리소설은 독자가 스스로 바보임을 느껴야만 만족해할 수 있다는 점에서 다른 소설과는 다르다. 철학적인 책을 다 읽고 난 독자는 스스로 마치 철학자라도 된 듯한 착각에 빠질 것이다. 전자의 경우가 더욱 건전하고 정확한 것인지도 모른다. 자신의 무지를 깨닫고 날카롭게 전환하는 것은 아마 겸손함을 기르는 데에도 좋을 것이다. 추리소설의 원리란 사물들 자체의 본질에 관한 것이라기보다는, 대개 그것들이 언급되는 상황에 관한 문제이다. 추리소설의 정수는, 우리가 설마 진실이라고 생각지도 못했던 것이 진실임이 밝혀져 갑작스럽게 맞닥뜨리게 된다는 데에 있다. 논리적으로, 이러한 진실이 깊이 없이 얄팍하고 상투적인 만큼이나 심오하고 설득력 있는 것이 되어서는 안 될 이유가 없다. 마찬가지로 결국엔 악당임이 드러나는 영웅이나, 알고 보니 영웅이었던 악당을, 다른 일반 소설의 인물들과 같은 수준에서 인간 본성의 복잡미묘함을 연구하는 대상으로 삼지 말아야 할 이유 또한 없는 것이다. 인간의 본성에 존재하는 많은 모순들을, 충격을 불러일으키기 위해 추리소설의 소재로 써서는 안 될 이유도 없다. 전기 충격뿐 아니라 전깃불, 그리고 심지어는 제우스의 불벼락도 있지 않은가. 앞에서 언급했듯이, 이것은 거의가 단지 상황에 대한 문제일 뿐이다.

범죄와 아무런 상관이 없을 듯한 인물을 먼저 제시해야 한다. 그리고 나서 일어난 범죄가, 앞서 말했던 설정들을 완전히 뒤집어버리는 것이다. 이후에는 물론, 심리적으로 납득을 시키는 과정이 반드시 뒤따라야 한다. 이를테면 정원에 떨어져 있는 담배꽁초에서나, 여성의 침실에 있는 압지 위에 남아 있는 붉은 잉크 자국에서 실마리를 얻었다고 하든지 말이다. 하지만 이런 설명은 경찰들에게만이 아니라 심리학자들에게도 설득력이 있어야 한다.

끔찍할 정도로 모순적인 행동을 하는 인물들이 등장하는 소설 중에 훌륭한 작품들이 몇 편 있다. 임의로 두 개를 꼽아 예를 들겠다. 토마스 하디의 『테스』에서는, 테스가 살인을 저지른 마지막 장면에서 성공적으로 독자들의 동정심을 불러일으키고 있다. 조지 메러디스의 『크로스웨이즈의 다이애나』에서도 마찬가지이다. 다이애나는 경찰의 비밀을 누설하지만 이 역시 독자에게서 다분히 동정적인 반응을 얻어내고 있다. 사실

후자의 경우에 있어서는 그 효과가 조금 떨어지는 것이 사실이다. 그녀가 신문사에 가서 한 행동이 이해가 되지 않고, 작가 메러디스가 과연 그녀에게 무엇을 하도록 의도한 것이었는지도 모르겠다. 하지만 메러디스는 알고 있었을 거라고 생각한다. 어쨌든 이유가 있었던 것이라면, 그 이유는 너무나 미묘해서 이해하기 쉽지 않고 다른 보통의 감각적인 소설들에서처럼 단순하지 않다는 것을 알 수 있다. 거의 대부분의 경우 독자들은, 『테스』의 테스와 『크로스웨이즈의 다이애나』의 다이애나가 살인을 저질렀다는 것이 밝혀지기 전까지 사건의 경과를 죽 따라간다. 하지만 이 역순으로 이야기가 진행되지 말아야 할 이유도 없다. 다시 말해서, 주인공과 완전히 모순되는 범죄 사건을 처음에 보여주고, 그 모순을 풀어나가는 설명을 뒤에 제시함으로써 마지막에 가서야 폭로를 할 수도 있는 것이다. 처음에는 비밀을 누설하거나 살인을 한 범인으로 다른 누군가가 의심을 받을 것이다. 하지만 토마스 하디는, 테스가 아닌 다른 누군가를 살인자로 몰아 교수형에 처함으로써 우울한 위안을 얻는다 해도 결국 테스를 교수대로 몰지 않을 수 없었을 것이다. 하지만 메러디스의 많은 등장 인물들은 비밀을 누설했을 수도 있다. 결국 비밀을 여전히 남겨두게 하는, 재치 있는 교묘한 방식으로 비밀을 얘기했을 때에만 가능한 일이다. 메러디스라는 그리 잘 알려지지 않은 추리소설 작가와 토마스 하디 같은 대가를 같이 놓고 비교하려 했던 것이 무리였는지도 모르겠다. 하지만 이번에는 이 두 명의 소설가의 작품들보다 좀더 오래되고 조금 더 알기 쉽게 분명한 예들을 들어보겠다.

다름 아닌 윌리엄 셰익스피어다. 그는 정말 공감 되고 호감 가는 살인자를 두세 명 창조해냈다. 우리는 온화한 성품의 그들이 서서히 자연스럽게 살인을 하게 되는 것을 볼 수 있다. 오셀로는 아내를 너무 사랑해서 아내를 살해하고 마는 지극히 인간적인 인물이다. 그리하여 독자들은, 오셀로의 따뜻한 성품과 그의 살인이 빚어내는 모순을 받아들이고 결국 그 연결지점을 이해하게 된다. 하지만 아내 데스데모나가 살해된 채로 발견되는 것으로 이야기가 시작되고, 이아고와 캐시오가 의심을 받고 있으며 오셀로는 전혀 의심을 받을 것 같지 않은 인물로 설정되어 있다고 가정해보자. 이 경우에『오셀로』는 추리소설이 되는 것이다. 그것도 주인공이 마침내 진실을 밝혔을 때, 사건의 전모가 인물의 성격에 모순되지 않고 완전히 부합되기 때문에 완벽한 추리소설이 되는 것이다.『햄릿』의 경우도 마찬가지이다. 햄릿은 기본적으로 온화하고 매력적인 사람이다. 그래서 우리는 그가 커튼 뒤의 돼지 같은 늙은 바보를 찔러 죽였을 때 그가 초조해하고 조금은 성마른 태도를 보이는 것을 눈 감아준다. 하지만 이렇게 가정을 해보자. 막이 오르면서 폴로니우스의 시체가 발견되고, 로젠크렌츠와 길든스턴은 무대 위에서 사람들을 죽이는 데 익숙한 배우 1에게 혐의를 두게 된다. 반면 호레이쇼를 비롯한 몇 명의 영리한 인물들은 그것이 클라우디스가 저지른 또 하나의 범죄이거나 무모하고 사악한 레어티스가 저지른 일이라고 의심하게 되는 상황 말이다. 그렇게 되면 『햄릿』은 무척 자극적인 소설이 될 것이고 햄릿이 범인이라는 사실은 충격적으로 다가올 것이다. 하지만 이는 진실에 입각한 자극을 말하는 것이지, 그저 자극적이기만 한 음란소설과는 차원이 다른 얘기이다. 인물의 이중성을 한데 모아 곤경에 처하게 하면서도 이런 셰익스피어의 인물들은 일관성을 가지며 논리적인 데가 있다. 이런 오셀로의 이야기에다 선정적인 책표지를 씌워서 나온 것이 『베개 살인사건』인지도 모른다. 이 역시 진지하고 설득력 있는 사건이다. 『사라진 쥐의 미스터리』도 결국 다시 서점에 나온 폴로니우스 살해사건인지도 모른다. 하지만 이런 것들이 바로 '이상적인 추리소설'일 것이다.

그런 소설에 필요한 자극적이고 갑작스런 전환에 저속한 요소가 들어갈 필요는 전혀 없다. 인간 본성의 모순이란 사실, 최

후 심판의 날이나 죽음의 순간만큼이나 끔찍하고 충격적인 것이다. 이러한 모순들이 모두 뛰어나게 그림자를 드리우는 것은 아니다. 그 중 어떤 것만이 빛과 어둠처럼 근본적으로 격렬한 대비를 이루며 가공할 그림자를 드리우는 것이다. 범죄와 고백은 둘 다 낙뢰와도 같은 파국을 야기할 수 있다. 사실, '이상적인 추리소설'이란 사람들에게 세상이 속임수로만 가득 찬 것이 아니라 번갯불처럼 들쭉날쭉한 것도 있으면 칼처럼 곧은 것도 있다는 것을 상기시켜주는 순기능을 하는 것이다.

이 글은 체스터튼이 쓴 칼럼으로 『The Illustrated London News』(1930. 10. 15)에 게재되었다.

이수현

서울대학교 인류학과를 졸업하고 동 대학원 재학중이다.
옮긴 책으로는 『빼앗긴 사람들』이 있다.

브라운 신부 전집 5 — 스캔들

1판 1쇄   2002년 7월 12일
1판 4쇄   2018년 5월 8일

지은이   G. K. 체스터튼
옮긴이   이수현
펴낸이   김정순
책임편집   이승희 김라현 변지영
펴낸곳   (주)북하우스 퍼블리셔스
출판등록   1997년 9월 23일 제406-2003-055호

주소   04043 서울시 마포구 양화로 12길 16-9(서교동 북앤빌딩)
전자우편   editor@bookhouse.co.kr
홈페이지   www.bookhouse.co.kr
전화   02-3144-3123
팩스   02-3144-3121

ISBN   89-5605-019-8 04840
ISBN   89-5605-014-7 (세트)